나는 지금도 거기 있어

임솔아 장편소설

나는 지금도 거기 있어

문학동네

차례

1. 종일 옷을 지킨 적이 있다

서른여섯

이렇게까지 할 필요 없는데.

두 팔을 움직여 허벅지와 팔에 물을 뿌리다 화영은 생각한다. 체감온도가 영하 이십 도까지 떨어진 날까지 이걸 해야 할 이유가 화영에게는 없다. 처음부터 하고 싶어서 시작했던 것도 아니고, 지금도 물에 들어가는 게 좋지는 않다. 따뜻한 봄날과 무더운 여름날에도 마찬가지였다. 그때처럼 화영은 그냥 집에 갈까, 라는 생각을 하며 핀에 발을 끼워넣는다. 사다리를 잡고 물속으로 걸어내려간다. 한 발씩 디딜 때마다 몸이 물에 잠겨간다. 발이 바닥에 닿지 않는다. 이제는 그게 두렵지 않다. 오히려 더 자유롭다. 화영은 스마트 밴드를 눌러 스톱워치 기능을 켠다. 스타트 버튼을 누른다. 손끝을 바닥으로 향하고, 머리를 물속으로 깊이 집어넣는다. 몸의 반동을 이용해서 두 다리가 천장을 향하게 한다. 힘차게 핀을 찬다. 물속으로 수직 하강하기 시작한다.

깊이. 더 깊이.

깊어진다는 것이 감각되지 않을 때까지. 숨을 참는 것이 아니라 숨 자체가 사라진다고 느껴질 때까지. 심장 뛰는 소리가 몸을 채우고 물속까지 번져나가서, 물이 심장과 함께 박동한다고 느껴질 때까지.

화영은 핀을 차다가 멈춘다. 몸의 긴장을 풀고 가만히 있는다. 어느새 중성 부력 구간을 지났다. 어느 정도 수심에 도달하면 음성 부력 구간이 시작되어 가만히 있어도 빠른 속도로 몸이 가라앉는다. 물은 점점 어두워진다. 잠수 풀을 덮은 타일의 무늬와 수심 표시 선도 사라져간다. 더이상 빛이 닿지 않는다. 물의 압력이 강해진다. 마스크가 얼굴을 죄어온다. 물은 온 힘을 다해 화영의 몸을 붙들고 끌어내린다. 화영은 폐에 남아 있는 공기를 코로 조금 뱉어낸다. 마스크가 얼굴을 죄어올 때마다 그렇게 한다. 몸이 회전하지 않도록 자세를 유지하고 폐에 차오르는 압력을 잘 조절하는 것이 중요하다.

화영은 바닥에 도착한다. 바닥에 손을 댄다. 바닥을 딛고 일어선다. 이제 바닥을 차고 물 바깥을 향해 올라가야 하지만, 화영은 가만히 서 있는다. 이산화탄소가 폐에 차오르는 게 느껴진다. 핏줄을 타고 이산화탄소가 퍼져가는 중이다. 일 초 일 초가 느리게 지나간다. 점점 더 느려진다. 일 초가 영원이 되어버릴 것처럼.

열일곱

화영은 한쪽 다리를 책상 바깥으로 빼놓고 있었다. 점심시간 오 분 전부터 그랬다. 수업을 마치겠다고 선생이 말하고 반장이 일어나 구령을 하면, 자리를 박차고 뒷문으로 달려나갔다. 복도로 나서자마자 옆 반 뒷문이 열렸다. 옆 반의 옆 반 뒷문도 열렸다. 학생들이 죄다 뛰쳐나오고 있었다. 아직 수업이 끝나지 않은 교실과, 일찍 수업이 끝나 비어버린 교실을 지나쳤다. 세 칸씩 계단을 뛰어내렸다. 건물 뒤쪽으로 빠져나가 언덕을 내려가서 테니스장을 지나면 급식실이었다. 컨테이너로 지어진 이층 건물이었는데, 육백 명이 넘는 학생이 동시에 밥을 먹기에는 터무니없이 작은 공간이었다. 배식을 받는 곳에서부터 시작된 줄은 급식실 내부를 빙 돌아, 급식실 건물 밖을 빙 돌아, 테니스장까지 이어졌다. 운이 나빠 늦게 도착하는 날에는 줄이 언덕을 타고 올라가 학교 건물까지 이어졌다. 언덕을 뛰어내려가며 화영은 뒤를 돌아보았다. 수백 명의 학생이 급식실을 향해 전력 질주하고 있었다.

급식을 먹고 나면 호주머니에서 콜라맛이나 맥주맛 막대사탕을 꺼냈다. 막대를 입술 가장자리에 삐뚤게 물고 교실 창가에 걸터앉았다. 점심시간에 뛰지 않는 건 친구가 없는 아이뿐이었다. 밥을 빨리 먹어도 함께 어울릴 친구가 없으니까. 그런 아이는 교실에 우두커니 앉아 있다가 다른 아이들이 식사를 마칠 즈음에야 느릿느릿 급식실로 향했다. 어떤 아이들은 말뚝박기를 하고 있었다. 어떤 아이들은 방송반 옆 창고에 모여 시시덕거렸고, 어떤 아이들은 담배를 피우러 담장을 넘어갔다. 어쨌든 끼리끼리 무엇인가를 했다. 무엇인가를. 화영의 친구들은 창가에 모였다. 운동장 끄트머리에 개미만큼 작게 보이는 농구부 선배들을 구경했다.

"배민석 선배 존나 좋지 않냐?"

막대사탕을 흔들며 친구가 말했다.

"매우 좋구나."

막대사탕을 흔들며 다른 친구가 답했다. 친구들이 와르르 웃음을 터뜨렸다. 좋다는 표현 앞에 '존나' 같은 속어를 붙이면 진심, '매우'나 '상당히' 같은 문어체 표현을 붙이면 반어적 표현이 되었다. 사용법은 점점 복잡해졌다. '매우'가 붙었는데 진심인 경우도 있었고, '존나'가 붙었는데 반어법일 때도 있었다. 억양의 미묘한 차이로 알아챌 수 있었지만, 화영은 무엇이 반어법이고 무엇이 아닌지 자주 헷갈렸다. 그 차이를 세심히 캐치하기 위해 노력 같은 걸 해야 하는 사람은 화영뿐인 것 같았다.

친구들 사이에서 화영은 농구부 정원대 선배를 짝사랑하는 아이가 될 예정이었다. 화영이 그 선배를 선택한 건 농구를 할 때 민소매 티셔츠를 입지 않아서였고, 그래서 슛을 쏠 때에 겨드랑이 털을 안 봐도 될 것 같아서였지만, 친구들은 화영이 정말로 선배를 좋아한다고 여길 것이었다. 화영은 한 달 동안 교생실습을 하고 떠난 음악 선생을 잊지 못하는 아이로 알려졌다가, 성을 빼고 이름만 부르는 것을 낯간지러워하는 아이로 보였다가("화영아, 라고 하지 말라니까. 느끼하다고."), 별자리 운세와 심리 테스트, 혈액형별 성격유형에 일가견이 있는 아이로 지내왔다. 만들어낸 각본을 숙지하고 강화하며 자신으로부터 한 발짝씩 멀어지고 있다는 걸 감지할 때에만 잠깐씩 자기 자신을 만났다.

열정. 몰두. 진정성. 화영은 자신 안에 그런 단어가 없다고 느꼈다. 집에 돌아와 화영은 자신의 책상을 둘러보았다. 책상 유리 밑에 세계지도와 주기율표가 끼워져 있었다. 어느 날 학교에서 돌아왔더니 그것들이 거기에 있었다. 화영의 책상이었지만, 화영의 물건보다 다른 식구의 물건이 더 많았다. 화영의 책상 서랍 하나는 공구함으로 사용되었고 나머지 책상 서랍에는 여분의 멀티탭과 건전지, 배달 음식점 전단지 같은 것들이 들어 있었다. 책상 위로 우뚝 솟은 2단 책장에는 『셰익스피어 4대 비극』과 『논술대비 고등학생이 읽어야 할 한국문학필독서』 세트, 『죽은 시인의 사회』와 『수학의 정석』이 나란히 꽂혀 있었다. 화영이 펼쳐본 것은 『죽은 시인의 사회』뿐이었다. 책 표지에 로빈 윌리엄스가 있어서였다. 빨간 체육복을 입은 학생 여러 명이 로빈 윌리엄스를 어깨에 태우고 헹가래를 치고 있었다.

책상 의자에 앉은 화영은 엄지손톱만큼 자그마한 자물쇠가 매달려 있는 공책을 만지작거렸다. 친구가 먼저 쓰고 건네준 일기장이었다. 친구의 일기에는 동방신기 최강창민 사진이 붙어 있었다. 친구는 정성스레 오려낸 인물의 테두리를 핑크색 형광펜으로 따라 그려놓았다. 비스듬히 턱을 올린 최강창민의 시선이 닿는 자리에 하트와 별 스티커가 붙어 있었다. 친구는 사진마다 이렇게 오려 파일에 스크랩을 해둔다고 썼다. 자기만의 '그이'를 만들기 위해서였다. 미켈란젤로가 울고 갈 그이의 복근, 그이의 어록, 그이의 식이요법들이 깨알같이 소개돼 있었다. 마지막 줄에서야 친구는 화영을 언급했다.

'너랑 일기 쓰게 돼서 존나 좋아.'

화영이 쓰게 된 네번째 교환 일기였다. 첫번째 친구는 일기에 붕대를 칭칭 감은 여자아이를 그려놓았다. 여자아이의 눈동자가 새빨갰다. 새빨간 눈 아래로 새빨간 핏방울이 맺혀 있었다. 손에는 권총을 들고 있었다. 두번째 친구는 화영을 연애 상담 전담으로 지명했다. 세번째 친구는 성경 구절을 필사하며 화영을 전도하려 했다. 교환 일기는 다섯 번 이상 오가지 않았다. 친구 쪽에서 일기 쓰기를 관둬버렸다. 일기를 계속 이어가려면 화영은 친구에게 무언가를 보여줘야 했다. 무엇인가를. 취향이든 고민이든 꿈이든, 화영이 어떤 사람인지 알아챌 수 있을 만한 것을. 화영은 의자를 빙그르 돌렸다. 맞은편에 언니의 책상이 있었다. 책상 중앙에 소니 오디오가 놓여 있었다. 언니가 육 개월 동안 급식비를 빼돌려가며 돈을 모아 구입한 것이었다. 그 옆에는 아까워서 포장도 뜯지 않은 CD들이 늘어서 있었다. 언니의 책상 유리 밑에는 잡지에서 오린 뉴욕 스트리트 패션 사진, 해변으로 뛰어가는 여자의 벌거벗은 뒷모습이 담긴 엽서 같은 것들이 끼워져 있었다. 화영은 언니의 책상 서랍을 열었다. 미니쉘 초콜릿을 먹고 모은 별자리 사랑점 카드와 독립영화 티켓, 다다 가오루의 만화 『장난스런 키스』 엽서들을 뒤적거렸다. 그것들 중 몇 개를 훔쳐와 교환 일기에 붙였다. 그동안 서랍에 모아두었던 것들이라고 적었다.

책상에 엎드려서 잠을 자다 깨어나 교실을 둘러볼 때, 저 아이들은 저 아이들일까, 화영은 생각했다. 쉬는 시간마다 이빨 사이로 침을 뱉는 것만 연습하는 아이, 색색깔의 형광펜으로 필기를 하며 학기별로 목표를 설정하는 아이, 장래희망란에 '탐정'이라고 쓰고 외계인에 대한 온갖 정보를 떠벌려 괴짜라 소문난 아이. 저 아이들도 자신이 맡은 캐릭터를 연기하고 있는 건 아닐까.

어느 날 집에 돌아온 화영은 언니가 텔레비전을 보며 울고 있는 것을 보았다. 언니가 캠코더를 들고 직접 찍은 콘서트 영상이었다. 무대가 너무 멀었다. 가수의 노랫소리도 환호성에 묻혀 거의 들리지 않았다. 언니의 사랑한다는 비명소리만이 또렷했다.

"우는 거야?"

화영은 웃음을 머금고 물었다. 언니가 뒤를 돌아보았다. 언니와 눈이 마주쳤다. 그때 화영은 알았다. 무엇인가에 진심으로 빠져 있는 사람들이 있다. 무엇인가에.

『엠알케이』를 펼쳐두고 모여 있는 아이들에게 화영은 다가갔다. 잡지 옆에는 라면 봉지가 펼쳐져 있었다. 늘 그랬듯 화영은 잡지 맨 뒷장에 실린 별자리 운세 페이지를 보여달라고 말했다. 그리고 라면 한 조각을 얻어먹었다. 부숴 먹는 라면이 맛있다고 생각하진 않았지만 중요하지 않았다. 다들 맛있게 먹고 있다는 게 중요했다. 화영은 자신이 무엇을 재밌어하는지는 몰랐지만, 재밌어하는 아이들을 따라 웃고 있으면 진심으로 좋았다.

시간표, 자원봉사 모집 포스터, 군데군데 형광펜이 그어진 급식 메뉴표, 교내 시화전에서 일등을 한 아이의 작품이 교실 칠판 옆 게시판에 붙어 있었다. 그 옆에는 그날 조회 시간에 새로 부착된 특별활동반 편성표가 있었다. 쉬는 시간마다 아이들은 이번 학기에 어떤 특별활동반에 가입할지 맞춰보았다. 마침내 담임이 들어왔다. 특별활동반 편성을 시작했다.

"볼링반 가입하고 싶은 사람 손들어."

반에서 절반 이상의 아이가 손을 들었다. 볼링반에 가입할 수 있는 인원은 세 명뿐이었다. 가위바위보에서 끝까지 이긴 아이만이 가입할 수 있었다. 영화 감상반과 드럼반, 요리반의 경쟁도 치열했다. 탁구반과 힙합반에도 사람이 몰렸다. 화영과 친구도 매번 손을 들었다. 가위바위보에서 화영이 이기면 친구가 떨어졌고, 친구가 이기면 화영이 떨어졌다. 같은 반에 가입하려다보니 갈 수 있는 곳이 점점 줄어들었다.

'우리 어디 가냐?'

친구에게서 메시지가 왔다. 화영은 앞좌석 아이의 등에 핸드폰을 바짝 붙였다. 다른 아이들도 그 자세로 서로 메시지를 나누고 있었다. 담임이 모를 리 없었지만, 이번 시간만큼은 눈감아주고 있었다. 자리가 남아 있는 건 다도반, 여행반, 기체조 수련반, 육상반, 초급 미술사반뿐이었다.

'여행반?'

'그거 학주 담당.'

'다도반은? 화과자 준다던데.'

'네 시간 동안 무릎 꿇고 싶냐?'

기체조 수련반이 제일 무난하다는 데에 화영과 친구는 동의했지만, 아무래도 안 되겠다며 친구가 마음을 바꿨다. 기체조 수련반은 축제 때마다 공연을 했다. 감색 개량한복을 입고 엉거주춤하게 서서 손바닥으로 배를 쳐대는 모습을 전교생에게 보이고 싶지는 않다고 친구는 말했다. 그래서 화영과 친구는 초급 미술사반에 가입했다. 그리고 고등학교 삼 년 내내 그 반에 남았다. 미술사반은 특별활동 날마다 전시를 관람하러 다녔다. 학교 바깥으로 나간다는 것만으로도 친구는 기뻐했다. 그게 거기에 남을 이유가 되었다. 특별활동을 꾸준히 한 경험을 살려보는 게 어떠냐는 담임의 조언에 따라 화영은 미술이론과에 진학했다.

스물둘

미대에 들어설 때마다 화영은 건물을 잘못 찾아온 것 같은 기분을 느꼈다. 학생들이 그리다 만 유화나 설치 작품들이 복도에 아무렇게나 쌓여 있었다. 거대한 실리콘 덩어리나 CD를 육각형으로 잘라 벌집 모양으로 이어붙인 것들이었다. 물감이 잔뜩 묻은 작업복을 입은 학생이 지나갔다. 방진 마스크를 쓰고 망치를 쥔 학생도 지나갔다. 콧방울에 피어싱을 한 초록색 머리 학생과 올 블랙 차림에 검은색 립스틱을 칠한 학생도 지나갔다. 직접 제작한 롱보드를 타고서 복도를 누비는 학생 옆을 지나칠 때 화영은 자기도 모르게 복도 가장자리로 슬그머니 비켜났다.

화영은 파운데이션실 문을 열었다. 쿰쿰한 냄새와 라면 냄새가 훅 끼쳤다. 창문을 열었다. 매트 위에 친구가 누워 있었다. 국물이 조금 남은 사발면 그릇과 먹다 만 과자 봉지 같은 것들이 친구의 머리맡에 쌓여 있었다. 친구는 두 손을 모아 철사를 이리저리 꼬아댔다. 종일 그렇게 누워 털실이나 전선 같은 것으로 파인애플이나 바이올린 따위를 만들었다. 며칠 동안이나 씻지 않은 듯 머리카락에 기름기가 번질번질했다.

"뭐 같아 보여?"

철사 뭉치를 내밀며 친구가 물었다. 화영은 알고 있는 답을 말했다.

"오렌지."

"오렌지의 어느 부분?"

"껍질?"

친구는 한숨을 내쉬었다. 담요를 머리끝까지 끌어올렸다. 전날에도 화영은 같은 질문을 받았다. 그때도 같은 대답을 했다. 그때 친구는 매트에서 벌떡 일어나 화영을 끌어안았다. 틀림없이 맞힐 줄 알았다며, 오렌지 껍질의 울퉁불퉁함을 철사로 구현해낼 수 있는 사람은 자기밖에 없을 거라며 친구는 호들갑을 떨었다.

"야, 농담이야."

화영이 다시 말하자 친구는 담요를 조금 내렸다. 친구의 눈이 빼꼼 드러났다.

"뭐 같은데?"

"오렌지 속살."

껍질이 아니라면 속살밖에 남는 게 없으니까, 생각하며 화영은 말했다. 친구는 자기 손안의 철사 뭉치를 물끄러미 쳐다보았다. 이게 속살 같구나, 잎사귀가 아니라 속살 같구나, 중얼거렸다. 퀭한 눈으로 화영을 쳐다보았다.

"내가 왜 철사로 오렌지를 만들기로 했을까."

친구는 다시 담요를 끌어올렸다. 화영이 불러도 친구는 답하지 않을 거였다. 친구는 그대로 잠이 들 거였다. 삼십 분 뒤쯤 머리에서 담요를 슬그머니 끌어내릴 거였다. 그리고 화영에게 미안하다 말할 것이었다. 화영이 못 알아보는 것도 당연하다며, 은근슬쩍 화영의 안목을 깎아내리면서. 그래도 너는 좋은 친구라는 말을 덧붙이면서. 그런 다음 화영과 친구는 늦은 저녁을 먹으러 나가거나 편의점에 맥주를 사러 나갈 것이었다. 친구가 작품을 만들다가 절망할 때마다 화영과 친구는 이런 저녁을 반복해왔다.

화영은 시계를 봤다. 친구가 깨어나 미안해할 때까지 삼십 분 정도만 기다리면 되었지만, 이런 저녁을 또 반복해야 한다니 지겨웠다. 어느새 친구의 숨소리가 바뀌어 있었다. 규칙적으로 푸, 푸, 소리를 내며 잠든 친구가 화영은 새삼 신기했다. 어떻게 저리도 단호하게 실망할 수 있을까. 상대방의 답을 듣고 자신이 원하는 대답과 일치하지 않는 걸 단번에 알아채는 것도 신기했고, 그로 인해 감정이 한순간에 바뀐다는 것도 신기했다. 화영은 그런 게 잘 안 됐다. 기뻐야 할 때에도 기쁘지 않았고, 화를 내야 할 때에도 화가 나지 않았다. 눈치를 볼 뿐이었다. 지금 내가 화를 내야 하는 건가. 분위기상 그래야 한다는 판단이 서면, 화영은 어디선가 본 표정을 흉내냈다. 이 정도 반응이면 충분한가, 모자라거나 과하지는 않은가, 계산하면서.

의자에 앉아 핸드폰을 보다가, 화영은 파운데이션실 바닥을 훑어봤다. 자투리 철사 같은 것들이 잔뜩 흩어져 있었다. 심심한 나머지 화영은 그것들 중 하나를 주워 이리저리 구부리고 꼬아댔다. 친구가 깨어난 뒤에야 그것이 친구가 미리 만들어 둔 오렌지의 꼭지 부분이었다는 사실을 알았다. 친구는 그 일로 보름 동안 화영과 말을 섞지 않았다.

"몰랐어. 정말 미안해."

화영은 진심으로 사과했다. 그 이후로도 화영은 바닥에 흩어져 있는 온갖 물건 중 무엇이 오렌지이고 무엇이 오렌지가 아닌지 알 수 없었다. 그래서 화영은 바닥의 물건을 피해 다녔다. 빈자리를 골라 발끝을 디디는 것. 그것이 대학 생활에서 배운 '애티튜드'가 되어갔다.

대학에 입학할 때만 해도 화영은 자신이 있었다. 점심시간에 급식실로 내달렸던 그때처럼, 이번에도 그렇게만 하면 될 줄 알았다. '대학 신입생 코디'를 검색해서 옷을 구입했다. 본관 앞 연못을 돌며 지나가는 학생들의 옷차림을 살폈다. 봄 원피스 위에 트렌치코트를 걸친 학생과 부츠 컷 청바지를 입고 가죽 재킷을 입은 학생이 보였다. 화영이 구입한 옷들과 비슷했다. 화영은 최신 유행하는 파스텔톤 롱 카디건을 걸치고 신입생 환영회에 참석했다.

"패션과 신입생 아니세요?"

창작과 선배가 화영을 훑어보며 물었다. 화영의 학교에는 패션과가 없었다. 롱 카디건이 어째서 조롱받는지 화영은 이해하지 못했다. 대중적으로 유행하는 것들은 우선 비웃고 보는 게 예술대의 유구한 애티튜드라는 사실을 몰랐다.

미술이론과의 정체성은 어딘가 애매했다. 소속은 미대인데, 외국어 공부를 하고 논문을 써야 하는 건 문과대 학생들과 비슷했다. 합동 수업을 듣거나 신입생 환영회나 엠티에 참석할 때는 미대 창작과 학생들과 함께였다. 미술이론과 학생 한 명과 창작과 학생 여러 명을 한 그룹으로 묶어서 프로젝트를 진행하는 수업이 필수과목이었다. 화영은 미술 창작자들에게 둘러싸여 대학 생활을 시작했다. 그들과 친구가 되었지만, 그들이 될 수는 없었다.

화영은 자신의 기숙사 방 책상을 둘러보았다. 모던한 검은색 캔들 워머 옆에는 스노볼이 놓여 있었다. 황동 레터 오프너와 플라스틱 단소가 연필꽂이에 함께 꽂혀 있었다. 우쿨렐레 악보집과 토익 기출문제집과 『천 개의 고원』이 줄지어 있었다. 대학에 입학한 이후로 화영이 구입해온 물건들이었다. 한마디로 잡탕 같았다.

화영은 눈앞의 벽을 쳐다보았다.

빈 벽.

화영은 자신이 빈 벽 같았다. 기숙사 312호실 화영의 자리. 창문은 멀고 출입구는 가장 가까운 자리. 누가 봐도 안 좋은 자리였다. 처음에는 나쁘지 않다고 생각했다. 좋은 자리를 차지할지 양보할지 고민하지 않아도 되었으니까. 학기가 바뀔 때 은근슬쩍 창문 있는 자리를 차지하면 그만이라 여겼다. 대학 생활 내내 같은 룸메이트들과 같은 방을 사용하게 될 거라곤 예상치 못했다. 창문에서 벚꽃이 떨어졌다. 가로등이 켜졌다. 햇빛이 들어왔고, 눈발이 휘날렸다. 창밖을 바라보는 룸메이트들의 뒷모습을 화영은 자주 바라봤다. 그래도 창문을 포기했으므로 화영은 좋은 사람이 될 수 있었다.

룸메이트들은 가끔 화영의 침대 난간에 자기 빨래를 널어놨다. 누군가 먹고 남은 콜라 캔이나 과자 봉지 같은 것이 화영의 책상에 놓여 있을 때도 있었다. 공강 시간에 기숙사에 돌아왔다가 화영의 침대에서 모르는 사람이 낮잠을 자고 있는 걸 발견하기도 했다. 룸메이트의 친구라고 했다. 여기서 자면 된다고 룸메이트가 말했다고 했다. 그들에게 악의는 없었다. 좋은 사람이 되어갈수록 화영은 없는 사람에 가까워져갔다.

스물여덟

석현에게서 메일이 온 건 화영이 유학을 준비한 지 반년 정도 지났을 무렵이었다. 석현이 기획하는 그룹 전시에 비평가로 참여해달라는 내용이었다. 화영이 쓴 「타자적 시선과 신체—동시대 미술을 중심으로」를 관심 있게 읽었다고 석현은 적었다. 화영은 거절의 내용을 담은 답장을 썼다. 전시가 시작할 즈음이면 화영은 한국에 없을 것이었다. 화영이 대학을 졸업하고 비평가로 활동한 지 사 년이 되어가고 있었다. 미술관학예사로 자리를 잡기에는 애초에 문이 너무 좁았고, 어쩌다 보니 시간이 그렇게 흘렀다. 일회성 특강을 하고 전시 서문을 쓰며 생활을 이어갔지만, 그 자리도 후배들에게 양보해야 할 시기가 임박해 있었다. 일을 계속하려면 학위가 필요했다. 등록금이 저렴한 대학원을 검색하다가 프랑스의 석사 과정 등록금이 일 년에 오십만원 남짓이라는 사실을 화영은 떠올렸다. 마침 대학에서 중급 프랑스어까지는 수강을 했던 터였다.

나쁘진 않네.

화영이 유학을 선택한 이유였다.

석현은 괜찮다는 답장을 보내왔다. 수긍의 의미가 아니었다. 전시에 참여하지 않아도 괜찮으니, 그래도 한 번만 미팅에 참석해달라는 부탁이었다.

미팅에는 석현을 포함해 네 명의 창작자가 참여했다. 장소는 석현이 정했다. 예능 프로그램에 나오는 셰프가 운영하는 브런치 카페였다. 석현은 하루에 서른 명에게만 판매하는 브런치 메뉴까지 예약해두었다. 천장에 거대한 샹들리에가 달려 있었다. 영국풍 가구들과 행잉 플랜트는 충분히 멋스러웠다. 유리문 바깥으로 손님들이 길게 줄을 서 있었다. 오픈 키친에서 요리를 하는 소리가 홀까지 그대로 전달되었다. 직원들은 정신없이 분주했다. 테이블은 지나치게 커다랬다. 미팅에 적합한 장소는 결코 아니었다. 자리에 앉자 곧 수플레 팬케이크가 나왔다. 석현이 손바닥을 내밀었다.

"잠깐만요."

석현은 다급하게 핸드폰을 꺼냈다. 음식 사진을 찍기 시작했다. 초점이 안 맞는다며 화영에게 사진을 대신 찍어달라고 했다. 화영은 핸드폰을 건네받았다. 석현이 시키는 대로 앵글을 조절하다가, 결국 의자 위에까지 올라가 핸드폰을 제물처럼 높게 치켜들고서 사진을 찍어줬다. 첫 미팅 자리에서 음식 사진에 집착하는 창작자라니, 확실히 독특한 면이 있었다.

사람들을 불러놓고서 석현은 맛집 이야기를 길게 했다. 대학로에 있는 유명 수제 맥줏집 뒤쪽에 안 유명한 수제 맥줏집이 있는데 그곳이 분위기도 더 좋고 같은 맥주를 이천원 싸게 판다고, 망원동에 있는 라멘 전문점에서 여름에만 파는 토마토 쓰케모노가 너무 맛있어서 매년 여름을 기다린다고 했다. 미팅을 하러 나온 사람 같지 않았다. 맛집 도장 깨기 모임에 나온 사람 같아 보였다. 어느 디저트 전문점에 두 시간이나 기다려 들어갔는데 팔꿈치조차 펼 수 없는 비좁은 자리를 안내받아 초코파이보다 작은 바닐라 아이스크림을 삼만원 내고 먹었다는 이야기를 석현이 했을 때였다.

"거기 성수동 카페 거리에 있는 곳 아니에요?"

우주가 입을 열었다.

"거긴 화장실도 식탁만큼 좁았어요."

보라도 맞장구를 쳤다. 놀랍게도 그 자리의 모든 사람이 그 디저트 가게에 한 번씩 가봤다는 사실이 드러났다.

"저는 원래 맛집 안 다녀요. 친구가 가고 싶어해서 간 거예요."

정수가 변명을 했다. 그러자 다른 사람들도 변명을 하기 시작했다. 아직 붐비지 않던 오픈 초기에 날이 너무 더워 우연히 들어갔다거나, 기념일에 애인이 데려갔다거나.

"거기 가본 게 어때서요."

석현이 사람들의 말을 끊었다. 그리고 이어 말했다.

"을지로 커피보다는 맛있잖아요."

다들 웃음이 터졌다. 모두가 '을지로 커피'를 알았다. '을지로 커피'는 을지로가 아닌 연남동에 있었다. 상호명도 '을지로 커피'가 아니라 'DANCING GIRAFFE'였다. 그러나 사람들은 왠지 그곳을 '을지로 커피'라고 불렀다. 석현은 생글생글 웃으며 나이프로 수플레 팬케이크를 자른 뒤 포크로 딸기를 생크림에 푹 찍어 입에 넣으며 말했다.

"을지로 커피가 신라호텔 커피보다 비싸다면서요. 근데 거기 커피 마시러 가는 사람은 없다던데요. 너무 맛없어서 정화수처럼 받아만 놓잖아요. 겨울에는 핫팩 대신 머그컵 한 번 만지고, 여름에는 아이스팩 대신 유리잔 한 번 만지고. 미술 작가랑, 영화감독이랑, 소설가랑, 연극 연출가랑, 유명한 사람들이 득실득실하다면서요. 유명하지만 애매하게 유명한 사람들 말예요. 거기는 〈음악중심〉에 나오는 노래는 절대 안 틀잖아요. 베스트셀러 코너에는 없지만 예대 교양과목에서 읽힐 법한 서적들만 책장에 꽂혀 있고요. 소품들도 마찬가지고. 그게 작품이란 걸 알아채야 거기 앉아 있는 즐거움이 생기는 거니까. 근데 죄다 비장애인 남자 작품들이더라고요. 여자나 장애인은 작품 속에만 나오던데요. 거기 화장실 입구에 재생 패브릭으로 만든 설치 작품 있잖아요. 그거 만든 작가랑 거기서 미팅을 한 적이 있거든요. 다음에는 커피가 맛있는 카페에서 만나자고 제가 말했더니, 저보고 뭘 모른다는 거예요. 커피는 맛으로 먹는 게 아니라나. 벤야민의 「기술복제시대의 예술작품」까지 들먹이더라고요. 아우라가 없대요, 아우라가. 다른 카페 커피에는요. 젠트리피케이션, 스크린 독점, 대형 서점의 매대 장사, 대학로 소극장이 오십 년 만에 폐업한 것도 결국은 그놈의 아우라의 파괴가 초래한 일이고, 글쎄 그게 다 요즘 여자들 때문이라는 거예요. 요즘 여자들은 연예인 이름이나 책표지, 굿즈만 보고서 작품을 고른다나. 요즘 여자들이 치열하게 탐색하는 건 비싼 디저트 가게밖에 없다는 식이었어요. 근데 여기 생크림 진짜 맛있네요. 딸기도 장난이 아니에요. 드셔보세요."

사람들이 팔짱을 풀고 눈을 껌뻑거리며 석현을 쳐다보았다. 그 자리에서 석현은 유일한 남성 창작자였다.

석현은 야구나 농구를 제대로 해본 적이 없다고 했다. 군대에 가본 적도 당연히 없었다. 총을 쥘 한쪽 손이 없었으니까. 남성성을 자랑하는 남성에 대해서라면 질색을 했다. 이차성징이 시작되기도 전부터 여자아이들이 어떤 위험에 처하는지, 매일매일 어떤 유리 천장에 부딪히며 살아가는지, 알지도 못하면서 아는 척을 하는 숱한 남자들과 달랐다. 석현은 알았다. 행인이 몸을 훑어본다는 것이 어떤 느낌인지를. 세세하게 배려받는 것 같지만 치밀하게 소외된다는 것이 무엇인지를.

사람들은 '을지로 커피'에서는 절대로 나누지 않았을 이야기를 나누기 시작했다. 흔히 겪는 일이어서 비밀이랄 것도 없는 이야기. 그러나 왠지 비밀처럼 입 밖으로 꺼낼 수 없었던 이야기들이었다.

너무 시끄러운데.

화영은 생각했다. 나이프가 그릇을 긁는 소리, 그릇을 테이블에 딱딱 내려놓는 소리, 의자 끄는 소리, 여기요, 주문할게요, 칼날이 나무 도마를 치는 소리, 환풍기 돌아가는 소리, 커다란 음악소리, 그것보다 더 커다란 말소리, 말소리들.

화영은 적당히 고개만 끄덕였다. 이야기 속으로 빨려들어가는 사람들을 구경했다. 채널이 휙휙 돌아가는 텔레비전처럼, 잠깐씩 노래 가사가 들렸고, 옆 테이블의 말소리가 들렸고, 일행들의 목소리가 들렸다. 어떤 이야기에도 심취하지 못하며 어떤 그룹에서도 완전한 소속감을 느끼지 못한다는 것, 그 사실에 화영은 이제 조바심을 느끼지 않았다. 빈자리를 찾아내는 것, 그곳에 발끝을 디디는 것, 없는 사람 같아서 제거할 필요도 없는 사람이 되는 것. 그것이야말로 생존에 있어서는 더없이 탁월한 재능이라는 걸, 화영은 이제 잘 알았다.

한 번으로 충분하다. 이 사람들을 또 만날 필요는 없다. 그게 화영의 판단이었다.

브런치 카페 앞에서 사람들과 헤어졌다. 지하철을 타러 가는 사람과 버스를 타러 가는 사람 중 그 누구와도 동행하지 않기 위해 화영은 근처에 일이 있다고 둘러댔다.

“오늘 반가웠어요. 안녕히 가세요.”

화영은 두 손을 흔들며 밝게 웃었다.

“잠깐만요.”

석현이 다급하게 화영을 불렀다. 그리고 생글생글 웃으며 다가왔다.

“너무 시끄러웠죠?”

“아뇨, 아닌데요.”

“저도 이렇게 시끄러운 곳인 줄 몰랐어요. 다음에는 조용한 곳에서 뵈어요.”

석현이 꾸벅 인사를 했다. 화영은 걸어갔다. 횡단보도를 건넜다. 대로변을 따라 언덕을 올랐다. 어디인지도 모르는 길을 계속 걸었다. 우뚝 멈춰 섰다.

시끄러웠냐니.

화영은 뒤를 돌아봤다.

왜 그걸 나한테만 물어봤을까.

화영은 다시 걸었다. 석현의 말을 곱씹었다. 곱씹을수록 그냥 인사말처럼 느껴지지 않았다. 무엇인가를 들킨 것 같았다.

또 미팅을 하자는 석현의 메시지를 받았을 때, 화영은 그러자고 답했다. 확인하고 싶었다. 석현이 정말로 무엇인가를 알고 있는 건지, 혹은 알지 못하는지를.

일행들은 음식점 입구에 서 있었다. 화영은 주춤거리다 음식점 바깥으로 빠져나왔다. 일행들과 몇 걸음 떨어진 자리에서 상황을 지켜봤다.

"정말 죄송합니다."

직원이 연신 고개를 숙였다. 다른 예약 손님이 늦게 도착하는 바람에 빈 좌석이 없다는 것이었다. 군데군데 비어 있는 테이블이 빤히 보였다. 석현이 그 사실을 지적하자 직원이 한숨을 쉬었다.

"음식점이다보니까요. 긴팔 옷을 입고 오시지 그러셨어요."

석현은 가방을 열어 지갑을 꺼냈다. 명함 한 장을 집어 직원에게 건넸다. 그 변호사가 자신의 법적 대리인이고, 이것은 장애인차별금지법 위반이라고 말했다. 인권위에 진정을 할 것이며, 시정명령에 응하지 않으면 삼천만원 이하의 과태료가 부과될 것이라고 덧붙였다. 사장이 나타났다. 다짜고짜 직원에게 역정을 냈다. 직원 교육을 잘못 시켰다며 사장은 사과했다. 직원의 독단적인 행동이 아니었다는 것쯤은 모두들 알고 있었다.

"처음 봐요."

사장이 안내한 테이블에 앉아 컵에 물을 따르며 보라가 말했다. 잘못에 대해 항의했을 때 즉각 사과받는 장면을 처음 본다고 했다.

석현은 음식점 출입 문제로 소송을 해본 적이 있었다. 긴 싸움이었다. 명함을 다시 꺼낼 때마다 석현은 제 발로 악몽 속으로 걸어들어가는 끔찍한 기분이 든다고 했다.

"그래도 할 수 없죠."

이골이 났다는 투로 석현은 말했다. 그건 무언가를 절대 포기하지 않는 자만이 할 수 있는, 다른 종류의 체념 같았다.

"저는 다 먹어보고, 다 말할 거예요."

이 세상에 존재하는 모든 맛집을 탐방할 거라고 석현은 말했다. 특유의 생글생글한 웃음을 지어 보였다. 석현의 단단한 눈빛을 마주보다가 화영은 고개를 돌려버렸다. 다시 석현을 쳐다보았을 때, 석현은 그 눈빛으로 여전히 화영을 주시하고 있었다. 너한테 하는 말이라는 듯이.

화영의 의심은 그 순간 확신으로 바뀌었다. 석현은 알고 있었다. 그게 아니라면, 화영을 뚫어지게 쳐다볼 이유가 없었다.

"사실 저는 포기한 장소가 있거든요."

포크로 파스타를 말며 우주가 말했다.

"저희 집 근처에 셀프 주유소가 생겼는데요. 오만원 주유하면 노 브러시 자동 세차가 천원이에요. 다른 데는 싸도 육칠천원은 받거든요. 완전 좋은 거죠. 근데 제가 주유를 하려고 차에서 내리기만 하면 직원이 다가와서 말을 거는 거예요. 이 차는 경차니까 '가득' 버튼을 누르지 말고 '오만원' 버튼만 누르라든가, 정전기 패드부터 터치를 하라든가 하면서요. 제가 무대기술과 복수전공했잖아요. 못도 망치로 딱 두 번 쳐서 박거든요. 못질을 하도 많이 해가지고요. 자동차 배터리 같은 건 인터넷으로 주문해서 직접 교체하고요. 친구들 차 사면 내비게이션 매립도 제가 해주거든요. 영화 시작하기 전에 비상구 안내가 나오잖아요. 그것처럼, 여기 셀프 주유소에서는 원래 이런 안내를 해주나보다, 그렇게 생각했거든요. 근데 다른 차에서 남자가 내리니까 직원이 안 다가가는 거예요. 제 차로 가까이 왔다가도 조수석에 남자가 타 있으면 되돌아가고요. 한두 번 간 것도 아닌데 갈 때마다 그러니까, 일부러 저러나 하는 생각까지 들더라고요. 그 주유소에는 안 가게 됐어요. 자동세차가 싸긴 한데, 기분 상해가면서까지 가야 하는 건 아닌 것 같아서요."

"그 직원이 저를 보면 어떻게 할까요? 말을 걸까요, 안 걸까요?"

석현이 물었다. 그들의 다음 코스는 셀프 주유소가 되었다. 우주의 차를 함께 탔다. 조수석에는 석현이 앉았다. 우주가 차에서 내렸다. 사무실 문 앞에 서 있던 주유소 직원이 우주를 스캔했다. 조금씩 가까이 걸어왔다. 직원은 조수석에 앉아 있는 석현을 발견했다. 직원이 걸음을 멈췄다. 석현은 컵 홀더에 꽂혀 있는 빈 생수병을 집었다. 생수병을 들고 차에서 내렸다.

직원에게 다가갔다. 분리수거함이 어디에 있느냐고 물었다. 직원이 석현의 몸을 훑어보았다.

"줘요. 내가 버려줄게."

석현이 건네기도 전에 직원은 석현의 왼손에서 생수병을 빼냈다. 그러고는 방향을 틀어 우주를 향해 성큼성큼 걸어왔다.

"파란색 말고 노란색. 그게 휘발유."

직원이 말했다.

"나도 알거든요."

우주가 또박또박 말했다. 석현이 차를 향해 되돌아왔다. 직원의 곁을 스치며 석현이 말했다.

"라벨은 잘 떼서 비닐 코너에 따로 버리세요."

이후로 그들은 모일 때마다 포기한 일들에 대해 이야기했다. 보라는 창문을 포기했다고 했다. 보라의 자취방은 반지하였고, 바깥에서 보면 사람의 정강이보다도 낮은 위치에 창문이 나 있었다. 손바닥을 땅에 대고 엎드려가며 방을 들여다보는 남자 때문에 창문을 열지 못하게 되었다고 했다. 정수는 공원을 포기했다고 했다. 정수는 대형견을 키웠다. 짖기는커녕 제 쪽으로 목줄을 당기지도 않는 개였다. 그래도 줄을 짧게 감아쥐고 다녔지만 '왜 힘도 없는 여자가 큰 개를 끌고 다니냐'는 말을 들었다. 그래서 사람이 없는 야산으로만 산책을 다닌다고 했다.

석현의 제안에 따라, 누군가가 포기한 그 일을 참여자들이 다 함께 하기 시작했다. 화영과 사람들은 보라의 반지하방에 모여 앉아 해가 뜰 때까지 영화를 봤다. 창문도 밤새 열어두었다. 길고양이가 다가왔다. 창턱에 앉아 길고양이도 영화를 봤다. 그다음에는 정수의 개와 함께 공원을 산책했다. 천천히 걷다가, 빠르게 걷다가, 함께 달렸다. 개가 고개를 돌려 화영을 자꾸 쳐다봤다. 혀를 내밀고 헥헥거리며 웃었다. 석현이 어째서 첫 미팅부터 맛집 이야기를 꺼냈는지, 화영은 알 것 같았다. 이게 석현이 전시를 기획하는 방식이었다. 이 모임에서 겪은 모든 순간이 각자의 작업에 스며들 것이었다. 작업들은 서로 연결될 수밖에 없다. 주제를 정할 필요도 없이 하나의 주제로 묶일 것이다.

마침내 화영이 말할 차례가 되었다. 피해 다니는 골목이나 가지 못하게 된 단골집 같은 곳들이 화영에게도 있었다. 그중 한 가지를 털어놓을 계획이었다. 그러나 웃고 있는 석현과 눈이 마주치자 입에서 엉뚱한 말이 튀어나왔다.

"시끄러워."

일행들이 화영을 쳐다보았다. 화영의 얼굴이 달아올랐다. 말을 뱉고 나서야 화영은 열다섯 살 이후 처음으로 그 말을 입밖에 꺼내본다는 사실을 깨달았다.

"다음엔 조용한 곳에서 보자면서요."

화영의 달아오른 얼굴이 곧 터질 것 같았다. 화영은 오른쪽 귀에 손을 가져다댔다. 그리고 사람들을 둘러보았다. 아직 시작도 하지 않은 화영의 이야기에 모두가 이미 귀를 기울이고 있었다. 화영은 가족 외에는 누구에게도 털어놓은 적 없는 이야기를 하기 시작했다.

열다섯 살 여름. 화영의 오른쪽 귀에서 청력이 사라졌다. 예견된 일이었다. 화영의 가족은 오래전부터 준비해온 대로 행동했다. 그러니까, 아무것도 안 했다. 병원에서 돌아와 평소처럼 두부를 큼직하게 썰어넣은 된장찌개와 매실장아찌로 저녁을 먹었다. 엄마가 깎아준 참외를 받아먹으며 예능 프로그램을 봤다. 언니가 냉장고를 뒤적거리더니 아이스크림을 사러 가자고 했다. 배스킨라빈스에서 파인트 한 통을 사서 집으로 돌아왔다. 밥숟가락을 들고 같이 퍼먹었다. 이번에도 화영은 아이스크림을 너무 많이 먹었고, 이번에도 언니는 너 혼자 다 먹을 거냐며 삐죽거렸고, 이번에도 화영은 낄낄거렸다. 특별할 것 없는 날이었다. 그런 날들이 무심히 흘러갔다. 그래서 화영은 청력 손실도 대수롭지 않게 여기게 되었다. 꼬마였을 때부터 만성 비염을 앓아 냄새를 맡지 못하다시피 했다. 시시때때로 불편하고 귀찮았지만, 그게 다였다. 이번에도 그 정도의 일로 받아들였다. 학교에 소문이 나면서부터 상황이 바뀌었다. 화영의 가족이 얼마나 침착하고 세심했는지를, 화영은 그제야 알게 되었다. 아이들은 화영이 오른쪽에서 들려오는 소리를 아예 못 들을 거라고 생각했다. 할말이 있을 때면 왼쪽 귀에 대고 고함을 질러댔다. 입 모양을 과장되게 크게 하기도 했다. 화영이 하루아침에 구화를 익히기라도 한 것처럼 그랬다. 숙덕거리고 싶을 때면 화영의 오른쪽으로 몰려갔다. 오른쪽 귀에 대고 손뼉을 쳐보는 아이도 있었다. 화영이 깜짝 놀라 돌아보면, 그 아이도 깜짝 놀라 뒷걸음질을 쳤다. 아이들은 들리는 영역과 안 들리는 영역의 경계가 뚜렷하지 않다는 걸 이해하지 못했다. 듣거나 못 듣거나, 장애인이거나 비장애인이거나. 그 두 가지 가능성밖에 생각을 못했다. 눈이 나빠도 안경이나 렌즈를 끼지 않는 친구, 시시때때로 두통이나 생리통에 시달리는 친구, 음치이거나 뜀틀을 못 넘는 친구와 사정이 비슷한 것도 같았는데, 그들과 다르게 받아들여졌다. 사람들은 청력 손실이 화영에게 상처가 되었을 것이라 지레짐작했고, 그 지레짐작이 화영에게 상처가 되어갔다. 화영의 부모는 화영을 집에서 한 시간이나 떨어진 고등학교로 진학시켰다. 중학교 동창이 한 명도 없는 학교였다. 그때부터 화영은 한쪽 귀가 안 들린다는 말을 하지 않았다. 티가 나지 않았다. 다른 사람과 함께 걷거나 나란히 앉을 때면 오른쪽을 차지했다. 그러지 못했을 때는 상체를 비스듬히 틀어 소리가 들리는 쪽에 왼쪽 귀를 가까이 했다. 핸드폰은 항상 진동으로 설정해두었다. 소리의 방향을 가늠할 수 없어서였다. 핸드폰이 울려도 핸드폰을 못 찾는 순간이 잦았다. 여러 명이 동시에 말할 때가 가장 문제였다. 동시에 듣는 게 거의 불가능했다. 누가 말한 건지도 헷갈렸다. 음악이라도 틀어져 있으면 소리들이 서로 뒤엉켰다. 덜 마른 수채화에 물을 쏟은 것처럼, 소리들이 섞이고 우그러들었다. 말을 놓치기 일쑤였다.

시끄러워.

화영은 시끄러운 장소를 싫어했다. 대화가 더 안 들렸다. 시끄럽다는 말을 입 밖으로 꺼내지는 않았다. 화영이 가장 많이 삼킨 말이 되었다. 처음에는 대화를 놓칠 때마다 누군가의 표정을 따라 했다. 히죽 웃으며 말하는 친구를 보면 히죽 웃었다. 무표정한 친구를 보면 무표정하게 있었다. 슬픈 이야기를 하며 밝게 웃는 친구가 있고 기쁜 이야기를 하며 무표정한 친구가 있다는 사실을 알게 되었다. 슬픈 소식을 듣고 히죽 웃는 친구도 있고 기쁜 소식을 듣고 무표정한 친구도 있다는 걸 알게 되었다. 전체적인 분위기까지 파악해야 실수를 줄일 수 있었다. 칼로 자른 듯 파악할 수 있는 상황은 드물었다. 애매한 기쁨과 애매한 뿌듯함, 애매한 조롱과 애매한 비아냥. 애매함이 표현의 핵심일 때가 대부분이었다.

화영은 애매하게 이해했고, 애매하게 표현했다. 사람 말을 안 듣는다는 오해를 피하고 싶었고, 그럴수록 더 애매해져갔다. 장애가 있다기엔 왼쪽 귀가 너무 잘 들렸다. 장애 등급 기준을 보아도 한쪽 귀의 청력이 손실되지 않은 사람은 장애인이 아니었다. 잘 들리는 영역과 안 들리는 영역을 선으로 그을 수 없듯, 화영도 자신이 속한 영역과 속하지 않은 영역을 선으로 그을 수 없었다.

가끔은 모든 것이 귀 때문인 것 같았다. 음악에 열광하지 못하게 된 것도 귀 때문이고, 다른 사람의 이야기에 심취하지 못하게 된 것도 귀 때문이고, 소속감을 못 느끼게 된 것도, 교환일기를 쓰려면 언니의 책상 서랍을 뒤적여야 하게 된 것도, 별자리 운세와 혈액형별 성격유형에 대해 떠들게 된 것도, 농구부 선배를 짝사랑하는 척하게 된 것도, 미술이론과에 진학하게 된 것도……

가끔은 어떤 것도 귀 때문은 아닌 것 같았다. 누구든 그럴 수 있었다. 자신이 애매하다 느낄 수 있었다. 누구든 뾰족한 취향이나 안목이 없을 수 있고, 다른 것을 좋아하는 척할 수 있고, 누구나 누구를 흉내낼 수 있고, 화를 잘 못 낼 수 있었다.

그러나 화영은 의심하지 않을 수 없었다. 귀가 잘 들렸다면 과연 어떤 성격이 되었을까. 의심하지 않아도 되는 것을 의심하게 된다는 게 화영의 진짜 문제였다.

"저는 몰랐어요."

석현이 조심스럽게 말했다.

“몰랐다고요?”

“네. 그냥…… 다시 만나고 싶다는 말을 하려던 거였어요.”

“쳐다본 거는요? 자꾸 뚫어지게 쳐다봤잖아요.”

“그건……”

석현이 머리를 긁적였다. 우선 이곳에서 나가자고 석현은 제안했다. 이번에는 정말로 조용한 곳으로 가자고 했다. 그들은 공원으로 갔다. 말소리가 흩어지지 않도록, 사람과 바람이 다니지 않는 곳을 찾아 걸었다. 비어 있는 농구장에 도착했다. 스탠드에 자리를 잡았다.

“고등학생 때, 학교 바로 앞에 공원이 있었어요. 해미공원이라고, 벚꽃으로 유명한 곳인데 거기에도 농구장이 있었어요.”

석현이 말하기 시작했다.

벚꽃 철이면 아이들은 교실에서 공원을 내려다보았다. 연분홍 벚꽃이 공원에서부터 날아와 교실 창틀에 쌓이기도 했다. 학생들은 툭하면 해미공원에서 야외수업을 하자고 졸라댔다. 운이 좋으면 선생이 학생들을 인솔해 가기도 했다. 석현의 반도 그날 공원을 가로질러 농구장 스탠드로 향했다. 벚꽃 구경을 온 인파로 공원은 북적였다. 소풍을 나온 유치원생들이 석현과 친구들 곁을 지나쳤다. 삼삼오오 모인 아주머니들과 커플들도 스쳐지나갔다. 그리고 한 무리가 또 한번 소란스레 스쳐갔다. 친구 중 한 명이 중얼거렸다.

"장애인들 같은데."

무리의 맨 끝에서 가던 사람이 친구의 말을 듣고 뒤돌아보았다. 화가 난 눈빛으로 석현과 친구들을 노려보았다. 친구들은 뒷걸음질쳤다. 친구가 석현의 옷소매를 잡아끌었다. 다른 길로 걸어가기 시작했다.

"아니 난, 걷기 편하게 우리가 비켜줘야 할 것 같아서."

난감한 표정으로 친구가 말했다. 만약 특수학교에 다녔더라면, 석현도 그 무리 중 한 명일 수 있었다. 맨 끝에서 뒤돌아보던 그 사람이 석현이었을 수 있었다. 순간 석현은 그날을 떠올렸다. 사람들이 막 반팔을 입기 시작한 봄날의 일요일이었다. 집 앞 골목에서 석현은 어린이날 선물로 받은 롤러스케이트를 연습하고 있었다. 한 발씩 나아가며 넘어지고 일어서기를 반복하다가, 마침내 롤러스케이트를 타고 달릴 수 있게 되었다. 석현은 오르막길과 내리막길을 연습했다. 언덕을 내려가다가 균형을 잃었다. 넘어지지 않기 위해 본능적으로 방향을 틀었고, 잡을 만한 것을 찾았다. 신축 공사중인 빌라 앞에 비계 파이프 더미가 쌓여 있었다. 두 손바닥을 대자 파이프 더미는 석현을 향해 무너져내렸다. 신경이 끊어져서 그랬는지, 통증은 느껴지지 않았다. 파이프 밑에 깔린 팔이 어떻게 되었는지도 보이지 않았다. 빠져나오는 것이 불가능할 뿐이었다.

마을버스 한 대가 언덕을 올라오는 것이 보였다. 석현을 발견했는지 차가 점점 속도를 줄였다. 버스는 석현을 빙 돌아 지나갔다. 날씨가 따뜻해서 버스 차창들이 열려 있었다. 승객들이 한 명 한 명 석현을 내려다보았다. 십수 개의 눈동자가 차례차례 스쳐지나갔다. 버스는 다시 속도를 높였다. 얼마나 지났을까. 한 남자가 언덕을 내려왔고 석현을 도와주었다. 함께 구급차를 타고 이동하면서 그는 석현의 손을 꼭 잡아주었다. 두 눈을 질끈 감고 그는 기도했다. 하늘에 계신 아버지, 이 아이와 함께하소서. 석현의 부모가 병원에 도착할 때까지 그랬다. 석현의 부모는 그에게 감사의 의미로 지갑에서 만원짜리 몇 장을 꺼내 내밀었다. 그 일로 석현의 부모와 남자는 실랑이를 벌였다. 그는 택시 운전사였고, 출근하던 길이었다고 했다. 석현을 살피느라 일을 하지 못하고 한나절을 허비했다고, 최소한 삼십만원은 받아야 된다고 남자는 말했다. 석현은 무서웠다. 남자가 아니라 자신의 부모가. 이송용 침대에 방치된 채로 석현은 부모가 아들을 도와준 사람과 사례금 액수를 두고 협상하는 것을 듣고 있었다. 삼십만원이 어느 정도의 금액인지 어린 석현은 알지 못했지만, 자신이 구급차에서 들은 기도에 값을 매긴다면 그보다 적지는 않을 것 같았다.

여덟 살이라는 어린 나이 때문에 석현은 전신마취를 하는 대신 웃음 가스를 주입하고 진정 마취를 했다. 석현은 수술을 받으면서 한숨도 자지 않았다. 석현의 기억에 따르면 그랬다. 무영등이 켜졌을 때 몸 여기저기에 피가 튀어 있는 것을 보았다. 그걸 보자 왠지 잠들어서는 안 된다는 생각이 들었다. 졸음이 쏟아지고 눈꺼풀이 내려앉았다. 입안이 얼얼해지고 몸은 움직이지 않고 말도 나오지 않았지만, 석현은 안간힘을 다해 두 눈을 부릅떴다. 간호사와 의사가 길 건너에 새로 생긴 식당에 대해 이야기하는 것을 들었다. 대구탕은 매운탕보다 지리가 더 맛이 좋은데, 식후에 주는 식혜가 일품이라고 했다. 어느 순간부터는 눈을 뜬 채로 꿈도 꿨다. 사고가 났던 골목에 석현은 여전히 누워 있었다. 버스 한 대가 다가왔다. 승객들이 석현을 내려다봤다. 석현이 수술을 받는 것을 구경했다. 발가벗고 있는 몸이 석현은 부끄러웠다. 남자가 기도하는 소리가 들려왔고, 하여간 교회 사람들은, 하고 투덜거리는 부모의 목소리도 들려왔다. 그리고 석현이 보였다. 석현이 롤러스케이트를 타고 있었다. 롤러스케이트가 드르륵, 드르륵, 소리를 내며 굴러갔다. 석현은 점점 더 빨리 롤러스케이트를 탔다. 쐐—액, 쐐—액 소리가 나기 시작했다. 석현은 넘어지지 않고 잘도 달렸다. 그것이 너무 기뻐서, 석현은 자꾸 웃음이 나왔다. 롤러스케이트에서 나는 소리, 드르륵, 드르륵, 쐐—액, 쐐—액, 끊어지지 않는 소리, 나중에야 석현은 그것이 전기톱 소리였다는 걸 알았다. 의료용 전기톱이 석현의 팔뼈를 잘라

나가는 소리였다. 어머, 얘가 눈을 뜨고 있어요. 간호사의 얼굴이 불쑥 나타났다. 롤러스케이트를 타던 석현이 툭 넘어졌다. 전기톱 소리가 멈추었다. 수술실에 있던 간호사들이 모여들어 버스 안의 사람들처럼 석현을 내려다보았다. 석현은 알몸이 부끄러웠다. 보지 마세요, 석현은 입술을 달싹이려 노력했다. 아무 말도 나오지 않았다. 웃음만 새어나왔다.

이후로 버스 차창 안의 눈동자들은 집요하게 석현을 따라다녔다. 어딜 가든 있었다. 석현을 물끄러미 바라보고, 석현을 지나쳐가는 눈동자들.

하지만 이상한 일이었다. 지하철이나 길거리에서 다른 장애인을 보았을 때, 석현 또한 그를 쳐다보게 되었다. 안 쳐다보려 노력해도 자신도 모르게 흘끗거렸다. 쳐다보는 그 눈동자가 얼마나 끔찍한지 자신이 가장 잘 알고 있으면서도, 다른 비장애인이 자신을 쳐다보는 바로 그 눈빛으로, 석현도 다른 장애인을 훑어보았다. 목발을 쥐고 있는 사람을 보면 괜히 자기 발을 움직여보게 되었다. 그런 행동을 하는 자신을 발견하곤 소스라치게 놀랐다.

해미공원에서 마주친 사람이 석현과 친구들에게 왜 불쾌감을 드러냈는지, 그 이유를 석현은 알았다. 그러나 석현은 친구의 당혹스러움도 이해했다. 석현 또한 친구처럼 그 무리를 훑어보았으니까. 석현은 사고 이후에도 쭉 일반 학교를 다녔다.

다른 장애인과의 교류를 의도적으로 차단한 환경에서 자라났다. 가족도, 친구도, 아는 사람도, 모두 비장애인이었다. 석현은 다른 장애인의 삶이 궁금했다. 자신의 말을 들어줄 친구는 있었지만 진심으로 공감을 할 사람은 없었다. 장애인은 다른 장애인과 어떤 대화를 나눌지, 어떤 것을 당연하다 전제하고 어떤 것은 그렇지 않다 전제할지 궁금했다. 궁금했지만 알고 싶지는 않았다. 모른 채로 궁금하고만 싶었다. 아무것도 모르는 석현의 친구들처럼. 비장애인 사이에서 잘 적응해내는 석현을 그의 부모는 대견해했다. 큰일을 겪고도 잘 자랐다는 칭찬을 석현은 자주 들었다. 잘 자랐다니.

"저는 3급 2호예요. 화영씨랑은 다르게 제도로부터 인증받은 중증 장애인이죠. 근데, 저도 모르겠어요. 제가 어디에 속해 있는 건지."

언제든 '시끄럽다'고 말해달라고, 조용한 곳을 찾아 백 번이라도 이동하겠다고 그후로 석현은 자주 말했다. 화영은 시끄럽다고 말하기 시작했다. 안 들릴 때에는 안 들린다고 말하기 시작했다. 칭찬을 들어도 고맙다는 감정이 생기지 않고, 화를 내야 할 때에도 화가 나지 않는다고 고백했다. 그러나 자신의 감정을 잘 모르겠다고 고백하는 순간, 화영은 목구멍에서 묵직하고 뜨거운 무언가를 느꼈다. 화영과 일행들은 반지하방에서 또 영화를 봤고, 또 개와 함께 공원을 산책했고, 석현은 또 음식점 출입을 거부당했다. 화영은 그때에도 식당 출입문 뒤쪽으로 빠져 있었다. 석현이 가방을 열고 지갑을 꺼낼 때, 식사를 마친 손님들이 카운터 쪽으로 다가왔다. 그 손님들을 응대하려다 직원은 석현의 팔을 쳤다. 오른팔의 절단된 부위를. 사고가 난 지 이십 년도 더 지났지만, 절단 부위를 만지면 여전히 잔여 통증을 느낀다고 석현이 말했던 게 기억났다. 화영은 자신도 모르게 소리를 질렀다.

"왜 사람을 쳐요."

울먹임이 뒤섞인 목소리였다. 직원과 석현이 놀란 표정으로 화영을 쳐다보았다. 화영도 자신에게 놀랐다.

스물아홉

해가 지나고 1월에 전시가 열렸다. 화영도 참여했다. 오픈 날 찾아오는 사람들을 맞이하기 위해 참여자들과 함께 마트에서 장을 봤다. 전시 공간에 테이블과 가스버너를 가져다두고 냄비 가득 과일을 넣어 뱅쇼를 끓였다. 체리와 치즈, 방울토마토를 꼬치에 하나씩 꽂았다. 크래커 위에 크림치즈와 딸기를 얹어 카나페를 만들었다. 이렇게 만드는 게 맞느냐고 보라가 물었고, 다들 잘 모른다고 답했다. 그래도 다들 맛있다고 했다. 전시 마지막날에는 다 함께 작품을 철수했다. 텅 빈 전시 공간을 둘러보고, 고마웠다는 인사를 서로에게 건넸다. 석현이 예약해둔 식당에서 늦은 저녁을 먹었다. 다음날 화영은 프랑스로 떠났다. 석현이 공항까지 배웅했다.

"몇 달 더 미룰까."

공항 안의 카페에 앉아 화영은 물었다.

"이미 두 달 미뤘잖아."

석현이 웃었다. 예전에 식당에서 보았던 단단한 눈빛으로 화영을 쳐다보았다. 석현이 무언가를 각오할 때마다 보여주는 눈빛이었다. 그 눈빛이 어떤 종류의 다짐인 것인지 화영은 묻지 않았다.

화영은 기숙사 식당에서 시리얼에 우유를 부어 먹고 있었다.

'나 지금 호찌민이야.'

석현에게서 문자메시지가 왔다. 화영은 바로 석현에게 영상통화를 걸었다. 석현의 움직임과 말이 뚝뚝 끊어졌다. 석현의 얼굴 너머로 파란 의자들과 항공편 안내 전광판, 그리고 통유리창이 보였다. 유리창 너머로 비행기가 지나갔다. 뭐라고? 뭐라고 했어? 화영은 같은 말을 반복했다. 몇 마디만 간신히 알아듣고 전화를 끊어야 했다. 화영은 잘못 들었다고 생각했다. 메시지를 보내 석현에게 들은 내용을 확인했다. 잘 들은 것이 맞았다.

내일 아침, 여섯시, 혼자서. 석현은 호찌민을 경유해 파리 공항에 도착한다고 했다.

화영이 머물고 있는 브장송에서 샤를드골공항까지는 세 시간 남짓한 거리였다. 소요 시간이 그리 길다고 할 수는 없지만, 교통편이 좋지 않았다. 버스를 타고 테제베로 갈아탄 다음 환승을 하고 또다시 버스를 타야 했다. 화영은 공항 근처 숙소부터 검색했다. 아침 여섯시에 도착하는 석현을 공항에서 맞이하려면 오늘 당장 출발해야 했다. 아르바이트를 하고 있는 중식당의 매니저에게 전화를 걸었다. 사정을 설명하고 결근을 신청했다.

파리로 이동하면서 화영은 석현과 메시지를 나눴다. 석현은 호찌민 공항에서 아홉 시간을 대기해야 했다. 석현은 영문판 『이방인』을 천천히 읽어낼 수는 있었지만, 빠르게 지나가는 영어 자막은 읽지 못했다. 수능 영어 듣기 평가에서 만점을 받았고 영어로 간단한 자기소개를 할 순 있었지만, 그 정도가 다였다. 해외여행도 처음이었다. 호찌민 공항 라운지가 어디에 있는지, 이용 시간 제한이 있는지 화영은 검색했다. 석현에게 자세히 알려줬다. 비행기가 두 차례 지연되었고, 게이트가 한 차례 바뀌었다. 그때마다 석현은 무슨 일이 일어나는지 잘 이해하지 못했다. 화영이 석현 대신 승무원과 영어로 메시지를 나누었다.

석현은 오전 열시에 공항에 도착했다. 석현이 화영을 향해 손을 흔들었다. 공항 직원 두 명이 석현을 에스코트하고 있었다. 화영이 승무원을 통해 요청한 공항 서비스였다. 그들은 커다란 캐리어를 화영에게 넘겨줬다.

"입국 심사할 때 줄도 안 섰어. 장애인 우선 심사대가 있더라고."

석현은 싱글벙글했다. 석 달 만에 다시 만난 석현에게 변한 것이 없음에도 화영은 왠지 낯설었다. 그 낯섦까지도 화영은 반가웠다. 캐리어를 달라고 석현이 말했지만, 화영은 고개를 저었다. 화영이 캐리어를 끌어야 두 사람이 손을 맞잡고 걸을 수 있었다.

"에펠탑부터 갈까. 촌스러운가."

파리 시내로 향하는 버스 안에서 석현은 말했다.

"아니다. 에펠탑은 밤에 봐야 예쁘겠지. 오르세미술관부터 갈까."

석현은 들뜬 기색이 역력했다. 화영은 자신이 파리에서 보낼 수 있는 시간을 계산했다. 그리고 석현에게 자신의 사정을 말하기 시작했다. 전시에 참여하기 위해 출국을 미루는 바람에 어학원의 학기제 수업에 등록할 수 없게 된 것, 그 공백을 메우기 위해 한 달에 백만원이 넘는 집중 코스 수업을 수강하고 있다는 것, 수업료 때문에 중식당에서 설거지 아르바이트를 하고 있다는 것, 아르바이트 때문에 과제 할 시간이 부족해 하루에 네 시간밖에 잠을 못 잔다는 것을. 그동안 석현에게 굳이 하지 않았던 이야기였다.

우선 짐부터 풀자고, 숙소 바우처를 달라고 화영은 말했다. 석현은 화영을 멀뚱멀뚱 쳐다보았다.

석현은 계획이 없었다. 무작정 공항으로 달려갔고, 무작정 비행기를 타고 날아왔다고 했다. 이런저런 준비를 하는 일이 버겁고 자신 없었을 것이라고 화영은 짐작했다. 즉흥적이라기에는 석현의 캐리어가 너무 컸다. 그러나 화영은 이 상황을 만든 사람이 바로 자신이라는 걸 알았다. 기숙사 창문 난간에 기대 붉은 지붕으로 빼곡한 바깥을 바라보는 사진, 상트르빌에서 머리통만큼 커다란 케밥을 들고 웃고 있는 사진, 고흐의 〈론강의 별이 빛나는 밤〉처럼 아름다운 두강의 야경 사진. 화영은 석현에게 가장 아름다운 사진만을 골라 보냈다. 기숙사에 얼마나 많은 개미가 들끓는지, 두 대밖에 없는 공용 세탁기가 얼마나 자주 고장나는지는 말하지 않았다. 케밥이 가장 저렴한 음식이어서 질리게 먹을 수밖에 없었고, 이제는 케밥 냄새만 맡아도 비위가 상한다는 것을 말하지 않았다. 일요일마다 버스가 일찍 끊긴다는 것, 그래서 아르바이트를 마치고 기숙사까지 걸어가야만 한다는 것, 컴컴한 길이 너무나 무섭게 느껴진다는 것을 말하지 않았다. 프랑스에서의 생활을 낭만적으로 포장한 건 화영이었다.

화영과 석현은 브장송으로 이동했다. 기차에 앉아 다음에 꼭 함께 파리를 여행하자고 약속했다. 기숙사 근처에 석현의 숙소를 얻었다. 담쟁이넝쿨로 뒤덮인 대문으로 들어서면 중정이 나왔고, 중정에는 잘생긴 사이프러스가 자랐다. 방마다 중정 쪽으로 난 발코니가 있었다. 반대편 벽에는 아치형 창문이 있었다. 브장송을 감싸는 두강이 내려다보였다. 체크인을 하자마자 화영과 석현은 침대에 나란히 누웠다. 삼십 분 정도 그대로 낮잠을 잤다. 일어나서는 안심 스테이크와 어니언 수프,

레드와인과 하겐다즈를 룸서비스로 시켰다. 음식은 영화에서 본 것처럼 동그란 은색 뚜껑에 덮여 서빙되었다. 석현이 음식 사진을 찍었다. 열어놓은 창문으로 강바람이 들어왔다. 실크 커튼과 하얀 테이블보가 펄럭였다. 바닥에 깔린 페르시안 러그를 바라보며 화영은 새삼스레 석현이 프랑스에 와 있다는 사실을 상기했다. 계속 프랑스에 있었지만, 상상해온 프랑스에 있는 기분은 처음이었다.

"와줘서 고마워."

화영은 석현에게 말했다.

이틀 뒤에 화영은 어학원에서 사귄 친구들에게 석현을 소개했다. 인도네시아에서 온 친구의 자취방에서였다. 건물 맨 꼭대기 층의 창고를 개조한 다락방이었다. 천장은 비스듬하게 경사져 있었고 창문은 손바닥만큼 작았다. 분명 옹색했을 그 공간을 친구는 최선을 다해 꾸며놓았다. 쿠션이 꺼진 소파에는 에스닉한 담요가 덮여 있었다. 보석처럼 색칠해놓은 조개 모빌 옆에는 방패연이 걸려 있었다. 골동품 상점에서 구입한 촛대들이 운치를 더했다. 화영은 그 공간이 좋았다. 대학 시절 화영의 책상처럼 친구의 자취방은 계통이 없었다. 자신이 모아둔 물건들이 무엇인지조차 잘 모르는 것 같았다. 그게 화영의 마음을 편안하게 했다. 화영의 친구들은 나이와 국적이 서로 달랐다. 살아온 환경도 프랑스에 온 목적도 달랐다. 그러나 모두 화영처럼 홀로 유학을 왔다는 공통점이 있었다. 프랑스어를 프랑스인처럼 잘하지 못한다는 한 가지 이유만으로도 서로에게 동질감을 느꼈다. 그들은 식자재 마트나 옷가게에서 종종 일부러 말을 못 알아듣는 척하는 백인을 만났다. 어학원 학생으로서 앞으로 어느 학교에 합격할 수 있을지 미지수였다. 관광객처럼 가벼운 마음으로 동네를 구경할 수 없었고, 그렇다고 브장송을 도착지로 여길 수도 없었다. 그들은 애매했다. 의지와 상관없이 붕 떠 있었다. 파운데이션실에서 빈자리만 골라 발끝을 디디던 화영 같았다. 그들과 함께 있을 때 화영은 말을 잘 알아듣지 못해도 괜찮았다.

친구들은 석현을 반가워했다. 그들은 평소처럼 소파에 쪼르르 앉아 음식과 술을 나누어 먹었다. 늘 그랬듯 화영의 자리는 오른쪽 가장자리였다. 늘 그랬듯 음악은 틀지 않았다. 화영에 대한 친구들의 배려였다. 친구들과 화영은 프랑스어로 이야기했고, 석현은 한국어로 말을 했다. 석현이 누군가와 대화를 나눌 때마다 화영이 통역을 해주었다. 석현은 자신이 한국에서 어떤 작업을 하고 있는지에 대해 말하고 싶어했다. 내러티브를 갖고 있는 신체에 대해, 그 신체가 시각화되며 외부 세계와 조우하는 순간 개인적 경험이 사회적 경험으로 확장되는 것에 대해, 그 변화의 순간에 일어나는 단절과 연결을 미시적으로 포착해 가시화하는 것에 대해. 화영은 석현이 한 호흡씩 끊어서 말해주기를 바랐다.

"잠깐."

석현의 말이 길어질 때마다 화영은 말을 잘랐다. 그래야 제대로 통역을 할 수가 있었다. 그러나 석현의 말은 자꾸 길어졌다. 어느덧 술기운이 오른 친구들은 더이상 화영의 통역을 기다려주지 않았다. 석현에게 말을 전달하는 사이 이미 화제가 바뀌어 있었다. 화영은 정성스럽게 통역하는 것을 그만두었다. 석현이 길게 말한 내용을 기억나는 대로 압축해서 전달했다. 친구가 길게 말한 내용도 석현에게는 짧게 전달했다.

"뭐래?"

"벽간 소음 때문에 시끄럽대."

친구의 옆집에 사는 사람이 마약에 빠져 있다는 정보는 전하지 않았다. 괜한 걱정을 끼치고 싶지 않았다. 석현은 점점 말이 줄어들었다. 몇몇 친구는 석현이 조용해졌다는 걸 눈치채고 석현에게 말을 걸었다. 태국인 친구는 자신이 텔레비전에서 본 장애인에 대해 말했다. 그 장애인이 얼마나 수영을 잘했는지, 한쪽 팔을 절단했음에도 접영을 얼마나 기가 막히게 했는지. 화영은 그 얘기를 석현에게 전하지 않았다. 대신 친구에게 프랑스어로 말했다.

"너 지금, 동양인만 보면 쿵후 타령하는 백인처럼 굴고 있어."

친구는 화영의 말을 단박에 알아들었다.

"아, 미안해."

석현은 잠자코 앉아 있다가 무슨 이야기를 나누었느냐고 화영에게 물어왔다.

"운동 얘기를 하길래, 재미없다고 했어."

석현은 자리에서 일어났다. 가야겠다고 말했다. 인사도 없이 걸어나갔다.

화영은 부랴부랴 석현을 따라 나왔다. 석현은 굳은 얼굴로 뚜벅뚜벅 걸었다. 한동안 말없이 걷다가, 멈추었다.

"봤어."

석현은 친구의 말을 알아듣지 못했지만, 친구가 팔꿈치를 접어 팔이 절단된 사람 흉내를 내는 것을 보았다고 했다. 석현은 친구가 자기 흉내를 냈다고 생각했다. 화영은 그제야 친구와의 대화를 전달했다.

"그래도 말을 해줬어야지."

석현의 말이 맞았다. 석현은 화영의 친구들을 다시는 만나지 않았다.

석현은 상트르빌 중앙로에서 상트르빌 시장 뒤쪽으로 숙소를 옮겼다. 그다음에는 엘리베이터가 없는 사층 건물의 꼭대기 층으로 옮겼다. 그다음에는 요양 시설을 개조한 호텔로 옮겼다. 호텔이라고 이름 붙어 있었지만, 한국의 원룸텔과 흡사한 구조였다. 처음에 화영과 석현은 프랑슈콩테 지역 전통 음식점에 찾아가 코스 요리를 먹었다. 그다음에는 홍합 전문점에서 크림 스튜에 버무린 홍합을 먹었다. 그다음에는 레바논 음식과 태국 음식을, 그다음에는 이탈리아식 피자를 먹었다. 그다음에는 케밥을 먹었다. 케밥을 먹었고, 케밥을 먹었다. 그즈음부터 석현은 음식 사진을 찍지 않았다. 석현과 함께 시간을 보내기 위해 화영은 아르바이트를 주말 파트타임으로 바꿨다. 어학원 친구들과의 다락방 모임을 포기했다. 과제를 제때 제출하지 못했고, 수업을 따라가는 게 버겁다고 느끼기 시작했다. 화영은 아르바이트를 하는 중식당 직원들에게 석현을 소개했다. 상트르빌에서 베이커리를 운영하는 할머니와 누들 가게 주인 여자에게도 소개했다. 그리고 사람들에게 석현을 소개하는 걸 그만두었다. 화영이 제대로 통역하지 않을 수도 있다는 의심을 석현은 품고 있었다. 사실이었다. 석현의 말을 제대로 통역하는 건 애초에 화영에겐 능력 밖의 일이었다. 석현은 자신의 말이 생략되는 걸 참지 못했다. 그것은 '하고 싶은 말은 다 해야만 한다'는 석현의 신념과도 상관이 있었다.

석현은 오직 화영하고만 대화를 나누기 시작했다. 화영하고만 제대로 된 대화를 나눌 수 있었으니까. 브장송의 사람들과 애써 관계를 맺을 이유가 석현에겐 없었다. 화영이 수업을 간 시간에는 석현 혼자 동네를 산책했다. 아침 마켓에서 납작복숭아를 구경하거나 해질 무렵 두강에 비치는 가로등 불빛을 보는 정도로 석현은 충분했다.

석현이 브장송에 온 지 보름 정도 지났을 때였다. 라가르드 공원에 산책을 나갔다가 석현은 표지판을 발견했다. 시타델로 올라가는 길이 안내되어 있었다. 브장송 산꼭대기에 위치한 요새였는데, 요새 안에 캥거루와 타조 같은 동물들이 산다고 화영에게 들은 기억이 났다. 석현은 표지판을 따라갔다. 철문을 통과하자 오래된 돌계단이 이어졌다. 돌계단 위로 뱀이 지나갔다. 검게 그을린 성벽 위로 철조망이 솟아 있었다. 성곽은 여기저기 깨져 있었다. 깨진 곳마다 잡풀이 무성히 자랐다. 햇빛이 닿는 곳이 지나치게 선명했다. 그늘진 곳은 지나치게 어두웠다. 아름답지만 을씨년스러웠다. 몇몇 사람이 석현의 옆을 지나치며 눈인사를 건넸다. 뒤돌아볼 때마다 두강에 휘감긴 브장송이 한눈에 내려다보였다. 석현은 계속 계단을 올랐다. 한 남자가 계단을 내려오는 것이 보였다. 그를 스쳐지나가는 순간 석현의 몸이 옆으로 떠밀렸다. 계단 옆 언덕으로 굴러떨어졌다. 몇 바퀴쯤 구르다가 덤불에 처박혔다. 석현은 몸을 일으키려 노력하면서 계단 위를 올려다보았다. 눈썹을 팔자로 늘어뜨린 채 남자는 석현을 내려다보았다. 남자가 뭐라고 말을 했다. 걱정이 담긴 말 같기도 했고, 사과의 말 같기도 했고, 조롱 같기도 했다. 남자의 말을 석현은 알아들을 수 없었다. 남자는 다시 계단을 내려가기 시작했다. 남자가 멀어지는 것을 석현은 지켜보았다. 남자가 뱉은 말을 잘 기억해두었다가 화영에게 그 뜻을 물어봐야겠다고 생각했지만, 남자의 말소리는 금세 휘발되어 기억에서 사라져버렸다. 석현은 남자의 말이 궁금했다. 곤경에 처하고도 석현이 아무 말도 못한 건 여덟 살 이후로 처음이었다.

석현은 사람이 많은 대로변으로만 걷게 됐다. 성곽이나 골목 같은, 인적이 드문 길은 피했다. 트램 앞좌석에 앉은 승객이 석현의 몸을 훑어보았다. 석현은 불쾌했다. 여덟 살의 석현으로부터 멀어지기 위해 그동안 연마한 기술들이 이곳에서는 쓸모가 없다는 것을 석현은 알아갔다. 법무법인 변호사의 명함도, 석현의 작업들과 수상 기록도, 특유의 다정하면서도 날카로운 말솜씨도, 힘을 발휘하지 못했다. 자신이 누구인지 말할 수 없었다. 화영이 돌아올 때까지 석현은 네 평 남짓한 자신의 숙소에 가만히 있었다. 계단 같은 곳에서 또다시 굴러떨어질까 두려웠는데, 그보다 두려운 것은 말이 통하지 않는 자신을 또 마주하는 것이었다.

한국으로 돌아가면 될 일이었다. 마트에서 식료품을 골라 담고 인스턴트 수프와 된장 블록을 뜨거운 물에 타 먹어가면서 석현은 고집스레 브장송에 머물렀다. 이대로 돌아간다면 이 여행을 끔찍하게 기억하게 될 거였다. 케밥은 영원히 먹지 않게 될 것 같았다. 훗날 오늘 이야기를 꺼내며 웃으려면, 웃으며 케밥을 다시 먹으려면 이 여행도 웃으면서 끝마쳐야 했다. 석현은 하루하루를 무작정 버텨갔다.

석현의 숙소는 창문을 닫아놓으면 답답했고, 창문을 열어두면 강가에 사는 벌레들이 날아들었다. 벌레를 휴지로 조심스레 싸서 창밖으로 내보내던 석현은 어느 순간부터 보이는 족족 벌레를 눌러 죽였다. 벽지에도 석현의 책에도 벌레가 납작하게 붙은 채로 죽어 있었다.

"저것들을 어떻게 다 죽이지."

화영과 함께 노천 카페에 앉아 있다가도 석현은 중얼거렸다.

석현은 구십 일 동안 프랑스에 머물렀다. 한국인이 무비자로 여행 가능한 기간을 꽉 채운 것이었다. 화영은 어학원을 그만뒀다. 유학을 포기했다. 석현과 함께 한국으로 돌아왔다. 유학을 포기한 이유를 누군가 물을 때마다 화영은 답했다.

"그래야 할 것 같았어."

화영은 벌레들을 떠올렸다. 석현의 방 문을 열었을 때 그 안에 있던 수백 마리의 날벌레를. 벌레는 모든 곳에 있었다. 책상 위 노트북 액정에도, 노트북 옆에 놓인 물컵에도, 전기포트 속에도, 열려 있는 시리얼 봉지 속에도. 석현은 침대에 앉아 있었다. 손바닥으로 자기 얼굴을 툭툭 치며 얼굴로 달려드는 벌레를 쫓고 있었다. 그날 저녁에 석현은 창문을 닫는 것을 잊어버리고 깜빡 잠이 들었다고 했다. 벌레가 이동하는 시기이니 창문을 꼭 닫아달라는 안내문이 엘리베이터에 붙어 있었지만, 프랑스어로 적혀 있었기 때문에 석현은 읽지 못했다. 화영이 프런트에 전화를 걸었다. 직원들이 석현의 방으로 찾아왔다. 어째서 창문을 열어두었냐고 따져대는 직원과 화영은 한참 동안 실랑이를 했다.

"시끄러워."

석현이 말했다. 화영은 석현을 보았다. 언제든 시끄럽다고 말해달라고, 조용한 곳을 찾아 백 번이라도 이동해주겠다던 석현의 약속이 떠올랐다. 그때 화영은 석현과 함께 한국으로 돌아가기로 마음먹었다.

서른둘

화영은 자신의 책상을 둘러보았다. 소스가 묻은 햄버거 포장지와 얼음이 다 녹은 콜라, 눅눅해진 프렌치프라이가 보였다. 바닥에 커피가 말라 있는 머그컵과 커피가 반쯤 남아 있는 머그컵과 커피에 하얀 곰팡이가 둥둥 떠 있는 머그컵이 보였다. 입가를 닦은 물티슈와 다 쓴 건전지, 낱장으로 흩어진 포스트잇과 안경닦이, 고지서, 드라이버, 시계, 야구 모자. 다 석현의 물건이었다. 어느 순간부터 석현이 화영의 책상을 사용했다. 자기 책상이 있는데도 그랬다. 화영은 햄버거 포장지와 물티슈를 쓰레기통에 버리고, 모자와 드라이버, 시계를 제자리로 옮겼다. 손가락 하나하나에 머그컵 손잡이를 끼우고 다른 손으로는 콜라 컵을 집었다. 싱크대 앞에 절단된 마네킹 머리가 굴러다니고 있었다. 식탁 옆에는 찢어진 셔츠 더미와 종이테이프, 플라스틱이 덤불처럼 쌓여 있었다. 석현은 웅크리고 잠들어 있었다. 화영의 집이 석현의 작업실이 된 건 일 년 전부터였다.

일 년 전 어느 날, 화영은 메일 한 통을 받았다. 용량이 부족하니 메일함을 정리하라는 안내 메일이었다. 전시 초대, 비평지 발간 안내, 비평지 폐간 안내, 문화예술계 불공정 관행 실태조사를 위한 설문과 빠른 시일 내에 예술 활동을 재증빙하라는 문화재단의 재촉. 단체 메일을 하나씩 삭제해나가다 화영은 알았다. 일거리 의뢰가 더는 오지 않는다는 것을. 언젠가 오게 될 거라 예상했던 그때가 이미 도착해 있었다. 화영은 적극적으로 구직을 시도했다. 몇 번인가는 서류전형을 통과했다. 신입으로 면접을 볼 때에는 경력이 너무 많다는 말을 들었다. 경력으로 면접을 볼 때에는 경력이 부족하다는 말을 들었다. 나이가 많고 취직 경험이 없다는 것, 비평가로 활동했던 것이 결함이 되었다. 도서관이나 주민센터, 미술관에서 어린이를 대상으로 열리는 미술사 수업의 강사 자리를 찾아보기도 했지만 번번이 선택받지 못했다. 미술학원이나 영어마을, 소규모 갤러리에서 열리는 강좌도 마찬가지였다. 학부모들은 아이들이 책상에 앉아서 듣기만 하는 미술사 수업을 원하지 않았다. 기왕이면 그림을 그리거나 만들기를 하는 체험학습을 원했다. 성인을 대상으로 이론 강좌가 열리기도 했지만, 석사 학위도 없는 화영이 그 자리를 맡게 될 확률은 희박했다.

화영은 중학교 동아리 활동의 외부 강사가 되었다. 화영이 고등학생 때 그랬던 것처럼, 가위바위보에서 진 아이들이 화영의 '초급 미술사' 동아리에 가입했다.

석현은 화영의 집을 자신의 작업실로 셰어하자고 했다. 월

세와 공과금의 절반을 부담하겠다는 것이었다. 그후 귀가할 때마다 집을 둘러보며 화영은 대학 시절의 파운데이션실을 떠올렸다. 흡사 파운데이션실에서 살게 된 듯했다. 널브러진 물건들을 피해가며 생활을 했다. 청소기를 돌렸다. 과자 봉지를 보면서, 이것이 작품의 재료일지 쓰레기일지를 고민했다. 화영은 석현의 작품 재료를 자주 쓰레기통에 넣었다. 두 사람은 자주 다투었다. 석현은 옷을 바닥에 몸의 모양이 그대로 남아 있도록 벗어두었다. 집안 곳곳에 쓰레기통을 마련했지만 쓰레기통 바로 옆에 있는 협탁에 쓰레기를 올려놓았다. 자신이 집을 어지르고 있다는 사실조차 인지하지 못했다. 집안일을 전가하지 말라고 화영이 말하면, 석현은 화를 냈다.

"집안일이라고 말하면 안 되지. 나한테는 작업실인데."

석현은 손목터널증후군과 드퀘르뱅병을 동시에 앓았다. 손가락과 손바닥에서 타는 듯한 통증을 느꼈다. 손목이 퉁퉁 부었고 근육이 위축되어 힘도 잘 들어가지 않았다. 라면 그릇이나 페트병을 들고 있을 수 없을 정도였다. 왼손을 조금이라도 오래 사용하기 위해서 석현은 최대한 손을 덜 써야 했다. 남들처럼 집안일을 해서도, 공부를 해서도, 작업을 해서도 안 되었다. 그러나 석현은 의사의 조언을 무시하며 지냈다. 스테로이드 주사를 맞고 진통제를 먹어가며 종일 바닥에 앉아 톱질을 했다. 밤새도록 책상에 앉아 한 손으로 키보드와 마우스를 오가며 영상 작업을 편집했다. 모든 음식을 먹어보겠다던 다짐처럼, 모든 일을 해내고 싶어했다. 그런 석현이 신체 때문에 못하겠다고 말하는 건 작업실 청소뿐이었다.

화영은 머그컵을 깨끗이 씻어 엎어두었다. 젖은 손을 수건으로 닦았다. 드라이클리닝을 받고 비닐을 씌워둔 옷 한 벌을 옷장에서 꺼냈다. 세탁소 태그를 떼어내고 옷을 입었다. 머리를 말끔하게 틀어올려 집게 핀으로 고정시켰다. 잠들어 있는 석현을 흔들어 깨웠다.

"시간 다 됐어."

석현의 부모로부터 저녁식사 초대를 받은 날이었다. 석현의 부모를 처음 만나는 자리였다. 고딕 양식으로 세워진 아파트 문주 아래를 지날 때, 석현이 걸음을 멈추었다. 할말이 있다고 했다.

화영이 찾아오는 것이 너무나 반가웠던 석현의 부모가 친척들에게 전화를 걸어 화영에 대한 자랑을 했다는 것이었다. 자랑만 하려고 했는데, 극성스러운 친척들이 지금 석현의 집에 모여 있다고 했다. 석현도 일이 커진 것을 어제야 알았다고, 어떻게 말해야 하나 고민하다가 이제야 말을 꺼낸다고 했다. 화영은 샤인머스캣 바구니를 내려다봤다.

"화영아."

석현이 화영의 손을 잡았다. 한쪽 귀가 안 들린다는 걸 친척들에게는 비밀로 해달라고 석현이 말했다. 석현의 부모가 그 걸 원했다. 아들이 장애가 있는 여자와 연애하고 있다는 걸, 친척들에게 알리지 않고 싶어했다.

"말도 안 돼."

화영이 석현의 말을 끊었다. 석현은 고개를 푹 숙였다. 입장을 바꿔서 생각해보라고 화영은 말했다. 석현이 천천히 고개를 들었다. 석현의 표정이 차갑게 굳어갔다.

"나한테는 이런 부탁을 못하지. 나는 애초에 감추는 게 불가능하니까."

석현의 목소리에 화가 담겨 있었다. 석현은 아랫입술을 깨물었다.

"어차피 숨겨왔잖아. 왜 우리 가족한테만 그렇게 못하겠다는 건데."

"네 가족이잖아. 그냥 다른 사람들이 아니잖아."

막상 석현의 집 현관문이 열리자 화영의 마음은 녹아내렸다. 석현 어머니의 표정 때문이었다. 불안과 미안과 비굴이 범벅된 표정으로 석현의 어머니는 화영을 향해 웃고 있었다.

밤과 은행이 들어간 갈비찜, 잡채와 각종 전이 수북이 쌓인 식탁에서 저녁을 먹었다. 텔레비전에서 시끌시끌한 예능 프로그램이 방영되고 있었다. 석현의 집안 사람들은 밥을 먹으면서 화영을 골똘하게 쳐다보았고, 화영의 앞접시에 자꾸 음식을 올려놓았다. 누군가 석현의 어린 시절에 대해 말하는 동안 누군가는 두 사람이 어떻게 만났느냐고 물었다.

너무 시끄러운데.

화영은 적당히 고개를 끄덕였다. 석현이 화영 대신 맞장구를 치고 화영 대신 질문에 답했다. 화영의 장애를 알리고 싶지 않은 사람은 그의 부모가 아니라 석현인 것 같았다.

화영은 석현의 방을 둘러보았다. 작은 방 두 개를 하나로 합친 커다란 방이었다. 천장등과 창문도 두 개였다. 한쪽 벽에는 책장이 있었다. 작은 책부터 큰 책까지 키 순서대로 꽂혀 있었는데, 칸마다 경사의 각도가 완벽히 같아서 책장 전체가 하나의 작품처럼 보였다.

"방에 침대가 없네."

화영이 말했다. 석현이 턱을 들어 옷장을 가리켰다.

"빌트인이야. 방에 침대가 있는 게 거슬렸거든. 공간 완성도가 떨어진다고 해야 하나. 돈 모으자마자 제일 먼저 설치한 거야."

"부모님은 정리정돈을 잘하시네."

"내가 했는데."

뿌듯한 표정으로 석현이 말했다.

"집을 치울 줄도 알아?"

"당연하지."

엉뚱한 질문을 듣는다는 듯 석현은 피식 웃었다.

화영과 석현은 함께 화영의 집으로 돌아왔다. 석현은 부모에게 작업실에 잘 도착했다는 전화를 했다. 핸드폰 너머로 석현의 어머니가 한탄하는 소리가 들렸다. 석현의 고모가 말하길, 석현이 장애인이라는 이유로 화영이 상전처럼 굴었다는 것이었다. 어른들 말씀을 듣는 척도 하질 않았다고.

"그런 게 아니야."

핸드폰에 대고 석현은 말했다. 화영이 원체 둔한 편이고 상황 파악이 느리다고, 센스가 부족한 건 맞지만 누군가를 무시하는 성격은 아니라고 말했다. 화영을 두둔하는 척하면서 화영의 흉을 보고 있었다. 화영은 석현의 옆에 앉아 잠자코 그 말들을 들었다.

화영은 석현의 왼쪽에 앉아 있었다. 석현과 처음 만날 때만 해도 화영은 석현의 오른쪽에 앉았다. 그래야 석현의 말을 잘 들을 수 있었다. 그러나 그 위치에서는 두 사람이 손을 잡기가 어려웠다. 석현은 오른손이 없으니까. 손을 잡은 채 이야기를 나누고 손을 잡은 채 영화를 보고 싶어서, 화영은 석현의 왼쪽에 있기 시작했다. 고개를 돌리고 서로를 마주보면 왼쪽에 있어도 말이 잘 들렸다. 두 사람은 서로를 마주보며 많은 이야기를 나눴다. 화영은 석현에게 언니의 책상 서랍을 뒤져 교환 일기를 채워나간 이야기와 친구들의 반어법을 알아듣기 어려웠던 이야기와 농구부 선배를 좋아하는 척했던 이야기를 들려주었다. 겨드랑이 털을 드러내지 않는다는 이유로 짝사랑 상대를 선택했다는 말을 화영이 했을 때 석현은 웃음을 터뜨렸다. 석현도 자신의 어린 시절에 대해 화영에게 들려주었다.

수술을 마치고 입원해 있는 동안 석현은 오후 세시 삼십분마다 629호실로 갔다. 629호는 4인실이었는데, 그 시간에만 왼쪽 창가 침대에 커튼이 쳐져 있었다. 석현은 커튼을 열고 안으로 들어갔다. 할아버지가 침대에 앉아 있었다. 목을 뒤쪽으로 쭉 빼고, 간이 테이블 위에 올려놓은 손은 최대한 멀리 뻗고 있었다.

"거머리 보러 왔구나."

할아버지가 말했다. 석현은 고개를 끄덕였다. 할아버지가 이리 와 앉으라는 손짓을 했다. 석현은 할아버지의 침대에 걸터앉았다. 할아버지의 손가락 아래에 거즈가 받쳐져 있었다. 손가락의 절단된 면에 시커멓고 통통한 거머리들이 딱 붙어 있었다. 거머리들은 피를 쭉쭉 빨아먹으며 점점 커져갔다. 실은 거머리를 보는 척하며 할아버지의 표정을 구경하고 있었다. 으— 하고 겁에 질린 표정. 거머리가 꿈틀댈 때마다 할아버지는 깜짝깜짝 놀랐다. 몸을 부르르 떨었다. 그 모습을 볼 수 있는 건 석현뿐이었다. 같은 병실에 머무는 환자도, 할아버지의 아내와 자식들과 손주들도 이 시간에는 커튼 안으로 들어올 수 없었다. 할아버지가 거머리를 무서워한다는 사실을 들키기 싫어했던 것이다. 거머리가 피를 다 빨 즈음이면 간호사가 거머리를 떼기 위해 핀셋을 들고 들어왔다. 할아버지는 입을 굳게 다물고 근엄한 표정으로 돌아와 있었다.

"알제?"

석현이 커튼을 열기 전에 할아버지가 물었다. 뒤돌아보자 검지를 입술 위에 가져다대었다. 자신의 비밀을 지켜달라는 뜻이었다. 석현은 고개를 크게 끄덕였다. 할아버지가 석현의 머리를 쓰다듬으며 씨익 웃었다. 그런 미소를 볼 수 있는 것도 석현뿐이었다. 할아버지가 쥐여준 호두과자 같은 것을 들고 병실을 나왔다. 그런 뒤엔 칠층부터 지하 이층까지 병실들과 물리치료실을 순회했다. 탄산음료가 마시고 싶을 때는 714호로, 이온음료가 마시고 싶을 때는 재활치료실로, 빵이나 초콜릿 종류가 먹고 싶을 때는 402호로 갔다. 509호는 피해 다녔는데, 석현을 붙잡고 생당근과 오이를 잘라주는 할머니가 있기 때문이었다. 할머니는 매번 이번에는 정말로 달다고 했다. 아이고 달다, 아이고 달다, 하며 석현의 손에 당근 조각을 꼭 쥐여주었다. 문 앞에 서서 얼굴만 빼꼼 내밀어도 사람들은 이리 오라며 손짓을 했다. 과일 바구니에서, 냉장고에서, 보자기를 풀어서, 주머니를 뒤적거려서, 옆자리 환자에게 물어보아서, 어떻게든 먹을 것을 챙겨주었다. 그러고는 한없이 따뜻한 눈빛으로 석현을 바라보았다. 그 병원에 입원한 환자 중 석현은 가장 어린 절단 환자였다.

퇴원한 이후로도 석현은 팔 개월 남짓 재활치료를 받았다. 치료를 받기 위해 집을 나서야 하는 그때부터 석현은 울었다. 굳어버린 근육을 풀어주기 위해 팔을 억지로 펴고 구부려야 했다. 혈액순환을 촉진시키기 위해 뜨거운 파라핀에 환부를 담가야 했다. 끔찍하게 싫었지만, 끔찍한 기억으로 남지는 않았다. 잘 참았어, 용감하다, 울어도 돼, 우리 한 번만 더 해볼까. 치료사와 환자들이 매일매일 석현에게 말했다. 태어나서 가장 많이 칭찬받은 때였고, 가장 많이 격려받은 때였다. 사고가 난 이후로 석현은 오히려 더 밝고 상냥한 아이가 되었다.

학교에서는 짝이 바뀌었다. 미화부장이 석현의 새로운 짝이 되었다. 반장처럼 카리스마가 있지는 않지만 체육 시간에 넘어진 아이를 양호실까지 부축해서 데려가는 아이. 생일 파티를 열지 않는 아이에게도 생일 선물을 주는 아이. 공기놀이를 기가 막히게 잘하는 아이. 그 사실을 뽐내지 않으려고 공기 시합에서 깍두기를 자처하는 아이. 미화부장은 아침 일찍 석현의 집에 찾아왔다. 그 시간에 석현은 늘 내복 차림이었다. 미화부장이 소파에 앉아 〈TV유치원 하나둘셋〉을 보는 동안 석현은 밥을 먹고 옷을 갈아입었다. 남자애와 여자애가 같이 걸어다니기만 해도 아이들은 결혼을 하라며 놀려댔지만, 석현과 미화부장은 아무도 놀리지 않았다. 미화부장이 남자애들에게 너무 인기가 없어서인 것 같다고 석현은 생각했다. 미화부장의 친구들도 석현의 친구가 되어갔다. 친구들은 석현의 집에 자주 놀러왔다. 석현의 어머니는 교자상을 펼치고 과자나 짜장면, 피자 같은 것들을 친구들에게 대접했다. 가운데 자리는 석현의 차지였다. 생일도 아닌데 생일 같았다. 그다음 해에는 부반장과 짝이 되었다. 그다음 해에는 미술부장과 짝이 되었다. 배려심 있고 다정하기로 정평이 난 아이들이었다. 그 친구들에게 영향을 받았고 그들을 닮아갔다.

중학생 때에 석현은 우체부를 했다. 3학년 2반, 1학년 9반, 2학년 7반. 쉬는 시간마다 편지들을 들고 학교를 순회했다. 한 층을 한 학년이 사용했는데, 1반부터 5반까지는 여학생 교실, 6반부터 10반까지는 남학생 교실이었다. 5반과 6반 사이에 교무실이 있었다. 남학생이 여학생 교실 쪽 복도에 진입하는 건 허용되지 않았다. 여학생과 남학생이 이야기를 나누고 싶다면 교무실 앞에서 만나야만 했다. 석현에게는 이 규칙이 적용되지 않았다. 여학생 교실 앞을 걷다가 선생과 마주쳐도 혼이 나지 않았다.

"석현이 어디 가냐?"

선생이 물었다.

"진명이 도와주려고요."

"저번에도 진명이였잖아. 이번에는 1학년 진명이냐?"

"4반이래요."

석현이 무얼 하고 다니는지는 선생들도 다 알았다. 전교생이 석현을 알고 있었다. 연애편지를 들고 복도에 나서는 순간부터 친구들은 허공에 주먹을 휘두르며 손가락 휘파람을 불었다. 환호성을 질러댔다. 여학생 교실에 도착해서도 반응은 비슷했다. 석현이 왔어, 석현이 왔대! 얘들아, 석현이 왔다고! 석현의 출현을 전교생이 환영했다.

학교 바깥에서 아이스크림이나 피자 토스트, 떡볶이 따위를 사서 돌아오는 일도 석현은 자주 했다. 학교 바깥에 나갔다는 이유로 실내화로 따귀를 맞아야 했던 시절이었지만, 이것 또한 석현은 예외였다. 괴롭힘과 협박 때문에 억지로 담배 심부름 같은 걸 하는 아이와 자신은 처지가 다르다고 석현은 여겼다. 싫은 것은 싫다고, 아닌 것은 아니라고 말할 자신이 있었다. 석현은 흔쾌히 친구들의 염원을 이루어줬다. 친구들은 석현을 '투명 망토'라고 불렀다. 해리 포터 시리즈에 나오는 투명 망토처럼, 금지된 구역도 갈 수 있다는 의미였다. 석현은 가끔 혼자 곱씹었다.

왜 나는 투명 망토일까. 왜 아무도 나를 혼내지 않을까.

그 이유를 석현은 이미 알고 있었다. 그래서 깊게 생각하지 않으려고 노력했다. 기쁨이 치욕으로 바뀌는 건 한순간일 거였다.

어느 날은 반에 전학생이 왔다. 담임선생이 반을 둘러보았다.

"석현이 옆에 앉으면 되겠다."

담임선생이 손가락으로 석현을 가리켰다. 첫번째 쉬는 시간에 석현은 전학생에게 시간표를 복사해주었다. 그다음에는 매점과 양호실, 교무실의 위치를 안내했다. 그다음에는 수업별 준비물을 알려주었고, 자신의 친구들에게 전학생을 소개했다. 전학생이 학교에 완전히 적응할 때까지 전학생의 친구가 되어주었다. 그때에야 석현은 어째서 자신이 매번 미화부장이나 부반장과 짝이 되었는지를 이해했다. 그 친구들도 자신처럼 선생의 부탁을 받았으리란 사실을 알아챘다. 석현은 다정했던 사람들을 한 명씩 떠올렸다. 병원에서 만난 환자들. 간호사와 치료사들. 동네 이웃들. 버스와 지하철, 편의점에서 만난 사람들. 그리고 석현의 친구가 되었던 아이들. 다정한 관계였지만 깊이가 없었다. 지속성도 짧았다. 그래서 끝까지 다정할 수 있었을 것이다. 인큐베이터를 옮겨가며 살아온 것 같았다. 그들의 따뜻함을 가식이나 거짓이라 여기지는 않았다. 병실 커튼 안쪽에서 본 할아버지의 표정처럼, 지속성이 없는 사람에게만 보여줄 수 있는 모습이었는지도 몰랐다. 석현은 매 순간 진심으로 사람을 대했다. 깊이 없이. 관계가 지속되기를 바라지도 않았다. 따뜻한 말, 다정한 말, 옳은 말만 했다. 타인에게 말할 수 없는 것들은 작품에 담았다. 그러나 작업을 할 때조차 적정선을 지켰다. 석현에게 기대되는 이미지를 깨지 않으려고 노력했다. 그래야 자신을 지켜낼 수 있다는 걸 본능적으로 알았다. 이런 얘기를 털어놓는 건 화영이 처음이었다.

"작품에도 담지 못한 네 모습이 뭔데?"

화영이 물었다.

"모르겠어."

석현이 답했다.

"잊어버리려고 노력했더니 정말로 사라져버렸나봐. 나한테 내가 아직 남아 있을까?"

석현은 멋쩍은 듯 웃었다.

"찾아보면 되지."

화영도 석현을 바라보며 웃었다. 짜증내는 석현이, 우울한 석현이, 게으른 석현이, 투정 부리는 석현이. 온갖 석현이를 같이 찾아내자고 그때 화영은 말했다.

화영은 집게 핀을 풀었다. 스프레이 때문에 머리카락이 딱딱하게 굳어 있었다. 옷을 벗어 옷장에 걸어두고 욕조에 물을 받았다. 따뜻한 물에 몸을 담갔다. 머리를 욕조에 기대고 천장을 바라보고 있었다. 욕실 문이 열렸다.

"씻어?"

석현이 물었다.

"응. 씻어."

"같이 씻을까?"

"아니."

"그러지 말고 같이 씻자. 집에다가는 내가 잘 얘기했어."

석현은 셔츠 단추를 풀면서 어머니와의 통화 내용을 주절주절 말하기 시작했다.

"시끄러워."

화영이 말했다. 시끄럽다고 말하면 언제든 조용한 곳으로 이동하겠다던, 그 약속을 석현이 떠올려주길 바랐다.

"오해라니까."

석현은 말을 멈추지 않았다. 석현의 가슴과 배가 드러났다. 이윽고 어깨와 팔이 차례대로 드러났다.

"네 팔꿈치 닦고 싶지 않아."

화영이 말했다. 함께 씻을 때마다 화영은 석현의 왼팔꿈치를 닦아주곤 했다. 오른팔의 절단된 부위에 샤워 타월을 칭칭 감아서 왼팔꿈치를 닦는 석현을 보자, 절단된 부위에 여전히 통증을 느낀다던 말이 떠올라서였다. 이 팔꿈치는 계속 내가 닦아줄게, 화영은 석현에게 약속했었다.

석현이 말을 멈추었다. 윗옷을 벗은 채 서 있었다. 자신의 왼팔과 오른팔을 번갈아 보았다. 그리고 욕실 거울에 비친 자신의 모습을 바라보았다. 석현이 소매에 다시 팔을 끼워넣었다. 왼손으로 셔츠 단추를 하나씩 잠갔다. 그리고 욕실에서 나가 문을 닫았다. 다른 말을 했어야 했다고, 화영은 생각했다. 석현의 팔에 대해서가 아니라 석현의 잘못에 대해 말했어야 했다. 화영은 석현을 부르고 싶어졌다. 자신이 뱉은 말을 취소하고 싶어졌다. 석현의 팔꿈치를 닦고 싶지 않다고 생각해본 적이 화영은 없었다. 그러나 이내 화영은 석현에게 미안하지 않다는 사실을 깨달았다. 스스로에게 실망하고 싶지 않았던 것뿐이었다. 한편으로는 속이 시원했다. 받은 상처를 똑같이 되갚아주었다는 쾌감이었다. 석현이 한 행동에 비하면 별것 아닌 말이었다는 생각도 들었다. 내 몸과 네 몸, 내 행동과 네 행동을 재고 계산한다는 면에서는 자신이 석현과 다를 바가 없다는 것도 알고 있었다.

무엇을 기대했던 걸까. 어째서 석현은 다르다고 여겨왔을까. 어째서 자신은 다를 수 있다고 여겨왔을까. 손 하나가 없는 사람과 귀 한쪽이 안 들리는 사람의 사랑은 다른 사람들과는 다를 거라고, 마땅히 그럴 거라고 여겼던 걸까. 석현을 사랑하게 된 것도 귀 때문일까. 한쪽 귀가 잘 들렸다면 어땠을까. 그래도 석현을 사랑하게 되었을까.

화영은 물속으로 머리를 집어넣었다. 두 귀가 물에 잠기고 소리가 사라지고 자신의 속엣말조차 들리지 않을 때까지 숨을 참았다.

다시, 서른여섯

유리 천장이 보인다. 눈이 쌓여 있다. 지난가을에 떨어진 마른 잎들이 눈 속에서 얼어붙어 있다. 화영은 눈동자를 돌려본다. 조금씩 찰랑거리는 수면이 보인다. 수면 위로 버디의 얼굴이 보인다. 버디가 화영의 뺨을 손끝으로 톡톡 치고 있다. 보이는 모든 것이 아득하게 멀다. 말이 나오지 않는다. 입안에 물이 가득차 있다. 컥, 하는 소리와 함께 화영은 입 바깥으로 물을 뱉어낸다. 공기가 몸속으로 쏟아져 들어온다. 자신의 거친 숨소리가 들려온다. 다급하게 울리는 사람들의 목소리가 그 뒤를 따른다. 블랙아웃이었다.

화영은 가쁘게 숨을 들이쉰다. 눈에서 뜨거운 물이 흘러내린다. 버디가 한쪽 팔로 화영의 팔을 감는다. 다른 팔로 헤엄쳐 가며 화영을 사다리 쪽으로 이끈다. 사람들이 손을 뻗어 화영을 물 밖으로 끌어낸다. 물에서 나올 때면 중력이 얼마나 무거운지를 알게 된다. 신체가 얼마나 무거운지도 알게 된다. 물에 들어갈 때는 물이 차갑게 느껴지지만, 물 밖으로 나올 때면 물 바깥이 더 차갑게 느껴진다. 온도 때문이라기보다는 온도의 차이 때문에 사람들은 감기에 걸린다. 화영은 타일 바닥에 드러눕는다. 버디가 손바닥을 흔들어 화영의 의식을 확인한다. 화영은 가까스로 고개를 끄덕인다. 이가 덜덜 떨려온다. 누군가 타월을 덮어준다.

다이빙 깊이는 이십육 미터, 시간은 이 분 십팔 초. 기록 언저리에도 미치지 못하는 짧은 시간이다. 준비 호흡이 부족하거나 컨디션이 나쁜 것도 아니었다.

소홀한 준비 호흡, 기록에 대한 욕심, 몸 상태에 대한 부주의. 그런 것들이 다이버에게서 의식을 빼앗아가고 죽음을 초래할 거라고 화영은 짐작했었다. 화영은 지금까지 세 번의 블랙아웃을 겪었다. 잘 준비된 상황이라 하더라도 사람은 죽을 수 있다. 특별한 이유 없이도 그럴 수 있다.

숨을 참는다는 건 그런 것이다.

사 년 전 석현의 집에 다녀온 날, 목욕을 마치고 화영은 집을 따로 구하겠다고 말했다. 석현은 알겠다고 답했다. 새로 구한 집은 원룸이었지만, 사용 공간은 훨씬 넓었다. 석현의 쓰레기들이 없어서였다. 석현의 작품들이 없어서였다. 석현이 없어서였다. 화영은 그게 좋았다. 좋다고 느껴지는 게 좋지는 않았다. 생활공간을 분리한 이후로도 화영과 석현은 거의 매일 문자메시지를 나누었다. 비가 와서 따뜻한 우동을 사 먹었다거나, 날이 좋으니까 짬을 내서라도 산책을 하라거나 하는 이야기들이었다. 함께 우동을 먹으러 가거나 함께 산책을 하지는 않았다. 화영은 더는 석현에게 '시끄럽다'는 말을 하지 않았다. 대신 수영장에 갔다. 사다리를 잡고 물속으로 걸어내려갔다. 잘 들리지 않는 것이 당연한 세계에서, 숨을 참고 또 참았다. 이사하고 일 년 남짓이 지났을 때 화영과 석현은 헤어졌다. 유학을 포기한 것을 후회하느냐고 석현은 물었다. 후회하지 않는다고 화영은 답했다. 석현과 헤어진 것 역시 후회하지 않는다. 어째서 석현을 사랑하게 되었는지를 알 수 없듯, 어째서 석현과 헤어지게 되었는지도 알 수 없을 뿐이다. 무엇인가를 포기했기 때문에 석현과 헤어지게 된 것일까. 무엇인가를 포기하지 않았기 때문에 석현과 헤어지게 된 것일까.

화영은 비치 체어에 누워 타월로 몸을 감싸고 있다. 화영의 양옆으로 비치 체어들이 늘어서 있다. 슬리퍼와 타월, 파우치와 옷가지들이 자리에 놓여 있다. 화영은 종일 옷을 지킨 적이 있다. 열여덟 살 때였다. 제주도의 중문해수욕장으로 수학여행을 갔다. 친구들이 옷을 던져두고 바다에 뛰어들었다. 화영은 해변에 남았다. 바람이 불 때마다 친구들의 옷이 뒤척여졌다. 아무렇게나 굴러다녔다. 입안에 들어온 검은 모래알을 혀끝으로 밀어내며 화영은 친구들의 옷을 끌어안고 옷을 지키고 있었다.

나는 지금도 거기 있어.

화영은 생각한다. 언제든 포기해도 상관없다. 이렇게까지

해야 할 필요가 없다. 그래서 화영은 다이빙을 계속한다. 앞으로도 계속할 것이다.

화영은 책상들을 바라본다. 물감이 덕지덕지 묻어 있다. 물감을 닦은 행주들이 캐비닛 위에 어질러져 있다. 축축한 행주에 스며 있던 물이 캐비닛 아래까지 흘러내리고 있다. 교실 한쪽에는 쓰레기봉투가 넘어져 있다. 화영은 쓰레기봉투를 일으켜세운다. 젖은 행주들을 화장실에서 애벌빨래한다. 캐비닛과 책상을 꼼꼼하게 닦아나간다. 그러곤 자신의 쇼핑백에 행주들을 넣는다. 집에 가져가 락스를 넣고 깨끗하게 삶아서 가져올 계획이다. 앞 시간에 공예 수업을 진행하는 선생에게 청소를 제대로 해달라고 몇 번이고 항의를 해봤지만 소용없었다. 학생이 너무 많아서 혼자서 청소를 감당할 수 없다는 것이었다. 이해가 안 가는 건 아니다. 공예는 인기 과목이니까. 그러나 방과후 교실을 엉망으로 사용했다간, 그곳에서 미술사 수업을 하는 화영도 계약 연장을 거부당할 것이다.

화영은 이미 계약 연장을 거부당했다는 사실을 뒤늦게 떠올린다. 쇼핑백에 담겨 있는 행주들을 내려다본다. 다음 수업 때에는 집에서 걸레를 싸와야겠다고 생각한다. 더는 행주를 집에 가져갈 수 없을 테니까. 깨끗한 행주들을 남겨두고 떠나고 싶다.

그래도 이전에 다녔던 학교보다 이 학교가 좋았다고, 화영은 생각한다. 이전 학교는 방과후 교실이 부족해서 일반 교실에서 수업을 해야만 했다. 화영의 수업시간이 되어도 담임선생은 교실을 떠나지 않았다. 교실에서 해야 할 일이 있다며, 아예 교실 뒤쪽에 자리를 마련해 앉았다. 담임선생은 화영이 수업하는 것을 빤히 구경했다. 일 년 내내 그랬다. 그 학교의 교감은 선생들의 실내화를 단속했다. 색깔이 있는 것은 물론이고, 발가락과 발뒤꿈치가 드러나는 실내화도 용납되지 않았다. 한여름에도 선생들은 온 발을 감싼 하얀 실내화만 신어야 했다. 이 규칙은 정규직 교사에게만 적용되었다. 외부에서 온 동아리 강사나 방과후 교사는 어떤 실내화를 신든 상관없었다. 그게 문제였다. 화영이 쓰는 교실의 담임선생은 화영의 색깔 있는 실내화를 불쾌해했다. 정규직 교사처럼 하얀 실내화를 신는 것도 불쾌해했다. 화영은 이 문제 때문에 실내화를 네 번이나 바꾸었다. 그리고 담임선생으로부터 실내화를 자주 바꿀 수 있어서 좋겠다는 말을 들었다. 화영은 그 학교를 그만두었다. 실내화처럼 학교도 바꿀 수 있다는 게 이 직업의 장점이었다.

집에 돌아가면 화영은 제주도행 티켓부터 검색할 것이다. 다이버들에게 유명한 제주도의 문섬을 드디어 찾아갈 것이다. 다음 학기가 시작될 때까지 문섬에서 매일매일 해양 다이빙을 할 것이다. 다른 다이버를 만날 수도 있을 것이다. 물속에서 다른 다이버와 이야기를 해야 한다면, 손동작만을 사용할 것이다. 괜찮냐고 묻고 싶다면 검지와 엄지로 원을 만들어 보여줄 것이다. 다이빙을 종료하고 싶다면 엄지손가락을 위로 하고 다른 손가락을 말아 쥘 것이다. 물 밖에서 이야기를 나눌 때에도 다이버들은 화영의 편측 난청을 이해할 것이다. 물의 압력 때문에 돌발성 난청을 겪거나 이명을 달고 사는 다이버가 많았다. 그리고 학교로 다시 돌아갈 것이다. 화영의 초급 미술사 수업은 이번에도 인기가 없을 것이다. 이번에도 폐강 위기를 느낄 것이다. 결국 소수의 아이가 책상에 앉아 있을 것이다. 나머지 책상들은 비어 있을 것이다. 그래서 화영은 다행스러울 것이다. 책상들이 비어 있으니까. 빈 책상은 조용하고, 교실은 다른 교실보다 덜 시끄럽겠지.

II. 관찰의 끝

아홉

우주는 방바닥에 엎드려 있었다. 일자형 머리핀을 보고 있었다. 큐빅이 빼곡하게 박힌 것이었다. 큐빅 한 알이 몇 개의 면으로 이루어져 있는지 세어보려 했지만 우주는 번번이 실패했다. 각각의 면마다 각도가 달라서 큐빅은 움직일 때마다 빛나는 부분이 바뀌었다. 가로로 세 개씩, 세로로 여덟 개씩. 구구단을 소리 내어 읊어가며 우주는 숫자를 셌다. 알이 두 개 빠져 있었다.

"이십사 빼기 이는 이십이. 이십이 개."

우주는 머리핀을 뒤집었다. 큐빅 판의 뒷면에 스테인리스 자동 핀이 본드로 붙어 있었다. 머리카락을 끼워서 고정시키는 부분. 이 부분이 진짜 '머리핀'이었다. 우주의 엄마가 개킨 빨랫더미를 들고 방에 들어왔다. 서랍을 열고 빨래를 차곡차곡 넣으며 엄마가 물었다.

"머리핀이 그렇게 좋아?"

"응."

"예뻐?"

"응."

우주는 삼 일째 머리핀에 빠져 있었다. 스테인리스 자동 핀은 가로 일 센티미터, 세로 팔 센티미터였고, 세 개의 판으로 구성되어 있었다. 첫번째 판은 큐빅 판에 붙어 있는 것으로, 왼쪽 끝에 수직으로 두 개의 돌기가 솟아 있었다. 이 돌기가 잠금장치 역할을 했다. 두번째 판은 양끝이 첫번째 판에 붙어 있고 가운데 부분이 당겨진 활시위처럼 곡선을 이루며 불룩하게 튀어나와 있었다. 빗살무늬가 들어가 있고 탄성이 좋았다. 핀이 머리카락에서 흘러내리지 않게 고정하는 역할을 했다. 세번째 판은 첫번째 판과 오른쪽 끝부분만 붙어 있었다. 중앙에 기다란 구멍이 있었다. 이 구멍으로 두번째 판의 가운데 부분이 튀어나오게 되어 있었다. 세번째 판의 왼쪽 끝을 강하게 누르자 첫번째 판의 돌기와 맞물리면서 머리핀이 저절로 잠겼다. 놀라울 정도로 정교했다. 그러나 아무리 보아도 우주는 도대체 어떻게 해야 머리핀을 도로 열 수 있는 건지 알 수가 없었다. 우주는 스케치북을 꺼냈다. 연필을 쥐고 머리핀을 따라 그렸다. 연필의 뒤꼭지를 잘근잘근 씹었다. 피라미드의 비밀을 파헤치려는 탐험가처럼, 머리핀에 숨겨진 장치를 찾고 있었다. 저녁밥을 먹으면서도 우주는 머리핀만 보았다.

딸깍.

머리핀이 열렸다. 우주는 자리에서 벌떡 일어났다. 마주보고 있는 동그란 부분이 버튼이었다는 사실을 알아냈다. 엄지와 검지로 두 개의 버튼을 동시에 누르면 돌기가 머리핀의 중심 방향으로 이동하면서 첫번째 판과 세번째 판이 분리되었다. 간단하고 명쾌한 구조였다. 너무 복잡하게 생각해서 찾지 못했던 것이다. 우주는 머리핀을 잠갔다가 열었다. 또 잠갔다가 열었다.

"대단해."

우주는 폴짝폴짝 뛰었다.

우주는 원리를 분석하는 것을 좋아했다. 파악해낸 원리를 활용할 때 희열을 느꼈다. 학교에서는 과학상자부 부원으로 활동했다. 초등학교 2학년 중에 과학상자로 분쇄기를 만들어 낼 수 있는 건 우주뿐이었다. 고무동력기 대회와 물로켓 대회에도 참가했다. 고학년 오빠들의 실력을 따라갈 수는 없었지만, 우주는 명실상부한 2학년의 에이스였다. 우주는 쉬는 시간마다 팽이치기 필승법을 연구했다. 무겁고 힘이 좋다는 점 때문에 돌팽이나 쇠팽이를 선호하는 아이가 많았지만, 우주는 깡통팽이를 선호했다. 팽이가 덜 기울어지도록 심을 뭉툭하게 갈아내고, 상대방의 찍기 기술로부터 팽이를 보호하기 위해 뚜껑에는 양초를 문질렀다. 줄의 길이와 줄을 감는 방식 및 강도에 따라 팽이가 어떤 속도로 회전하는지 파악했다. 줄을 팽팽하게 감는 편이 좋을 것이라 예상하기 쉽지만, 팽이의 하부만 조여주고 상부로 올라갈수록 느슨하게 감는 편이 가장 빨랐다. 줄과 팽이 사이에 작용하는 마찰력과 줄이 풀릴 때의 가속도 때문이었다. 미니카와 요요, 돋보기와 만화경과 잠망경, 옆돌기와 제비뛰기. 우주가 좋아하는 놀이들이었다. 무게중심, 각도, 굴절, 지렛대, 스프링, 프리즘, 도르래. 우주가 좋아하는 단어들이었다. 문구점 앞에서, 놀이터에서, 모래판에서. 우주는 친구들과 활의 원리를 탐구했고 옆돌기를 연습했다. 우주를 빼고는 남자아이들이었다.

여자아이들과 놀아보려 한 적도 있었다. 바비 인형과 종이인형에는 원리라고 할 만한 것이 없었다. 화장놀이 세트의 드라이기에는 모터가 없었다. 향수병에도 향수가 없었다. 주방놀이 세트도 마찬가지였다. 벨크로로 붙어 있는 당근을 플라스틱 칼로 써는 것이 전부였다. 고무줄놀이와 공기놀이는 그것들보다는 나았지만, 고무동력기나 물수제비에 비할 바는 아니었다. 여자아이들의 놀이는 우주에겐 시시했다. 궁리할 만한 요소를 일부러 제거해놓은 것처럼 보였다. 유일하게 마음에 든 것은 요술봉이었다. 주먹만한 하트 큐빅이 요술봉 중앙에 박혀 있었다. 버튼을 누를 때마다 멜로디와 불빛이 바뀌었다. 요술봉을 분해하자고 우주는 친구에게 제안했다. 친구는 얼굴을 일그러뜨렸다. 요술봉이 살아 있다고 믿는 것처럼 보였다.

우주는 머리핀에서 큐빅 판을 분리했다. 스카치테이프를 활용하여 세번째 판에 요거트용 티스푼을 붙였다. 머리핀을 잠근 후, 티스푼에 엠앤엠즈 초코 캔디 한 알을 올려놓았다. 버튼을 눌러 머리핀을 열었다. 세번째 판이 튕겨나가며 초코 캔디도 멀리멀리 날아갔다. 머리핀과 투석기는 탄성을 이용한다는 면에서 원리가 같았다. 티스푼 하나로 소형 투석기를 만들어냈다는 것이 우주는 뿌듯했다. 머리핀의 사이즈나 티스푼의 각도에 따라 여러 가지 투석기를 만들 수 있을 듯했다. 과녁 맞히기나 미니 농구도 가능해 보였다. 우주는 문구용 칼로 지우개를 자그마하게 잘랐다. 여러 개의 탄환을 만들었다. 베란다에서 과학상자를 꺼내왔다. 모터와 바퀴를 활용해 자동차를 만들었다. 자동차의 보닛에 플랜지판을 달고 투석기를 결합했다. 탱크처럼 보였다.

우주는 탱크와 탄환을 학교에 가져갔다. 친구들에게 자랑했다. 남자아이 몇은 우주의 탱크를 부러워했다. 그 아이들은 투석기가 머리핀이라는 사실을 알아채지 못했다. 머리핀을 제대로 관찰한 적이 없었으니까. 프로펠러 장난감이나 슈퍼 그랑죠 프리즘 카드와 탱크를 교환하자는 아이가 나타났다.

"머리핀이네?"

옆자리에서 지켜보던 여자아이가 말했다. 여자아이는 한 손을 올려 자신의 머리카락을 고정하고 있던 머리핀을 풀었다. 핀을 뒤집어 아이들에게 보여주었다. 머리핀을 잠갔다가 열었다.

"머리핀이었어?"

그 사실이 남자아이들의 기분을 상하게 만들었다. 머리핀 탱크냐고 누군가 이죽거렸다. 탱크를 탐내던 아이들이 탱크를 비아냥대기 시작했다. 여자나 갖고 노는 것, 이라는 말에 우주는 자리를 박차고 일어났다. 지금 한 말을 취소하라고 말했다.

"너 여자 맞잖아. 아니야?"

남자아이가 말했다.

"아, 우주는 호모지."

호모라는 단어가 어떤 의미인지 우주는 몰랐다. 그런데도 발가벗겨지는 듯한 감정이 들었다. 우주는 목욕탕을 떠올렸다. 여탕에서 같은 반 남자아이를 마주친 적이 있었다. 우주와 남자아이는 냉탕에서 함께 공기 실험을 했다. 바가지를 뒤집은 다음 힘을 줘서 물속에 넣었다가 뒤집었다. 커다란 공기 방울이 솟구치며 물에 파문이 일었다. 각자 장난감을 가져와서 물에 뜨는 것과 가라앉는 것의 차이점에 대해 이야기했다. 바나나 우유를 먹고 손을 흔들며 친구와 헤어졌다. 다음날 학교에서 남자아이는 우주의 잠지를 보았다고 떠들어댔다. 질세라 우주도 남자아이의 고추를 보았다고 큰 소리로 말했다. 우주만 두 배로 놀림을 당했다. 우주의 엄마가 남자아이의 엄마에게 전화를 하면서 사건은 일단락되었다. 이번에는 엄마에게 말할 수 없을 것 같았다. 호모라는 말을 들었다고는 누구에게도 말할 수 없을 것만 같았다.

우주는 남자아이에게 달려들었다. 우주는 또래에 비해 머리통 하나만큼 키가 컸다. 힘이 좋으면서도 몸이 둔하지 않았다. 힘겨루기에서 져본 적이 없었다. 여자인 우주가 남자아이들 그룹에서 인정받는 이유이기도 했다. 남자아이들 사이에서 서열은 힘으로 결정되었다. 우주를 힘으로 제압할 수 있는 아이는 없었다.

우주는 그 아이의 양 손목을 잡아챘다. 강하게 힘을 주며 비틀었다. 그 아이는 금세 항복을 외쳤다. 우주는 힘을 풀었다. 그 아이를 놓아줬다.

"힘 진짜 세. 역시 호모야."

남자아이가 말했다. 우주가 또다시 달려들기 전에 남자아이는 도망쳤다. 호모라고 외치면서. 다른 남자아이들도 이 놀이에 동참했다. 우주를 향해 일제히 호모라고 외쳐댔다. 그날 이후로 우주의 별명은 호모가 되었다.

열둘

축구공을 차지 않는다.

우주는 되뇌었다. 발끝을 보며 걸었다. 보도블록의 무늬나 아스팔트의 색깔만으로도 이곳이 어디쯤인지 우주는 알 수 있었다.

축구공을 차지 않는다.

하굣길마다 그날 관찰한 비법 하나를 외우는 것. 발끝만 보고도 집에 잘 돌아갈 수 있다는 사실을 확인하는 것. 우주가 일 년 넘게 반복해온 일이었다.

그날 우주는 운동장에서 남자아이들이 축구를 하는 것을 보았다. 누군가 높게 찬 축구공이 그네를 타고 있던 여자아이들 곁으로 굴러갔다. 공 좀 차줘, 라는 말이 또렷하게 들렸지만, 여자아이들은 축구공을 차지 않았다. 키득거리기만 했다. 우주는 그것이 비법이라 생각했다. 여자다워지는 비법. 내일부터는 축구공이 굴러와도 차지 않을 것이다.

우유갑을 접어 농구를 하지 않는다.

어깨동무를 하지 않고 팔짱을 낀다.

달리기를 할 때 팔을 앞뒤로 흔들지 않고 좌우로 흔든다.

머리카락이 흘러내렸을 때 손등보다는 손가락을 이용해 귀 뒤에 꽂는다.

과자를 한 움큼씩 쥐지 않는다.

"같이 화장실 갈래?"라는 말을 들었을 때 거절하지 않는다.

가장 오래 되뇐 규칙은 마지막 것이었다. 일 년 전 우주의 자리로 다섯 명의 여자아이가 찾아왔다. 가운데에 서 있던 여자아이가 우주에게 물었다.

"같이 화장실 갈래?"

"오줌 안 마려운데."

'오줌'이라는 단어를 발음했을 때 여자아이는 인상을 찌푸렸다. 이후로 석 달 동안 다섯 명의 여자아이는 우주를 볼 때마다 '오줌'이라고 속닥거리며 웃어댔다. 화장실에 함께 가는 것과 오줌은 아무 상관이 없다는 사실을 우주는 그때 알았다. 여자아이들 사이에서 당연하게 통용되는 언어를 자신이 못 알아듣는다는 것도 알게 되었다. 여자 친구들을 사귈 기회를 날려버렸다는 것도.

아홉 살 이후로 우주는 남자아이들과 어울리지 않았다. 좋아했던 장난감과 놀이를 포기하고 나자 호모 소리를 더는 듣지 않게 되었다. 그러나 누구와 무슨 얘기를 나누고 무엇을 하며 놀아야 할지를 알 수 없게 되어버렸다. 우주는 여자아이들의 표현 방식을 학습하기 시작했다. 머리핀의 원리를 파악해

냈듯이 여자아이들을 주시했다. 여자아이들은 제각각이었다. 손등으로 코를 닦는 아이도 있었고, 말싸움을 유난히 잘하는 아이도 있었고, 대답이 한 박자 느린 아이도 있었다. 여자다움을 학습하기 위해 모집단에서 표본을 다시 추출할 필요가 있었다. 우주는 짝꿍인 남자아이에게 우리 반에서 가장 여자 같은 아이 세 명을 골라달라고 부탁했다. 짝꿍이 꼽은 세 명의 아이는 친구 사이로, 그룹을 형성해 몰려다녔다. 관찰 결과를 수첩에 빼곡하게 적어나갔다. 빨간 색연필로 체크해가며 하나씩 실행했다. 필통에 손거울을 넣어 다니기 시작했다. 손톱에 분홍색 매니큐어를 발랐다. 뚜껑이 열리는 펜던트 목걸이를 착용했고, 귀를 뚫었다. 루스 삭스를 신고 테니스 스커트를 입었다. 외양을 바꾸는 건 쉬웠다. 버릇이나 습관을 바꾸는 건 어려웠다. 하품이나 재채기가 튀어나오는 순간에조차 한 박자 빨리 손동작을 수행해야 했다. 하의가 흘러내릴 때에도 다른 아이들 앞에서 허리춤을 잡고 하의를 추켜올려서는 안 되었다. 자기 자신보다 더 빨리 움직이거나 멈춰야 했다. 튀어나오는 딸꾹질을 참으려고 종일 숨을 참는 기분이었다. 우주는 피곤했다. 쉬는 시간에 책상에 엎드려 있는 일이 늘어났다. 우주의 외모는 표본의 여자아이들과 흡사해졌다. 행동 또한 비슷해져갔다. 친구가 생기지는 않았다.

우주가 분석한 바에 따르면, 표본의 여자아이들은 한번 속한 그룹을 이탈하지 않는 특징이 있었다. 남자아이들은 놀이에 따라 그룹이 쉽게 바뀌곤 했다. 총놀이를 할 때에는 총을 갖고 있는 아이들과 놀았고, 팽이놀이를 할 때에는 팽이를 갖고 있는 아이들과 놀았다. 속하고 싶은 그룹이 있다면 놀이의 방식을 익혀 놀이에 참가하면 되었다. 표본의 여자아이들은 오직 자신이 속한 그룹의 아이하고만 어울렸다. 그룹 밖의 아이와 친하게 지내는 경우도 있었지만 그 관계는 2순위처럼 보였다. 그룹에 속하지 않는 아이를 그룹보다 중요시한다는 이유로 배신자 취급을 받기도 했다. 그룹은 학기초인 3월에서 4월 사이에 형성되고, 여름이나 가을 사이에 물갈이 과정을 겪었다. 반 전체에서 따돌림 당하는 아이가 있는가 하면, 그룹 안에서 은밀히 따돌림 당하는 아이도 있었다. 그룹 안에서 따돌림 당하는 아이는 주기적으로 바뀌었다. 그러나 우주는 정작 그룹이 생성되는 원리를 파악할 수 없었다. 바깥에서 관찰하는 것만으로는 한계가 있었다. '친구를 하자'고 단도직입적으로 말해보았지만 역효과만 가져왔다.

우주는 브래지어를 착용하기 시작했다. 생리를 시작했다. 들쭉날쭉하게 자라왔던 몸이 성장 속도를 늦추고 다른 방식으로 변화해갔다. 눈두덩의 살이 빠지더니 왼쪽 속쌍꺼풀이 겉쌍꺼풀로 바뀌었다. 얼마 지나지 않아 오른쪽 눈에도 겉쌍꺼풀이 생겼다. 얼굴선이 갸름해지고 콧날이 드러났다. 아동복이 더는 맞지 않았다. 엄마와 함께 옷가게에 들어가면 고등학생으로 오해를 받는 일이 생기기 시작했다.

일요일이었다. 우주는 학교 운동장 철봉에서 혼자 제비뛰기를 하고 있었다. 철봉 위로 올라가 두 다리를 벌려 철봉을 딛고, 다리 사이의 철봉을 두 손으로 잡았다. 엉덩이를 추 삼아 반동을 주면 온몸이 철봉을 중심으로 빠르게 회전했다. 사분의 삼 바퀴 이상 회전했을 때 손을 놓고 발을 쭉 뻗으면 몸이 하늘로 발사되었다. 발과 손의 위치, 철봉에서 손을 놓는 순간의 각도에 따라 더 높게, 혹은 더 멀리 뛸 수 있었다. 학교의 철봉은 칠이 벗어져 있어 손에 쇳가루가 묻어났다. 놀이터에 있는 철봉이 훨씬 좋았지만, 그곳에는 언제나 아이들이 있었다.

경비 아저씨가 멀리서 우주를 불렀다. 손짓을 하며 다가왔다. 잘못한 것이 없었지만 왠지 도망쳐야 할 것 같았다. 우주는 달렸다. 뒤에서 경비 아저씨가 고함을 쳤다. 우주는 멈춰 섰다. 학교를 빠져나가려면 경비 아저씨 쪽으로 가야만 했다.

"왜 도망쳤어?"

경비 아저씨가 물었다. 우주는 고개를 푹 숙였다. 아저씨가 우주의 학년과 반, 이름을 물어보았다. 따라오라고 했다. 우주는 경비 아저씨를 따라 숙직실에 갔다. 학교 뒤편 자재실 옆에 있는 자그마한 공간이었는데, 책이 많았다. 장판이 끈적끈적해서 양말이 쩍쩍 달라붙었다. 경비 아저씨는 자신을 공부하는 사람이라고 소개했다. 공과대학에서 석사 학위까지 받았다고 했다. 일요일 오후마다 우주가 혼자 학교에 온다는 것을 아저씨는 알고 있었다. 오래전부터 우주를 지켜보았다고 했다. 우주가 다른 아이들과 다른 것 같았고, 그래서 얘기를 나누고 싶었다고 했다. 아저씨가 책더미에서 한 권을 꺼내줬다. 졸업앨범과 비슷한 재질이었다. 검은색 표지에 글씨는 금박 처리가 되어 있었다. 우주도 아는 대학교의 이름이 적혀 있었다. 이름을 손가락으로 가리키며 아저씨는 자신의 논문이라고 말했다. 우주는 논문을 구경했다. 열처리 중에서도 담금질에 대한 내용이었는데, 어려운 용어로 점철되어 있어 이해하는 것은 불가능했다. 냉각 속도, 치수의 변형, 경도의 측정 같은 말들은 우주를 사로잡기에 충분했다. 해가 저물어갈 때까지 우주는 아저씨와 이야기를 나누었다. 머리핀의 원리를 처음 발견한 날에 대해 우주는 말했다. 물로켓과 투석기를 어떻게 만들었는지에 대해 말했다. 아저씨는 1종 지레와 2종 지레, 3종 지레의 차이점을 알려줬다. 해가 완전히 저물고 창밖이 캄캄해졌다. 아저씨가 짜장면을 시켜주었다. 숙직실에는 식탁이 없으니까 특별한 곳에서 함께 먹자고 했다. 아저씨는 짜장면 그릇을 들고 학교로 들어갔다. 학교는 시커멨다. 손전등으로 복도 바닥을 비춰가며 앞장서 가는 경비 아저씨를 우주는 따라갔다.

"교무실에서 짜장면 먹어본 적 없지?"

우주는 고개를 끄덕였다. 아저씨가 열쇠로 교무실 문을 열었다. 가장 싫어하는 선생의 책상에 앉아 우주는 짜장면을 먹었다. 의자가 푹신했다. 책장에 꽂혀 있는 아무 책이나 꺼내 구경했다. 선생이 적어놓은 메모들을 훔쳐봤다. 스릴이 느껴졌다.

"우주야, 생리는 하니?"

경비 아저씨가 물었다. 짜장면을 먹다 말고 우주는 멈추었다. 아저씨가 부드럽게 웃었다. 책상에서 티슈 한 장을 뽑아주며 괜찮다고 말했다. 투석기의 원리처럼, 신체의 원리를 가르쳐주려는 것뿐이라고 했다. 우주는 티슈로 입가를 닦았다. 올해 4월부터 시작했고, 부모님이 축하한다며 피자를 사주셨다고 답했다. 우주는 그날 처음으로 아기가 생기는 원리에 대해 자세히 들었다. 성교육 시간에 배우기는 했지만 그때와는 용어부터 달랐다. 아저씨는 난자나 정자 같은 단어를 사용하지 않았다. 이론 학습을 끝냈으니 영상 학습을 해야 한다고 아저씨는 말했다. 자신이 다닌 대학교에서는 남녀가 성관계하는 영상을 함께 보며 신체의 원리를 탐구하는데, 누구나 수강해야만 하는 필수과목이라고 했다. 교무실을 빠져나와 학교에서 숙직실까지 이동하는 그 길에서 우주는 엄마의 목소리를 들었다. 우주야, 하고 부르는 소리를. 일요일 오후마다 우주가 학교에 간다는 사실을 엄마도 알고 있었다. 저녁밥을 먹을 시간이 한참이나 지났는데도 돌아오지 않자 우주를 찾으러 온 것이었다.

"엄마."

우주는 큰 목소리로 엄마를 불렀다. 엄마의 목소리가 들려오는 방향으로 발걸음을 옮겼다. 문득 뒤돌아보았을 때 경비 아저씨는 사라져 있었다. 어디에 있었느냐고 엄마가 물었다. 경비 아저씨와 교무실에서 짜장면을 먹었다고 우주는 답했다.

"둘이서?"

"어."

"무슨 얘기를 했는데?"

"아저씨가 열처리랑 담금질 논문을 보여줬어."

"다른 얘기는 안 했어?"

엄마가 두 손으로 우주의 어깨를 움켜쥐었다. 손아귀에 힘이 잔뜩 들어가 있었다. 무서운 표정을 짓고 있었다. 자신보다 키가 작아져버린 엄마를 우주는 내려다보았다.

"아무 일도 없었어?"

"어."

진짜냐고 엄마는 자꾸 되물었다.

"아무 일도 없었는데."

집으로 돌아가는 내내 엄마는 우주의 손을 아플 만큼 꼭 잡고 있었다. 그리고 혼잣말로 욕을 했다. 미친놈의 새끼. 다시는 그 아저씨와 말을 섞지 말라고 엄마는 말했다. 일요일 오후에 학교 운동장에 가는 것도 금지되었다.

비슷한 일이 반복되었다. 하굣길이나 놀이터, 슈퍼 앞에서 마주친 아저씨들이 우주를 불러 세웠다. 손금을 봐주겠다던 아저씨에게 임신 걱정을 하고 있느냐는 질문을 받았다. 유치원생처럼 병원놀이를 하자는 아저씨가 있었고, 사귀자는 아저씨도 있었다. 그때마다 우주는 생각했다. 미친놈의 새끼. 빼빼로데이 날 학교에서 세 명의 남자아이에게 고백을 받았을 때에도 우주는 그 말을 떠올렸다.

미친놈의 새끼.

빼빼로가 든 상자를 들고 우주는 자리로 돌아왔다. 여자아이들이 우주의 책상으로 몰려들었다. 뭐래? 사귀재? 사귈 거야? 쉴새없이 질문을 쏟아냈다. 여자아이들에게 그 정도로 관심을 받아보는 건 처음이었다.

여자아이들은 우주를 데리고 복도 계단 구석진 곳으로 향했다. 우주의 빼빼로 상자를 구경하고 싶어했다. 우주는 아이들과 함께 하나씩 상자를 열었다. 첫번째 것은 비닐 포장지로 싸여 있었다. 포장지를 풀자 스카치테이프로 똘똘 묶인 빼빼로 여섯 상자가 나타났다.

"빼빼로잖아."

친구들은 실망한 눈치였다. 우주는 빼빼로를 친구들과 나눠 먹으며 두번째 상자를 열었다. 상자 안에 길쭉한 상자 세 개가 들어 있었다. 각각 일반 빼빼로, 누드 빼빼로, 아몬드 빼빼로였다. 초콜릿 부분이 녹아 서로 엉겨붙어 있었다. 상자의 옆면과 바닥에도 초콜릿이 덕지덕지 묻어 있었다.

"지저분한데."

여자아이들은 두번째 상자에는 손을 대지 않았다. 우주는 마지막 세번째 상자를 열었다. 분홍색 리본으로 묶인 상자였다. 상자 안에 완충재 대신 색종이로 접은 장미가 깔려 있었다. 낱개 포장된 수제 빼빼로, 키세스와 봉봉 초콜릿, 추파춥스가 색색깔로 담겨 있었다. 가운데에 보석 상자가 있었다. 플라스틱 토끼 반지가 들어 있었다. 반지는 너무 작아서 우주의 새끼손가락에 간신히 들어갔다.

"역시 승혁이야."

아이들은 우주에게 승혁이를 선택하라고 말했다. 그래서 우주는 승혁이와 사귀었다.

우주는 매일매일 친구들과 계단 구석진 곳에서 모였다. 남자친구와 어떤 이야기를 나누었는지, 어떤 선물을 받았는지, 사소한 일화까지 우주는 친구들에게 이야기했다. 일화를 얻기 위해 남자친구를 계속 만났다. 이야깃거리가 떨어지면 남자친구를 바꾸었다. 새로운 남자친구를 사귀는 건 쉬웠다. “나랑 사귈래?” 그렇게 말하면 되었다. 친구가 되자고 단도직입적으로 말했던 순간들을 우주는 떠올렸다. 가끔은 이 상황이 이상하게 느껴졌다. 남자아이와 논다는 이유로 호모 소리를 들었는데, 이제 아이들은 우주가 남자와 무엇을 하고 놀았는지 듣고 싶어했다. 넘어갈 수 있는 울타리와 개구멍만 찾아다니다가 뜬금없이 놀이동산 자유이용권을 주운 느낌이었다.

열셋

학교가 끝나자마자 우주는 친구들과 '부국종합상사'로 향했다. 가게 입구 가판대에는 크기별 냄비와 주전자, 수저 세트와 빗자루 같은 것들이 쌓여 있었다. 입구로 들어서면 문구용품이나 선풍기, 부탄가스 같은 것들이 늘어서 있었다. 그 안쪽에는 손님들이 들어가지 못하는 공간이 있었다. 손님이 어떤 물건을 찾으면, 사장님이 그곳에 들어가 물건을 들고 나왔다. 그 공간이 가게보다 더 넓었다. 좁은 골목이 미로처럼 나 있고 적재 선반 가득 빽빽하게 물건들이 정리되어 있었다. 안료와 페인트, 각종 조명기구와 공구들, 수도꼭지들. 수도꼭지의 종류가 그렇게나 많다는 것을 우주는 그곳에서 처음 알았다. 베란다용, 세탁기용, 싱크대용, 샤워기용, 가로 꼭지, 세로 꼭지, 위생 꼭지, 살수 꼭지, 벽붙이용, 대붙이용, 관붙이용, 핸들식, 앵글밸브, 부동밸브…… 미로의 끝에 문이 있었다. 그곳이 친구의 집이었다.

우주는 친구들과 매일 그곳에서 과자를 먹고 만화책을 돌려보며 수다를 떨었다. 친구들은 과자를 한 움큼씩 집어먹었다. 한 친구는 초등학교 2학년인 남동생이 자꾸 자신의 팬티를 보고 싶어한다고 고백했다. 한 친구는 살을 빼기 위해 집에서 매일 AB슬라이드로 운동을 한다고 고백했다. 한 친구는 중학생인 언니에게 전수받은 노래를 알려주었다. "씨발아 집어쳐라 닥쳐라, 좆 까라 가라 저리 꺼져라"가 반복되었다. 그곳에서 나눈 모든 이야기는 비밀이었다. 왜 비밀인지 납득되지 않는 것들도 모조리 비밀이었다. 우주도 자신의 비밀을 말했다. 부국종합상사에 들어올 때마다 우주는 친구의 아버지를 훔쳐봤다. 친구의 아버지는 방탄조끼같이 생긴 카키색 조끼를 입고 있었다. 조끼의 앞면에만 주머니가 열네 개나 달려 있었다. 가끔은 허리춤에 공구 벨트를 차고 있기도 했다. 사이즈별 드라이버와 멍키스패너, 펜치 같은 것들이 꽂혀 있었다. 카키색 조끼와 공구 벨트를 갖고 싶다는 것이 우주의 비밀이었다. 부국종합상사 집 딸은 우주에게 선물로 못 주머니를 주었다. 자신이 줄 수 있는 건 그 정도라고 했다. 신이 난 우주는 다른 비밀도 말했다. 수첩에 대해서였다. 여자아이들의 외양과 행동을 관찰하고 적어왔다고 고백했다. 그 아이들이 바로 너희들이었다고 말했다.

쉬는 시간에 친구가 귓속말을 했다.

"씨발아 집어쳐라 닥쳐라."

우주도 귓속말로 대답했다.

"좆 까라 가라 저리 꺼져라."

친구와 우주는 낄낄거렸다. 무슨 얘기를 나눴느냐고 물어보는 아이도 있었다.

"별 얘기 안 했는데?"

친구는 잘라 말했다. 타인을 배제하는 쾌감을 우주는 맛보았다. 그 쾌감이 우정의 기쁨으로 느껴졌다. 우주가 추출한 표본의 여자아이들이 어째서 놀이가 아닌 사람을 중심으로 그룹을 만드는지 이해하게 되었다. 여자아이들은 비밀이 누설될까 봐 두려워했다. 동시에 자신의 비밀을 누군가에게 말하고 싶어 안달이 나 있었다. 그룹 내에서 한 명의 아이가 따돌림을 당할 때에도 비밀은 번번이 이용되었다. 그 아이가 어떤 애인지를 아이들은 말해버렸다. 너희가 알던 걔가, 사실은 이런 애야. 학교에서는 과자를 두 손가락으로 집어먹지만 친구들과 있을 때에는 한 움큼씩 집어먹는 아이, 남동생에게 팬티를 보여준 아이, 몸매에 신경을 안 쓰는 것처럼 굴면서 매일 집에서 아줌마들 운동을 하는 아이, 욕으로 점철된 노래를 부르는 아이. 진실이 밝혀지는 순간이 가져다주는 즐거움을 아이들은 만끽했다. 한편으로는 진실을 폭로당한 아이가 어떻게 추락해 가는지를 학습했다. 그 아이가 되지 않기 위해 더더욱 결속을 다졌다. 때로는 남의 비밀을 조작하는 일도 서슴지 않았다. 조작에 가담하는 것도 일종의 비밀이었고 결속이었다.

남자아이들은 여자아이들을 절대로 이해할 수 없을 것이라고, 우주는 생각했다. 그러면서도 남자아이는 여자아이들 사이에서 중요한 자리를 차지했다. 우주의 남자친구에 대한 이야기를 지속하면서도 우주의 남자친구를 자리로 부르지는 않는 식이었다. 남자는 일종의 허상이었다. 동네 문방구에서 팔지 않던 남자 바비 인형처럼. 놀이에는 존재하되 실체는 없었다. 여자아이들은 바비 인형 놀이를 계속하고 있는 것처럼 보였고, 동시에 바비 인형이 아닌 자기 자신으로 살고 싶은 것처럼 보였다. 자신이 바비 인형이 아니라는 사실을 알고 있다는 것이 가장 문제였다. 서로가 그것을 알았다. 공감했다. 그랬기에 서로를 좋아했다.

하루는 부국종합상사에 가기 전에 우주 혼자 슈퍼에 들렀다. 아이스크림을 여러 개 샀다. 한 개는 손에 쥐고, 나머지는 검은 비닐봉지에 넣었다. 아이스크림을 깨물어 먹으며 부국종합상사에 갔다.

"혼자 먹냐?"

친구가 우주의 아이스크림을 보며 말했다.

"응."

우주는 장난을 친 다음 비닐봉지에 손을 넣었다.

"너네 것도 다 샀지."

아이스크림을 꺼내 친구들에게 내밀었다. 친구들은 아이스크림을 받지 않았다. 우주는 방바닥에 아이스크림을 내려놓았다. 아이스크림 포장지에 맺힌 물 때문에 바닥이 흥건해졌다. 포장지 속에서 아이스크림은 모두 액체가 되었다.

그날 이후로 우주는 그룹에서 따돌림을 당하기 시작했다. 드디어 우주의 차례가 온 것이었다. 우주가 어떤 말을 하고 행동을 하든, '수첩에 적어놓은 것이냐'는 물음이 뒤따랐다.

우주는 여전히 남자친구를 만났다. 어울릴 사람이 남자친구밖에 없었다. 남자친구는 수첩의 존재 따위를 신경쓰지 않았다. 힘이 센 남자친구와 함께 있으면 아이들은 적어도 우주를 대놓고 놀리지는 못했다. 얼마 후 또다른 커플과 스케이트장에서 더블데이트를 했고, 그때 알게 된 여자아이가 우주의 새로운 친구가 되었다.

열여덟

우주는 아랫입술을 깨물었다. 창밖을 주시했다. 운동장 끄트머리에 있는 정문에 한 남자가 나타났다. 정말로 그가 학교에 찾아왔다. 우주의 핸드폰에서 진동이 울렸다.

'보여? 나 너네 학교 정문이야.'

또다시 진동이 울렸다.

'당장 나와.'

우주의 남자친구였다. 우주와는 일곱 살 차이로, 지하상가에 있는 부모님의 전자제품 상점에서 일을 돕고 있었다. 우주와는 상점에서 만났다. 집에 있는 우주의 CD플레이어가 고장이 났고, 우주는 그것을 직접 고치려 했다. 렌즈의 수명이 다한 듯했다. 메커니즘에서 픽업을 분리한 다음 픽업만 교체하면 될 듯했다. 지하상가에 가면 벌크로 살 수 있었다.

"그게 뭐죠?"

상점에서 만난 남자는 픽업이 뭔지 몰랐다. 우주는 픽업에 대해 설명했다. 상품을 구해놓을 테니 일주일 뒤에 다시 오라고 남자는 말했다. 다시 갔더니 정말로 상품을 구해놓았다. 우주 덕분에 픽업에 대해 배웠다고 남자는 말했다. 픽업을 어떻게 교체하는지 궁금하다고 했다. 우주는 남자에게 픽업 교체 방법을 상세히 알려줬다. 남자는 고개를 끄덕였지만 열심히 듣는 것 같지 않았다. 우주의 말이 끝나자 수업료를 지불하고 싶다고 했다. 식사를 대접하고 싶다고. 속이 빤히 들여다보인다고 우주는 생각했다. 우주는 항상 그랬다. 남자들의 속이 빤히 들여다보였다. 과학실에서 본 지층 모형처럼. 화석 하나만으로 지층의 퇴적 연대와 부정합 여부를 알 수 있듯, 말 한마디로 남자의 내부가 짐작 가능한 순간이 있었다. 친구들은 남자 문제로 골머리를 앓곤 했다. 좋아하는 남자 앞에서 뚱한 표정을 짓고 있거나, 좋아한다는 걸 다 알아채게끔 행동했다. 그런 태도가 어떤 역효과를 내고 있는지 우주의 눈에는 보였지만 친구에게는 보이지 않는 것 같았다. 우주가 유아였을 때부터 남자들과 어울렸기 때문에 남자에 대해 더 잘 이해하는 것일 수도 있었다. 우주가 남자를 좋아하지 않기 때문일 수도 있었다. 우주는 남자를 보며 설레어본 적이 없었다. 보고 싶다거나 손을 잡고 싶다거나 하는 생각도 해본 적이 없었다. 당황하지 않았으므로 실수가 없었다. 우주가 당황하는 건 여자 친구들과 있을 때였다. 자신의 비밀을 친구에게 어디까지 말해야 하는 건지 여전히 감을 잡지 못했다. 너무 친밀하게 군 것을, 너무 차갑게 군 것을 후회했다. 친구가 자신을 좋아하는지 싫어하는지도 알쏭달쏭했다. 친구와 멀어질 때마다 상처를 받았다.

우주의 남자친구는 우주를 위해 직접 피아노를 쳐서 녹음해 주는 남자였다. 새로 나온 MP3플레이어를 상점에서 몰래 빼돌려 우주에게 선물하는 남자였다. 우주가 소풍을 가는 날에 삼단 도시락을 싸서 아침 일찍 손에 들려주는 남자였다. 도시락 뚜껑을 열었을 때 친구들은 감탄했다. 하얀 쌀밥에 하트 모양으로 완두콩이 박혀 있었다. 노력하는 그가 우주는 왠지 안쓰러웠다. 가끔 미안한 감정이 들었다. 우주가 섹스를 거부하기 전까지는 그랬다.

초등학생이었을 때에는 남자친구와 손만 잡으면 되었다. 열다섯이 되었을 때부터 남자친구가 포옹이나 키스를 원하기 시작했다. 우주는 열여섯에 첫 키스를 했다. 키스를 주제로 한 친구들의 대화에 참여하고 싶었다. 첫 키스 도중에 우주는 헛구역질을 했다. 우주의 남자친구가 키스를 아주 못하는 사람이라서 그랬을 거라고 친구들은 말했다. 혀를 목구멍까지 밀어넣는 바람에 헛구역질이 난 것이 분명하다고 했다. 그래서 우주는 다른 사람과 두번째 키스를 했다.

우주는 남자친구에게 사랑한다는 내용을 담은 편지를 썼다. 밸런타인데이 때 냄비에 초콜릿을 녹여가며 선물을 준비했다. 순정만화와 멜로드라마, 사랑을 주제로 한 노래를 섭렵했다. 여자가 남자를 사랑하는 감정을 이해하려 했다. 사랑에 빠져버린 친구들을 떠올렸다.

우주는 남자친구를 좋아하려 노력했다. 여자아이가 되려고 노력했던 그때처럼. 연애를 관찰하여 학습했고 성실하게 이행했다. 어느 정도는 효과가 있었다. 남자친구가 보고 싶어서 눈물이 흐르기까지 했다. 그러나 남자친구와 살이 닿는 순간 우주가 매일매일 쌓아간 훈련은 단번에 무너졌다.

이건 못하겠다.

포옹만으로 남자를 달래는 것에는 한계가 있었다. 어떻게든 입안으로 혀를 집어넣으려는 남자와 우주는 실랑이를 벌였다. 고개를 이쪽저쪽으로 돌렸다.

"가만있어라."

장난스럽던 남자친구의 표정이 차가워졌다. 이제 힘으로 남자를 제압할 수 없다는 것을 우주는 알고 있었다. 남자친구를 만나는 것이 점점 두려워졌다. 폐쇄된 공간을 최대한 피했다. 위험이 느껴진다 싶을 때면 남자친구와 헤어졌다. 헤어지는 것도 점점 쉽지 않아졌다. 우주는 죽여버리겠다는 문자메시지를 받았다. 잘못했다는 문자메시지를 받았다. 사랑한다는 말과 죽이겠다는 말이 한끗 차이라는 것을 알게 되었다.

이번 남자친구는 키스를 하지 않겠다고 약속했다. 대신 뽀뽀는 하자고 했다. 그래서 우주는 노래방에서 남자친구와 뽀뽀를 했다. 남자친구는 우주의 온 얼굴에 뽀뽀를 했다. 귀와 목덜미에도 했다. 교복 단추를 위에서 하나씩 풀어가며 했다.

남자친구의 손이 우주의 상의 속으로 쑥 들어왔다. 우주는 침착하게 웃으며 남자친구의 손을 밀어냈다. 교복 단추를 잠그려 했다. 남자친구가 우주의 손목을 낚아챘다.

우주는 학교 정문에서 눈을 떼지 않았다. 노을이 지고 있었다. 남자친구의 그림자가 점점 커다래지고 있었다. 곧 창밖은 캄캄해질 것이었다. 우주의 핸드폰에서 진동이 울렸다.

'십 분 안에 나와. 안 나오면 교무실로 갈 거야. 야자 시간이니까 선생들이 교무실에 모여 있겠지. 선생들한테 너가 원조교제를 하고 다닌다고 말할 거야.'

우주는 호흡을 가다듬었다. 말도 안 되는 협박일 뿐이었다. 정신을 차려야만 한다고 되뇌었다. 남자친구에게 문자메시지를 발송했다.

'십 분 안에 사라져. 안 사라지면 너네 가게로 전화를 걸 거야. 너가 여기 있으니까 가게에는 부모님만 계시겠지. 너네 부모님한테 너가 원조교제를 하고 다닌다고 말할 거야.'

남자친구는 사라졌다.

남자친구는 다섯 달 동안 집요하게 우주를 괴롭혔다. 메일함과 문자메시지가 남자친구의 협박으로 채워졌다. 인터넷 커뮤니티에 들어가 우주의 친구들에게까지 연락을 했다. 우주를 한 번만 더 만날 수 있게 해달라고 친구들에게 부탁을 했다. 우주는 담을 넘어서 등하교를 했다. 정문 근처에서 남자친구가 기다린 적이 있기 때문이었다. 작은 소리에도 깜짝깜짝 놀랐다. 몸무게가 줄어들었다. 우주는 결국 여자아이들에게 모든 상황을 털어놓았다. 도움을 요청했다. 여자아이 몇 명이 우주를 도와주었다. 자기들끼리 순번을 정해가며 학교에서 집까지 우주와 동행했다. 그중에는 평소에 우주를 탐탁지 않게 여겼던 선미도 있었다.

선미는 우주가 남자들을 갖고 논다고 여겨왔다. 사람을 갖고 노는 사람은 질색이라고 했다. 그래놓고 매번 선미는 여자를 갖고 노는 남자에게만 반해버렸다. 남자가 자신을 갖고 놀고 있다는 사실을 알아챈 이후로도 선미는 그 남자와 헤어지질 못했다.

한밤의 버스는 밝았다. 좌석이 하나씩 비어갔다. 라디오에서 음악이 흘러나왔다. 우주와 선미는 나란히 앉아 있었다. 언젠가는 선미에게 한마디를 듣게 될 것이라고 우주는 생각해왔다. 그럴 줄 알았다거나, 네 잘못도 있다거나. 선미는 아무 말도 하지 않았다. 우주의 손을 꼭 잡고만 있었다. 앞을 보고 있는 선미의 옆모습을 우주는 힐끔힐끔 훔쳐봤다. 버스가 가로등 곁을 지날 때마다 선미의 옆얼굴이 조금 더 밝아졌다. 시간이 지나고 다른 친구들이 우주와 동행하는 일을 그만둔 이후로도 선미는 우주와 함께 버스를 탔다.

"이제 그만 바래다줘도 될 것 같아."

우주가 말했다.

"그럼 정류장까지만 같이 갈까?"

선미가 물었다.

우주와 선미는 아침마다 학교 앞 버스 정류장에서 만났다. 우주가 탄 버스가 도착하기 전에 선미는 정류장에 도착해 있었다. 버스 뒷문이 열리고 계단을 내려가면 선미가 활짝 웃으며 손을 내밀었다. 우주는 선미의 손을 잡았다. 우주가 지각을 한 날에도 선미는 먼저 학교에 들어가지 않았다.

야간자율학습이 끝나면 누가 먼저랄 것 없이 책가방을 챙겨 서로에게 다가갔다. 타야 할 버스가 먼저 도착해도 선미는 버스에 타지 않았다. 선미를 정류장에 남겨둔 채 우주는 버스에 올랐다. 버스 손잡이를 잡고서 정류장에 서 있는 선미와 마주보았다. 서로에게 손을 흔들었다. 선미가 우주에게 전화를 걸었다. 선미와 통화를 하며 집에 갔다. 학교 앞 중국집에서 학생 할인 이벤트를 하는데 다음에 같이 가자거나, 방송반에서 점심시간마다 틀어주는 음악이 형편없다거나 하는 싱거운 이야기를 나누었다. 우주와 선미는 핸드폰 요금제를 커플 요금제로 바꾸었다.

그날도 우주는 버스 손잡이를 잡았다. 선미에게 전화가 오기를 기다렸다. 정류장을 두 개쯤 지났을 때 우주가 선미에게 전화를 걸었다.

"버스 왔어?"

"응. 왔어."

"잘 가고 있어?"

"안 탔어. 아직 정류장이야."

왜 버스를 타지 않았느냐고 우주는 물었다. 임신을 한 것 같다고 선미는 말했다. 우주는 정차 벨을 눌렀다. 다음 정류장에서 내렸다.

우주는 선미와 함께 병원에 갔다. 검사를 받았다. 임신 십주 차였다. 선미의 남자친구는 스무 살이었고, 재수생이었다. 연극부 선배였던 남자친구를 선미는 중학교 내내 짝사랑했다고 했다. 남자친구와 사귀면서 생긴 단 한 가지 고민은, 남자친구가 선미를 종종 '나의 빨래판'이라고 부른다는 것이었다.

우주는 산부인과를 검색했다. 보호자 없이 청소년이 수술을 받을 수 있는 병원을 찾아 헤맸다. 어떻게 해야 수술 비용을 마련할 수 있을지를 궁리했다. 우주와 선미가 그룹 과외를 받겠다고 거짓말한 후 각각 한 달 치씩 과외비를 빼돌리면 어렵지 않게 수술비를 마련할 수 있을 것 같았다. 수술 후 이틀 정도는 근처 모텔에서 지내며 휴식해야 할지도 몰랐다. 우주는 참고서를 구입해야 한다고 할 생각이었다. 현재 갖고 있는 돈에 참고서 구입비를 더하면 숙박비와 식비를 해결할 수 있을 것 같았다.

우주는 자신의 계획을 선미에게 말했다. 당장 이번 주말에라도 수술을 할 수 있다고 말했다. 생각을 해보겠다고 선미는 답했다. 그러곤 버스 정류장에 나타나지 않았다.

보름이 지나서야 선미는 정류장에 나타났다. 우주를 향해 손을 흔들었다. 밝은 얼굴이었다.

"오빠랑 결혼하기로 했어."

선미가 우주의 양손을 붙잡고 흔들었다. 가장 먼저 우주에게 말해주고 싶었다고 선미는 말했다. 우주는 자기도 모르게 인상을 찌푸렸다.

"빨래판이라고 한다면서."

선미의 얼굴에서 웃음기가 사라졌다. 선미가 말했다.

"어떻게 그런 말을 해?"

그게 선미와의 마지막 대화였다.

선미는 한 달 뒤에 학교를 자퇴했다. 양가가 상견례를 했고 결혼을 준비한다는 소문을 들었다. 선미가 시댁에 들어가서 살고 있다는 얘기를 들었다.

우주가 선미에게 다시 전화를 한 것은 그해 12월 3일이었다. 선미의 생일이었다. 생일을 일이삼으로 외울 수 있어서 좋다고 선미는 말했었다. 선미가 전화를 받았다. 무슨 일이냐고 물었다.

"생일 축하한다고 말하려고."

그리고 우주는 선미에게 사과했다. 내내 후회했다고 말했다.

"아니야. 없는 말 한 것도 아닌데."

지금 와줄 수 있느냐고 선미는 물었다.

선미는 혼자 고시원에서 살았다. 남자친구가 사라진 건 임신 이십삼 주 차가 되었을 때였다. 다른 사정이 있을 거라고 선미는 생각했다. 시댁에서 지내며 남자친구가 돌아오기를 기다렸다. 삼 주가 더 지났을 때 선미는 시댁 식구들이 남자친구와 연락을 주고받고 있다는 사실을 알았다. 선미가 사라져주기를 모두가 기다리고 있다는 사실을 알았다. 선미는 이십칠 주 차에 임신중단 결정을 내렸다. 임신 주수 때문에 유도분만을 해야만 했다. 선미는 집으로 돌아갔다. 젖이 도는 가슴과 퉁퉁 붓는 몸보다도 엄마의 한숨 소리를 견디기 어려웠다. 부모님을 설득해서 고시원에 방을 얻었다.

우주는 더는 야간자율학습을 하지 않았다. 수업이 끝나자마자 선미의 방으로 향했다. 선미와 대형 폐기물 코너를 돌았다. 화이트 톤 수납함을 찾아냈다. 우주는 수납함에서 서랍을 분리했다. 서랍의 앞 판자와 레일을 떼어낸 후 사포로 샌딩했다. 서랍 아래에 바퀴를 달았다. 침대 아래 공간에 서랍들을 넣었다. 행어에 아무렇게나 걸려 있던 옷들을 정리했다. 서랍에서 분리한 앞 판자에 기역자형 브래킷을 부착해 선반을 만들었다. 선반 두 개를 인형이나 달력, 향초 같은 것으로 장식했다. 선반 하나는 위쪽에 거울을 부착해 화장대로 만들었다. 주광색 조명을 전구색으로 바꾸어 조도를 낮추었다. 집에서 발 매트와 휴지함 따위를 훔쳐왔다. 학교 미화 활동에 필요하다며 화분도 챙겨왔다. 천장에 야광별 스티커를 붙였다. 학교에서 틈틈이 색종이로 학알을 접었다. 남자친구에게 줄 것이냐고 친구들은 물었다. 우주는 그렇다고 답했다. 학알을 실에 꿰고 나뭇가지에 묶어 갈런드를 완성했다. 그것을 선미의 방에 걸어두었다.

"이제 그만 꾸며도 될 것 같아."

선미가 말했다. 선미와 함께 버스를 타고 다니던 때를 우주는 떠올렸다. 이제 그만 바래다줘도 될 것 같다고 말했던 자신과 그래도 매번 버스 정류장에 먼저 도착해 있던 선미를 떠올렸다. 선미를 돕기 위해 시작한 일이었지만, 이제 우주는 선미와 더 오래 함께 있고 싶었다. 어쩌면 선미도 그런 이유로 매번 타야 하는 버스를 보냈던 건지도 몰랐다.

"그럼 그냥 같이 있을까?"

우주는 선미의 손을 잡았다. 버스에서 선미가 우주의 손을 잡아주었듯이.

스물

우주는 입시에 실패했다. 예상한 일이었다. 공부를 하지 않았으니까. 사용할 수 있는 모든 시간을 우주는 선미와 보냈다. 선미와 있을 때면 비밀을 어디까지 털어놓아야 하는지를 고민하지 않아도 되었다. 우주는 모든 것을 말했다. 선미도 마찬가지였다. 아기를 낳기 위해 결혼을 택한 것이 아니었다고 선미는 고백했다.

"그냥 이렇게 살고 싶었어. 지금 너랑 나처럼."

선미는 쓴웃음을 지었다. 그리고 덧붙였다.

"네가 남자였다면 얼마나 좋았을까."

우주가 여자라는 사실이 선미를 더 서럽게 만드는 것 같았다. 선미가 울적해 보일 때 우주는 종종 남자 시늉을 내는 장난을 쳤다. 선미가 팔베개를 할 수 있게 어깨를 내어준다거나, 휴지 한 장으로 꽃을 접어 내민다거나. 과장되게 신사답고 정형화된 몸짓이었다. 소개팅을 하듯 연기를 하기도 했다.

"선미씨, 안녕하세요. 말씀 많이 들었습니다. 아직 식사 안 하셨죠? 어떤 음식을 좋아하시나요?"

선미는 피식 웃었고, 기분이 풀어졌다. 그중에서도 선미는 근육놀이를 제일 재미있어했다. 우주는 마른 편이었지만 몸 구석구석에 잔근육이 붙어 있었다. 힘을 주면 잠깐 동안 근육이 볼록하게 튀어나왔다. 팔뚝이나 허벅지에 힘을 줘보라고 선미는 말했다. 우주가 소매를 걷어올리고 힘을 주면 선미는 우주의 근육을 손끝으로 눌러보았다. 간지러워서 웃음이 터져 나왔다. 광배근과 십일자 복근을 보여주며 놀다가 우주는 선미와 키스했다. 키가 작은 선미가 우주의 목뒤로 팔을 둘렀다. 키스가 좋을 수 있다는 것을 우주는 알게 되었다. 섹스를 하게 된 이후로 선미는 더욱 자주 말했다.

네가 남자였다면 얼마나 좋았을까.

입시에 실패해서 잘된 거라고 우주는 생각했다. 합격했더라면 또 학교에 다녀야 했을 것이었다. 선미를 또 혼자 둬야 했을 것이었다. 이제 우주는 선미와 더 많은 시간을 보낼 수 있었다. 선미와 같은 시간에 아르바이트를 하면 생활도 풍족해질 거였다. 저녁 무렵 함께 맥주를 마시러 나갈 수도 있을 것이다. 아쿠아리움이나 놀이동산에 갈 수도 있을 것이다. 여름이면 기차를 타고 동해 바다로 여행을 가게 될 것이다. 그즈음 우주는 선미가 다른 남자와 잤다는 걸 알게 되었다. 상대는 선미가 아르바이트를 하는 햄버거 전문점의 매니저였다. 선미는 취하지 않았다고 했다. 실수가 아니었다고 했다. 그 남자를 좋아하는 거냐고 우주는 물었다. 아직은 아니지만, 계속 만날 것이라고 선미는 답했다.

"너도 알잖아. 나는 너만 좋아해. 근데, 우리는 그게 다야. 일 년도 넘게 좋아하기만 했어. 그동안 전 남자친구는 대학에 가서 새로운 여자친구가 생겼어. 그걸 버젓이 인터넷에 자랑하고 살아. 내가 어떻게 살고 있는지는 너만 알아. 아니, 너도 내가 어떻게 살고 있는지를 몰라. 눈뜨면 시계를 보고, 네가 언제쯤 학교에서 돌아올까, 그 생각만 해. 마당에 묶여서 살아가는 개 같았어. 웅크려 있다가 주인이 오면 반가워하는. 나 아직 검정고시도 안 봤잖아. 난 네가 어디든 대학에 갈 줄 알았어. 대학생들은 자취방도 많이 구하니까. 나한테 같이 살자고 할 줄 알았어. 내가 너를 인터넷에 자랑할 수는 없어도, 이 방 정도는 함께 나가게 될 줄 알았어. 네가 꾸며준 방. 나도 이 방이 좋아. 문을 열고 들어왔을 때 갈런드가 보이는 게 좋아. 불을 끄고 침대에 누웠을 때 네가 붙인 야광 스티커가 보이는 것도 좋아. 그렇지만 이 방에서 계속 살게 될까봐 무서워. 난 아르바이트하면서 여기 산다는 말을 차마 못했어. 나 혼자 고시원에 산다고 하면 사정을 물어볼 테니까. 그러면 거짓말을 해야 할 테니까. 나는 모든 게 다 비밀이야. 내 비밀을 다 알고 있는 너도 내 비밀이야. 네가 노력했다는 것쯤은 나도 알아. 근데 넌, 너무 네 생각만 해. 이 사람은 계속 만날 거야. 네가 날 그만 보고 싶어해도 어쩔 수 없다고 생각해. 가고 싶으면

가. 근데, 안 갔으면 좋겠어. 너까지 사라지면 지금은 내가 너무 외로울 것 같아."

네가 남자였으면 좋았을 것이라는, 그 한탄으로 선미는 말을 마쳤다. 우주는 눈앞이 새하얘졌다. 아무 생각도 떠오르지 않았다. 선미가 우주를 끌어안고 등을 토닥였다.

"우리 사이에 변하는 건 아무것도 없을 거야."

우주는 조금씩 차분해졌다. 그동안 사귀었던 남자친구들을 한 명씩 떠올려보았다. 사랑하지 않아도 사람을 사귈 수 있다는 것을 우주는 알았다. 사회에 합류하기 위해 그게 필요할 때가 있다는 것을. 우주는 스스로를 설득했다.

변하는 건 없을 거야.

우주는 재수학원에 등록했다. 아침 여섯시부터 밤 열두시까지 책상에 앉아 있었다. 대학에 들어가면 자취방을 얻어 선미와 함께 살 수 있다는 기대가 우주의 동력이 되었다. 우주의 점수는 빠르게 상승했다. 원리를 좋아하는 우주의 성격이 공부와 잘 맞았다. 우주는 미분을 가장 좋아했다. 미분은 찰나의 영역이고 적분은 무한의 영역이어서 정반대처럼 느껴지지만, 극한의 상태라는 공통점 때문에 연결될 수밖에 없었다. 찰나의 공식을 발견하면 무한의 공식도 찾을 수 있었다. 미분은 현실에서는 실행할 수 없었다. 상상의 영역이었다. 우주를 입자

단위로 영원히 쪼개는 일이었다. 그러나 일상은 미분으로 채워져 있었다. 주머니에 들어 있는 핸드폰에도, 우주가 책상에 놓고 쓰는 머그컵에도, 우주가 신고 있는 신발과 학원 창문의 손잡이, 학원 바깥의 도로들…… 그것들은 직선을 계속 쪼개는 방식으로 설계된 곡선으로 만들어졌다. 곡선에는 목표가 있었다. 하중을 견디고, 비용을 줄이고, 위험을 낮췄다. 억울함이나 자책감이 불쑥불쑥 솟구칠 때마다 우주는 미분 문제를 풀었다. 머릿속을 질주하는 생각을 잘게 쪼갰다. 더이상 쪼개는 것이 불가능할 때까지.

인간은 곡선으로 이루어져 있었다. 인간은 곡선을 만들어낼 수 있었다.

우주는 종일 누구하고도 대화를 나누지 않았다. 오직 선미와 문자로 이야기를 나눴다. 가끔은 선미가 종일 답장이 없었다. 잠을 잤다거나 핸드폰을 무음으로 해두었다고 선미는 변명했다. 매주 월요일이었다. 햄버거 전문점의 휴무일이었다. 선미는 월요일마다 남자친구와 데이트를 하는 것 같았다. 매주 일요일마다 우주는 선미의 방을 찾아갔다. 선미와 함께 검정고시 기출문제집을 풀었다.

"나 내일 학원 가지 말까?"

우주가 물었다. 학원에 가라고 선미는 답했다. 월요일마다 우주는 수업도 듣지 않고 자습실에 앉아 있었다. 노트에 이마를 댄 채 미분 문제를 풀었다. 선미에게 문자를 보내고 싶은 마음을 안간힘을 다해 눌렀다. 결국엔 이런 마음을 선미에게 털어놓았다. 데이트를 해도 좋으니까, 종종 문자메시지만 보내달라고 부탁했다. 선미는 그렇게 했다. 문자메시지가 오자 우주는 목소리가 듣고 싶어졌다. 목소리를 듣자 어디에서 무엇을 하고 있는지 확인하고 싶어졌다. 선미는 한숨을 쉬었다. 알겠으니까 그만하라고 선미는 말했다. 오늘은 그냥 방으로 돌아가겠다고 했다. 우주는 담임에게 허락도 받지 않고 학원을 빠져나왔다. 로비를 지날 때 데스크에 앉아 있던 실장이 어디를 가느냐고 외치는 소리가 들렸지만 돌아보지 않고 뛰었다. 택시를 잡아탔다. 선미의 방으로 향했다. 열쇠로 문을 열고 방으로 들어갔다. 방은 비어 있었다.

우주는 선미의 방을 둘러보았다. 젖은 수건이 바닥에 떨어져 있었다. 샤워를 하고 그냥 던져두고 나간 모양이었다. 화장대 위에는 뚜껑이 열려 있는 향수병이 보였다. 이전에는 없던 물건이었다. 우주는 향수를 손목에 뿌려보았다. 베이비파우더 향이 났다. 선미의 베개를 끌어안은 채 우주는 잠이 들었다. 깨어났을 때 방은 캄캄해져 있었다. 선미는 오지 않았다. 핸드폰도 꺼져 있었다. 우주는 천장을 올려다보았다. 우주가 붙여둔 야광 스티커가 빛나고 있었다. 야광 스티커는 테이프 위에 축광안료를 바르는 방식으로 만들어졌다. 축광안료의 전자들은 안정적인 상태로 궤도를 돌다가 빛 에너지를 받으면 궤도를 이탈하게 되어 있었다. 그러나 영영 이탈하지는 않았다. 원래의 궤도 바깥에 불안정한 궤도를 형성할 뿐이었다. 이것을 '들뜬 상태'라고 불렀다. 들뜬 전자는 내부로 침입한 빛 에너지를 방출하면서 천천히 제자리로 돌아왔다. 야광 스티커의 빛이 완전히 꺼지면 전자들도 편안하게 잠이 들 것이었다. 빛이 조금씩 사그라드는 야광 스티커를 우주는 보고 있었다. 마침내 스티커는 완전히 어두워졌다. 두 눈을 감고 전자들의 안정적인 궤도를 그려보다가, 우주는 눈을 떴다. 침대에서 몸을 일으켰다. 손톱으로 스티커를 긁어 떼어버렸다. 스티커와 함께 천장 벽지가 뜯어졌다. 우주는 핸드폰을 집어들었다. 자신에게 호감을 보였던 아무 남자에게 전화를 걸었다. 선미의 방으로 남자를 불러들였다. 남자가 사용한 콘돔을 침대 한가운데에 올려두고 우주는 방을 나왔다.

우주와 선미는 자신이 받은 상처가 더 크다는 걸 서로에게 입증하려는 것처럼 싸웠다. 선미가 남자를 만난다면 자신도 남자를 만나겠다고 우주는 선언했다. 남자를 만나지 말라는 것이 아니라고, '그런 식으로' 만나지는 말라는 뜻이라고 선미는 대응했다. 그러면서 자신의 남자친구는 괜찮은 사람이라는 점을 강조했다. 우주와 선미는 월요일마다 신경전을 벌였다.

선미가 연락을 받지 않을 때에는 우주가 불안해했고, 우주가 연락을 받지 않을 때에는 선미가 불안해했다. 두 사람의 불안한 기운이 팽팽하던 날, 우주는 선미와 남자친구의 데이트 자리에 갑자기 불려나갔다. 당장 불러내지 않으면 우주가 또 아무 남자나 만날 것이라는 예감에 선미가 충동적으로 벌인 일이었다.

선미의 남자친구는 바람막이 점퍼에 캡 모자를 쓴 차림이었다. 정돈되지 않은 머리카락을 귀 앞쪽으로 삐죽삐죽 내놓은 채 주먹으로 한쪽 턱을 괴고 있었다. 다른 손으로는 음료의 빨대를 휘젓고 있었다. 선미는 빳빳하게 다린 체크 패턴 셔츠 원피스를 입고 있었다. 머리카락이 한 올 한 올 고데기로 말려 있었다. 빨대를 휘젓는 남자친구의 팔에 팔짱을 끼고 있었다. 두 사람의 앉아 있는 자세와 표정만으로도 우주는 알 수 있었다. 남자는 선미를 사랑하지 않았다.

레스토랑에 도착한 우주를 뒤늦게 발견한 선미가 남자친구의 팔에서 팔짱을 풀었다. 이리 오라고 우주에게 손짓을 했다. 남자와 우주를 서로에게 소개해주었다. 선미는 자리를 옮겨 우주의 곁에 앉았다. 남자에게 그랬듯 우주에게 팔짱을 꼈다. 남자는 모자를 고쳐 썼다. 검지와 중지로 귀 앞에 튀어나온 머리카락을 눌렀다. 그리고 직원을 호출해 메뉴판을 부탁했다.

선미는 말을 너무 많이 했다. 이곳 파스타는 페투치니 면을 사용했다거나, 크림 파스타가 아닌 오일 파스타에 페투치니 면을 사용한 이유가 궁금하지 않으냐거나 하는 시답잖은 얘기들이었다. 선미는 어색함을 감추려는 듯 남자와 우주를 번갈아 쳐다보며 쉴새없이 떠들어댔다. 처음에는 가볍게 맞장구를 치던 남자도 입을 다물어버렸다. 선미도 그 사실을 눈치챘다. 선미는 더욱 과장되게 웃었다. 선미의 웃음소리 때문에 옆 테이블에서 쳐다볼 정도였다. 가끔 선미의 말을 끊고 남자가 끼어들었다. 선미와 우주가 어떻게 친구가 되었냐거나, 둘이 있을 때에는 어떤 대화를 나누냐거나 하는 질문을 던졌다. 선미와 우주 모두에게 하는 질문이었지만, 질문을 하는 동안 남자는 우주만 쳐다보았다.

남자가 차로 선미와 우주를 데려다주었다. 선미와 우주는 뒷좌석에 함께 앉았다. 차 안은 어두웠다. 선미가 우주의 손에 깍지를 꼈다. 우주의 허벅지를 쓸어내렸다. 동시에 계속 남자에게 말을 걸었다. 남자는 선미의 방에서 두 블록 떨어진 아파트 입구에 차를 세웠다. 그곳을 선미의 집으로 알고 있는 듯했다. 차에서 내릴 때 남자가 우주에게 전화번호를 물었다. 선미의 친구니까 연락처 정도는 알고 싶다고 했다. 다음날 남자로부터 우주는 문자메시지를 받았다. 선미의 특별한 친구에게 밥을 한번 사고 싶다고 적혀 있었다. 연애 상담도 하고 싶은데, 선미 없이 한번 만나면 어떠냐는 제안이었다. 우주는 헛웃음이 나왔다. 이 남자와 선미는 오래 만나지 못할 것이었다. 남자의 문자메시지를 선미에게 보여줬다. 선미는 남자친구의 말을 곧이곧대로 믿었다. 우주가 남자를 만나 어떤 얘기를 할지 그 걱정만 했다. 남자친구와 따로 연락을 주고받지는 말아달라고 선미는 부탁했다. 선미는 이전에도 그랬을 것이다. 임신 이십칠 주 차가 될 때까지 이런 방식으로 남자를 믿었을 것이다. 우주는 선미가 답답했다. 한편으로는 다행스러웠다. 선미를 사랑하는 남자가 쉽게 나타나지는 않을 것 같았다.

스물여섯

석현에게서 메일이 온 것은 우주가 첫 전시를 하고 육 개월이 지났을 때였다. 석현이 기획하는 그룹 전시에 참여해달라는 내용이었다. '우주 작가님께'라고 적혀 있는 첫 행을 우주는 되뇌었다. 작가님이라는 호칭이 우주에게는 생소했다.

우주는 컴퓨터 공학을 전공하면서 무대 기술을 복수전공했다. 어느새 공간에 대한 욕구가 우주 안에 자리잡았기 때문이었다. 취업 준비 때문에 정신없는 와중에도 우주는 선미의 고시원 방을 꾸밀 때의 기억을 떠올렸다. 수납함을 뜯어 선반으로 만들고 학알을 하나하나 접어 갈런드를 만들었던 기억. 우주는 선미와 함께 살게 된 이후로도 여러 번 집을 꾸몄다. 하지만 그때 같은 마음이 들지는 않았다. 상상 속에서만 그때의 마음은 복원되었다. 우주는 사람의 공간 대신 상상 속 인물들의 방을 만들기 시작했다. 한번 공간을 디자인하여 무대를 제작하면 그 위에서 같은 공연이 반복되었다. 불과 몇 시간 전에 헤어졌던 연인이 모든 것을 잊은 채 처음 만나 사랑에 빠졌다. 그 장면을 보는 것이 우주에게 도움이 되었다.

대학을 졸업하자마자 우주는 취업했다. 증권사와 소프트웨어 개발 업체, 은행 중에서 우주는 은행을 선택했다. 선미가 안정적인 직장을 원했기 때문이었다. 출근을 시작하면서 우주는 상상으로 무대를 제작하던 취미도 그만두었다. 지폐와 동전을 분류하고 시재를 관리하는 일을 맡았다. 말 그대로 돈의 숫자를 맞추는 일이었다. 초등학생도 할 수 있는 단순한 작업이었다. 돈을 너무 많이 만지는 바람에 지문이 닳아갔다. 돈에서 나오는 먼지가 얼마나 지저분한지를 알게 되었다. 손끝은 습진으로 언제나 까끌까끌했다. 입사 석 달 뒤부터는 리테일 창구에서 일했다. 은행은 기업의 일종이며 은행원은 영업사원이라는 당연한 사실이 우주는 언제고 낯설었다. 출근하면 새로운 상품에 대한 회의를 했다. 창구에 앉아 있는 내내 그 상품을 손님에게 팔아내는 것이 우주의 일이었다. 입출금을 하러 왔든 환전을 하러 왔든, 우주는 고객에게 펀드 가입이나 모바일 애플리케이션 설치를 유도했다. 가끔 IRP나 방카슈랑스의 원리에 대해 묻는 고객이 있었고, 우주는 그것을 설명하는 순간이 좋았다. 그러나 거기까지였다. 다른 복잡한 업무에 대해서는 접근 자체가 차단되었다. 본점에 있는 담당자에게 전화를 걸어 그가 시키는 대로 말을 하고 움직여야만 했다. 앞머리의 길이부터 머리카락을 묶는 방식, 스타킹의 색깔과 액세서리의 개수, 화장법까지 매뉴얼로 정해져 있었다. 앉은 상태에서 고객을 맞이해야 할 때에는 십오 도로, 서 있을 때에는 삼십 도로, 감사의 배웅을 해야 할 때에는 사십오 도로 허리를 굽혀 인사하는 것이 원칙이었다. 관절이 꺾이는 각도가 정해져 있는 인형 같았다.

그때부터 우주는 집에서 집을 만들었다. 우주가 살고 있는 집의 미니어처 버전으로, 축소비율은 1:40이었다. 바닥에 나무 합판을 깔고, 그 위에 폼 보드로 거푸집을 설치했다. 거푸집 사이사이에 지름 일 센티미터짜리 철근을 세우고, 철근을 철사로 연결했다. 물을 부어 농도를 조절한 모르타르 시멘트로 거푸집 사이사이를 채워나갔다. 골조를 완성한 뒤 천장과 벽에 전기 배선을 깔았다. 석고보드를 대신해 하드보드지를 붙였다. 자신의 집과 똑같은 벽지를 바르고 똑같은 장판을 깔았다. 똑같은 조명과 책상, 옷장과 싱크대를 만들었다. 보일러가 들어오지 않고 환풍기가 없었지만, 우주가 꼬마였을 때 여자아이들과 갖고 놀았던 어설픈 모형 집과는 달랐다. 모터 없는 드라이기나 손잡이만 붙어 있고 열리지 않는 서랍 같은 것이 우주가 만든 집에는 없었다. 집을 만드는 일은 회사에서의 시간을 견디는 데 도움이 되었다. 선미가 데이트를 나간 시간을 견디는 데에도 도움이 되었다.

직장만 얻으면 선미의 방황이 끝날 것이라고 우주는 막연히 믿어왔다. 스무 살에 만난 햄버거 전문점의 매니저 이후로 선미는 네 명의 남자를 더 사귀었다. 네가 대학에 가지 않아서,

너희 집이 원룸이어서, 네가 대학생이어서, 네가 차가 없어서. 선미가 남자를 만날 수밖에 없는 이유는 점점 늘어갔다. 우주는 매번 선미의 남자친구를 두 눈으로 확인했다. 그가 선미를 사랑하지 않는다는 사실을 확인했다. 남자친구와 어디에서 어떤 데이트를 했는지 선미는 속속들이 말했다. 남자가 어떤 체위를 좋아했으며 그때 자신의 기분이 어땠는지까지. 그 이야기를 들은 날마다 우주는 선미와 섹스를 하게 되었다. 우주는 선미가 원하는 조건을 하나씩 이뤄나갔다. 선미는 우주가 자신 덕분에 사회에서 자리를 잡아간다고 생각했다. 자신 덕분에 대학에 가고, 집을 얻고, 취업까지 성공했다고. 일리가 없지는 않았다. 선미를 만나지 않았더라면 우주는 다르게 살았을 거였다. 자신이 살았을지도 모를 그 삶이 우주는 가끔 궁금했다. 그 삶에서 우주는 어떤 모습일까. 월급이 적어서 허덕이고 있을까. 조금은 마음이 편안할까. 선미의 바람에 끝이 없으리라는 것을 우주는 차차 깨달아갔다. 우주의 주민등록증 뒷번호가 2로 시작하는 한 그 무엇도 소용없을 것이었다. 우주는 선미를 위해서 성전환수술도 고려해보았다. 유선 절제술과 자궁 난소 적출술을 받으면 법적으로 성별 정정을 할 수 있었다. 수술을 받은 사람들의 전후 사진과 후기를 우주는 탐독했다. 사진 속에서 사람들은 넓은 어깨를 자랑하며 애인의 곁에서 행복한 표정으로 웃고 있었다. 남자가 되는 것만이 해결법으로 느껴졌다. 그러나 우주는 그들과 자신이 다르다는 것을 알았다. 남자의 몸이 되기를 원해본 적이 없었다. 남자의 몸을 원하는 것은 선미였다. 우주가 남자가 된다 해도 선미는 만족하지 않을 것이었다. 선미는 남성으로 태어난 사람을 원했으니까. 그러나 선미가 그 누구보다 우주를 사랑하는 것도 사실이었다.

우주는 집을 만들고 또 만들었다. 어떤 집에는 머리핀 투석기를 바닥에 잔뜩 세워두었다. 버튼을 누르면 머리핀들이 자동으로 열렸다. 방의 사방으로 콩알만한 물풍선이 발사되었다. 물풍선이 벽에 부딪혀 터지면 색색깔의 물감이 흘러내렸다. 어떤 집에는 축광안료를 발라놓았다. 어떤 집에는 춤을 추는 두 사람이 있었다. 어떤 집에는 잘게 쪼갠 두 사람이 있었다. 어떤 집에는 각기 다른 위치에 머리와 팔, 몸통과 다리가 널려 있었는데, 하나의 조명 빛이 그것들을 관통하게끔 했다. 조명과 마주보는 벽에는 분리되지 않은 한 사람의 그림자가 맺혀 있었다. 어느 월요일, 출근한 우주는 엘리베이터에 새로 붙은 포스터를 보았다. 은행에서 협찬하는 미술제 공모전 광고였다. 열정적이고 창조적인 사람이라면 누구든지 응모할 수 있다는 문구가 적혀 있었다. 우주는 집들을 찍은 동영상으로 공모전에 응모했다. 오백 명의 참여 작가들 사이에서 본상 중 하나를 받으면서 우주는 갑자기 미술 작가가 되었다.

미팅에는 우주와 석현을 포함한 네 명의 창작자와 비평가 한 명이 참석했다. 장소는 석현이 예약해놓은 브런치 카페였는데, 자리에 앉자마자 음식이 나왔다. 우주는 사람들의 식기가 제자리에 세팅되어 있는지를 먼저 확인했다. 그리고 물병과 컵의 위치를 확인했다. 은행에 다니면서 생긴 버릇이었다. 막내인 여자 직원이 티슈 한 장을 받쳐서 수저를 놓고 컵에 물을 채워야 했다. 참여자들의 나이를 알 수는 없었지만, 경력으로 치자면 우주가 가장 신인일 것이었다. 우주는 물병을 집었다. 옆에 앉아 있는 보라에게 말했다.

"컵 주세요."

보라가 두 손을 뻗었다.

"제가 따를게요."

물병을 건네받은 보라가 고개를 살짝 숙여 인사를 했다. 보라는 자신의 컵에 물을 채운 후, 물병을 옆 사람에게 건넸다. 모든 사람이 스스로 자신의 컵에 물을 채웠다.

석현이 주문한 수플레 팬케이크는 놀랍도록 맛이 좋았다. 다음에는 선미와 와야겠다는 생각을 하며 우주는 석현의 이야기를 들었다. 석현은 그동안 다녀본 맛집들에 대해 말했다. 석현의 리스트를 외워두면 한동안 선미를 기쁘게 할 수 있을 듯했다. 그러나 우주는 곧 생각을 바꾸었다. 선미는 반드시 남자친구와 그 장소들을 재방문할 것이다. 석현의 맛집 리스트가 곧 선미의 데이트 코스가 될 것이다.

그러니까 이 브런치 카페에서 수플레 팬케이크를 먹는 것은 오늘이 처음이자 마지막일 터였다. 우주는 수플레 팬케이크를 천천히 음미했다. 낯선 사람과 음식을 먹는 것이 편안했다. 그 까닭을 생각하다가 우주는 이 자리의 사람들이 음식을 먹는 방식이 제각각이라는 사실을 알아챘다. 석현은 나이프로 팬케이크를 자른 후 토핑을 곁들여서 먹었다. 보라는 팬케이크의 중앙을 포크로 푹 찍어 뜯어먹었다. 정수는 나이프를 쓰지 않고 포크의 옆면으로 팬케이크를 조금씩 잘라 먹었다. 화영은 팬케이크 옆에 토핑된 블루베리만 골라 먹고 있었다. 그 누구도 남이 먹는 방식을 주시하지 않았다. 같이 앉아 있으면서도 혼자 먹는 것처럼 그랬다.

학생 때 사귀었던 남자친구들은 우주가 먹는 모습을 빤히 살폈다. 햄버거를 먹을 때 입을 얼마나 크게 벌리는지, 피자를 손으로 들고 먹는지 나이프로 잘라 먹는지. 맛있게 먹되, 내숭으로는 보이지 않으면서도 어느 정도는 여성스럽게 보여야만 했다. 뜨거운 음식을 먹을 때에도 콧잔등에 땀방울이 맺히면 안 되었다. 선미와 음식을 먹을 때에는 조금 달랐다. 선미는 자신이 남긴 음식을 우주가 맛있게 먹어주는 것을 좋아했다. 밥알이 떠다니는 국밥이나 해산물이 남아 있는 짬뽕 같은 것들. 우주는 그것들을 먹는 것이 싫지 않았다. 먼저 식사를 마친 선미가 미소를 머금은 채 남은 음식을 먹는 자신을 지켜볼 때의 눈빛이 좋았다. 우주는 선미와 마주보며 볼 가득 음식을 넣었다.

우주는 석현이 먹는 방식으로 팬케이크를 먹기 시작했다. 보라, 정수, 화영이 먹는 방식으로 먹기 시작했다. 보라의 방식대로 한입 가득 팬케이크를 베어 문 후에 화영의 방식대로 블루베리 한 알을 찍어 함께 먹는 것이 가장 맛있다는 사실을 알게 됐다. 그게 우주의 방식이었다.

석현이 디저트 가게 이야기를 하고 있었다.

"거기 성수동 카페 거리에 있는 곳 아니에요?"

우주가 입을 열었다. 선미와 그곳에 가본 적이 있었다. 우주가 찾아낸 맛집이었다. 줄을 서서 오래 기다렸는데 선미는 아이스크림 맛이 형편없다고 했다. 양이 적고 비싼 것은 사실이지만 그렇게까지 맛이 없지는 않다고 우주는 생각했다. 센스도 없는데 맛까지 모른다며 선미는 우주에게 화를 냈다.

디저트 가게를 안다는 티를 낸 것이 우주는 부끄러워졌다. 형편없는 미감을 들킨 것만 같았다. 다른 이들도 마찬가지였는지 변명을 시작했다. 우주도 가게가 생긴 지 얼마 안 됐을 때 우연히 들어갔다며 변명을 늘어놓았다.

"거기 가본 게 어때서요."

석현이 웃으며 사람들의 말을 끊었다. 그리고 이어 말했다.

"을지로 커피보다는 맛있잖아요."

우주는 웃음이 터졌다. '을지로 커피'에 우주도 가본 적이 있었다. 미술제에서 상을 받은 이후에 인터뷰 요청이 들어왔고, 기자가 그곳을 약속 장소로 정했다. 자리에 나온 기자는 우주가 우주라는 사실에 당황했다. 공대를 나왔고 작품에 복잡한 전기 배선이 들어간다는 점 때문에 우주가 남자일 것이라 예상했던 것이다. '우주'가 여자 이름처럼 느껴지지는 않았다면서. 사전에 오간 질문들이 하나하나 바뀌어갔다. 여자인 우주가 공대를 가게 된 이유, 여자인 우주가 전기 배선을 이용해 작품을 만들게 된 이유, 여자인 우주가 작품에 두 남자를 등장시킨 이유…… 우주의 작품에 사용된 모형을 우주는 남자라고 생각해본 적이 없었다. 우주는 대화에서 잠시라도 벗어나고 싶은 마음으로 커피를 마셨다. 담뱃재를 털어넣은 것 같은 맛에 인상을 찌푸렸다. 미감이 형편없다던 선미의 말이 떠올랐다. 이것이 정말 맛이 없는 것인지 자신이 맛을 모르는 것인지 우주는 헷갈렸다.

그곳의 커피가 얼마나 맛이 없는지에 대해 사람들은 열변을 토했다. 우주는 자꾸 웃음이 나왔다. '을지로 커피'에서의 경험을 사람들에게 털어놓았다. 누군가에게 이런 사소한 속엣말을 털어놓는 게 우주는 오랜만이었다. 선미와 깊은 관계가 되었을 때, 모든 비밀을 선미에게 털어놓았던 그때. 그때가 마지막이었다.

사람들과 브런치 카페를 나왔을 때 우주는 조금 들떠 있었다. 다른 곳으로 이동해 더 이야기 나누고 싶었다. 근처에 볼일이 있다면서 화영이 먼저 인사를 했다. 화영의 뒤를 석현이 쫓아갔다. 석현이 화영을 마음에 두고 있다는 걸 우주는 눈치채고 있었다. 그 사실을 알아채지 못한 건 화영뿐일 거였다. 우주는 보라, 정수와 함께 언덕 아래쪽으로 향했다. 주차장은 반대 방향이었지만 조금만 더 이 사람들과 걷고 싶었다.

화영이 우리의 대화를 불쾌해하는 것 같았냐거나, 석현이 화영을 마음에 들어하는 것 같지 않냐거나 하는 대화가 오갈 것이라고 우주는 예상했다. 그런 얘기를 나누기 좋은 타이밍이었다. 이런 순간에 남 얘기를 하는 것만큼 친목에 도움이 되는 일도 없었다. 그러나 보라와 정수는 화영이나 석현에 대한 말은 하지 않았다. 이 동네 분위기가 소박하고 다정하다거나, 오래된 건물들이 그대로 남아 있어서 더 그런 것 같다거나 하는 얘기를 나눴다. 골목을 좀더 돌아보고 싶다고 보라가 말했다. 정수와 우주도 좋다고 했다. 그들은 팔짱을 끼거나 옆에 붙어서 걷지 않았다. 조금은 떨어진 채로, 각자 볼 것을 보면서 걸었다. 어느새 우주도 담벼락에 고여 있는 햇살이나 낮은 하늘에 떠 있는 구름 같은 것을 구경했다. 구름의 밑면이 평평

하고 꼭대기가 휘핑크림처럼 솟아 있는 것으로 보아 적운이었다. 적운이 있다는 것은 대기 아래쪽에서부터 뜨거운 공기가 상승했다는 뜻이었고, 습도가 높다는 뜻이었다. 여름이 시작되었다는 증거였다.

우주는 현관문을 열었다. 약속이 있다던 선미가 집에 있었다.

"좀 늦었네?"

선미가 말했다. 우주는 창밖을 바라봤다. 밖은 아직 환했다.

"늦었나?"

신발장에 신발을 넣으며 우주가 말했다.

"미팅치고는 오래 걸린 것 같아서."

"얘기도 좀 나누고, 걷기도 하고 그랬어."

"무슨 얘기를 나눴는데?"

옷을 갈아입으러 방에 들어가는데 선미가 졸졸 따라왔다. 별 얘기 아니었다고 우주는 답했다.

"별 얘기 맞네."

우주의 대답을 듣고 선미가 말했다.

"어떻게 알아?"

"네 얼굴에 쓰여 있어."

우주는 세수를 하다가 거울을 보았다. 아무 일도 아니었지만, 어떤 일이 생겨나 있었다. 어떤 일인지를 선미가 납득 가능하게 설명하는 것은 불가능했다.

선미는 자신의 방식대로 상상을 했다. 미팅에 참석한 여자들에 대해 자세히 물었다. 우주가 그중 한 명에게 호감을 느꼈을지도 모른다고 짐작했다. 미팅 자리에 더는 참석하지 않았으면 좋겠다고 선미는 말했다. 우주는 알겠다고 답했다. 선미가 우주의 머리를 쓰다듬었다. 우주의 볼에 입을 맞추었다. 그리고 외출 준비를 시작했다. 저녁 약속이 밤 약속으로 바뀌었다고 선미는 말했다. 약속 상대는 선미가 아르바이트를 하는 카페의 단골손님이었다.

스무 살 때 검정고시를 본 이후 선미는 제과제빵 학원에 다녔다. 개인이 운영하는 베이커리에 취직해 제빵사 보조로 일했다. 새벽부터 반죽을 하기 시작해서 밤까지 서서 일했다. 월급이 터무니없이 적었다. 제빵사로 승진한다 해도 크게 달라지지 않을 듯했다. 대학 졸업장 없이는 호텔이나 제과 회사 같은 곳에 취직하는 건 불가능하다는 것쯤은 이미 알고 있었다. 차라리 규모가 큰 베이커리에서 자리를 잡는 것이 낫다며 선미는 일을 그만두었다. 번화가 한복판에 있는 이층짜리 베이커리에 입사했다. 교통비만 받다시피 하며 일했다. 이 년을 버틴 후에야 자신의 자리는 애초에 없었다는 사실을 깨달았다. 이후로 아르바이트를 전전했다. 오늘밤에 만난 사람은 선미의 다음 남자친구가 될 것이었다. 화장을 하고 옷을 고르는 선미를 지켜보다가 우주는 옷을 갈아입었다. 같이 나가겠다고 말했다. 선미는 우주를 가볍게 만류했다가 한숨을 쉬었다.

"알았어."

선미가 말했다. 이런 순간에 우주를 말릴 수 없다는 것을 선미도 알았다.

남자는 허둥거리며 카페로 들어왔다. 예정에 없던 야근을 하게 되었다며, 연신 죄송하다고 말했다. 선미는 특유의 목소리로 웃었다. 우주와 둘이 있을 때에는 내지 않는 웃음소리였다. 우주의 생각으로는 그 웃음소리를 좋아할 사람은 없을 것 같았다. 선미는 정말 재미있을 때에 숨을 들이마시며 흑흑 소리를 냈고 숨이 넘어가게 웃었다. 듣고 있으면 상대도 함께 웃게 되는 웃음소리였다. 그 웃음소리가 참 좋다고 우주는 말했지만, 선미는 그 말을 믿지 않았다.

남자는 선미의 웃음소리를 들으며 웃고 있었다. 헤헤, 소리를 내면서. 입을 조금 벌린 채.

남자와는 한 시간쯤 이야기를 나누다 헤어졌다. 선미는 술이라도 한잔하고 싶은 눈치였지만, 남자는 깍듯하게 선미를 보냈다.

"거봐. 아무 사이 아니라니까."

아쉬움이 묻어 있는 목소리로 선미는 말했다. 다른 남자와의 차이점을 선미는 눈치채지 못했다. 그 남자는 사랑에 빠져 있었다. 어쩔 줄을 몰라하며 조심스러워하고 있었다. 우주가 그토록 원치 않던 순간이 도착했다.

우주는 잠이 오지 않았다. 새벽녘에 거실로 나갔다. 식탁 불을 켜고 미니어처 집을 만들었다. 집에 적운을 만들어야겠다는 생각이 들었다. 스티로폼이나 클레이를 사용하려다가 브런치 카페에서 먹었던 수플레 팬케이크가 떠올랐다. 수플레 팬케이크를 만드는 방법을 검색했다. 적운처럼 뾰족한 뿔이 생기게 머랭을 치는 것이 비법인 듯했다. 머랭쿠키를 페인트로 칠하고 LED 와이어로 천장에 연결하면 좋을 듯했다. 우주는 스케치북을 펼쳐 스케치를 했다. 수플레 팬케이크와 적운, 그리고 머랭. 그 브런치 카페에 다시 가보고 싶었다. 그 사람들을 한번 더 만나고 싶었다.

카페에서 만난 남자는 선미의 남자친구가 되었다. 우주는 선미와의 약속을 어기고 두번째 미팅에 참석했다.

우주는 꺼놓은 핸드폰에 마음이 가 있었다. 핸드폰을 잠깐 켜보고 싶었고, 선미로부터 부재중 전화가 몇 통이나 왔는지 확인하고 싶었다. 그래서 석현이 음식점 출입을 거부당하고 있다는 사실조차 몰랐다. 옆에 서 있던 보라가 우주의 팔을 잡았을 때에야 우주는 고개를 들었다. 보라가 말했다.

"싸워야 할 것 같아요."

보라는 결연한 표정이었다.

"뭘요?"

"식당에서 자리를 일부러 안 내주고 있어요."

우주는 음식점을 둘러보았다.

"뭘 어떻게 싸워요?"

우주는 아홉 살 때를 떠올렸다. 우주를 호모라고 놀렸던 남자아이의 손목을 쥐고 비틀었던 순간을 기억했다. 선미와 서로 악다구니를 써댔던 때도 떠올랐다. 그때 우주는 아무 말이나 내뱉었다. 말이 던져진 유리컵처럼 깨져 파편으로 흩어졌고, 그 파편에 살이 베인 듯 쓰라렸다. 이후로 그 순간이 떠오를 때마다 우주는 유리 파편을 맨발로 밟는 것 같았다. 설거지를 하고 선미의 숟가락을 수저통에 꽂다가, 잃어버렸던 선미의 양말 한 짝을 빨래 바구니 뒤쪽에서 발견하고 집어올리려다가, 우주는 행동을 멈추고 손바닥으로 얼굴을 가렸다. 너무 작고 투명해서 잘 보이지 않는 유리 파편이 집안 곳곳에 숨어 있었다.

보라는 한 걸음 더 석현의 곁으로 다가섰다. 곁에 서 있다는 것을 석현이 느낄 수 있을 만큼의 거리였다. 얼결에 우주도 그 곁에 섰다. 곁에 계속 서 있는 것. 그것이 보라가 말한 싸움이었다. 석현이 지갑에서 명함 한 장을 꺼냈다. 그리고 천천히 또박또박 직원에게 말을 했다.

싸움에는 대화와 달리 공격성이 내포되어 있으며, 어떤 방식으로든 상대보다 우위를 선점하려는 의도가 있다고 우주는 여겨왔다. 귀를 열고 대화를 해야만 한다고 생각했지만, 어떻게 해야 좋은 대화를 할 수 있는 건지 우주는 알 수가 없었다. 대화가 감정을 앞세운 싸움으로 변질되거나 오직 싸우지 않기 위해 할말을 삼키게 되는 일이 다반사였다. 보라가 서 있던 자세라든가 석현의 대응 방식이 꼭 기계의 설명서를 읽는 것 같았다고 우주는 생각했다. 벽면으로부터 십오 센티미터 떨어진 자리에 설치하라거나, 젖은 손으로 전선을 만져서는 안 된다는 말처럼, 군더더기 없이 담담하고 명쾌했다. 설명서에는 대화의 여지가 없었다. 소통을 위한 것이 아니기 때문이었다.

그 순간 문득 우주는 말하고 싶어졌다. 자신이 누구인지를. 타협하거나 조율하지 않으면서. 명백한 사실을 명백한 사실 그대로. 설명서처럼 자세하게. 자신에게 그럴 권리가 있다는 생각을 처음으로 해보았다.

앞에 놓여 있는 파스타 접시를 우주는 물끄러미 내려다보았다. 포크를 들어 파스타를 말았다.

"사실 저는 포기한 장소가 있거든요."

가보고 싶은 맛집에 전부 들어가볼 거라는 석현의 말에 이어 우주가 말했다. 그 장소는 우주의 집이었다. 우주와 선미가 함께 살고 있는 집에는 우주의 손길이 닿지 않은 곳이 없었다.

그러나 우주는 그곳을 자신의 집처럼 느끼지 못했다. 식탁 위에 깔린 레이스 테이블 매트나 상부장에 놓인 영국식 금장 찻잔 같은 것을 볼 때마다 이질감을 느꼈다. 그러나 상관없다고 생각했다. 선미를 위한 집을 만드는 것이 우주의 꿈이었으니까. 선미를 위한 집이라면 우주가 없어져야 완성될 것이라는 결론을 우주는 가장 잘 알면서도 가장 모른 체하고 있었다. 어쩌면 그래서 우주는 밤마다 미니어처 집을 만들어왔는지도 몰랐다. 우주로 가득차 있는, 우주를 위한, 우주의 집. 그 집은 선미를 위한 집이 아니었다.

우주는 집에 대한 이야기를 하지 못했다. 대신 집 앞에 있는 셀프 주유소에 대해 말했다. 셀프 주유소에 가는 것을 어째서 포기하게 되었는지에 대해. 작은 에피소드로 이야기를 마무리 지을 생각으로 꺼낸 말이었는데, 사람들은 당장 셀프 주유소로 가자고 했다.

사람들을 차에 태우고 셀프 주유소에서 주유를 한 뒤 우주는 사람들과 헤어졌다. 핸드폰 전원을 켰다. 부재중 전화 메시지가 쉴새없이 도착했다. 우주는 선미에게 전화를 걸었다. 누구와 어디에 있었느냐고 선미는 물었다. 목소리에 냉기가 깃들어 있었다. 꼿꼿하게 서 있던 보라와 흔들림이 없던 석현의 말투가 떠올랐다. 우주는 천천히 또박또박 말하기 시작했다. 오늘 경험한 일에 대해서. 석현이 음식점 출입을 거부당했던 일부터 다 함께 셀프 주유소에 갔던 일까지.

"그 주유소는 이제 못 가게 된 거네."

우주가 그들과 함께 쳐들어가지 않았더라면, 주유소 직원과 각을 세우지 않았더라면 언제든 다시 갈 수 있었을 장소라고 선미는 말했다. 그리고 깊게 한숨을 쉬었다. 만나려면 괜찮은 남자를 만나라고.

선미가 외출을 하는 날이 늘어났다. 의자 등받이에 여러 벌의 옷을 쌓아두고 옷매무시를 살피는 선미를 우주는 지켜봤다. 새벽 다섯시에 함께 동대문 시장을 찾아가 구입한 옷, 크리스마스에 함께 멋들어진 저녁을 먹자며 구입한 옷, 뒷골목에서 우연히 찾아낸 빈티지 숍에서 골라온 옷. 티셔츠 한 장을 고를 때도 선미와 우주는 함께했다. 우주는 옷의 소재가 땀 흡수에 용이한지, 구김이 많이 가는 재질이거나 재봉이 엉성하지는 않은지, 신발이 체중을 효율적으로 분산해주는지 같은 것을 잘 보았다. 선미는 우주가 고개를 끄덕인 물건만을 구입했다. 아무리 탐이 나는 것일지라도 우주가 고개를 저으면 포기했다. 남자를 만나지 말라고, 선미에게 단호하게 고개를 저으며 말한 적이 없다는 사실을 우주는 깨달았다.

선미가 구두에 발을 넣었다. 다녀올게, 라고 말했다. 입술에 힘을 주고 있는 듯 입꼬리가 아래쪽으로 휘어 있었다. 눈빛은 무덤덤했다. 우주는 그 표정이 익숙했다. 다른 사람에게 갈 때마다 선미는 같은 표정을 지었다. 기대감이나 설렘을 감추기 위해 짓는 표정 같기도 했고, 우주의 심정 따위는 아랑곳하지 않겠다는 의사 표현 같기도 했다.

선미가 현관문을 나서고 문이 닫히자, 그 표정을 처음으로 보았던 순간이 떠올랐다. 선미가 고시원에서 지내던 때였다. 그때만 해도 선미는 집밖에서도 스스럼없이 우주의 몸을 향해 손을 뻗었다. 횡단보도에서 신호를 기다릴 때 백 허그를 한다거나, 액세서리 상점에서 머리띠를 고르다 말고 우주의 볼에 입을 맞춘다거나. 우주는 화들짝 놀라며 뒷걸음질을 쳤다. 뭐 어떠냐며 선미는 웃었지만, 우주는 손사래를 쳤다. 한번은 인적이 없는 주택가 골목에서 선미와 키스를 했다. 문득 고개를 들었을 때, 누군가와 눈이 마주쳤다. 이층 창문에서 한 여자가 창밖으로 상체를 내민 채 선미와 우주를 쳐다보고 있었다. 우주는 선미의 손목을 잡고 달리기 시작했다. 서봐, 잠깐만, 선미가 외쳤지만 멈추지 않았다. 골목을 빠져나와 대로변을 달리고 있을 때 선미가 우주의 팔을 뿌리쳤다. 우주는 뒤돌아보았고, 멈춰 섰다.

“아무도 안 쫓아와.”

선미가 말했다. 우주는 다리에 힘이 풀렸다. 길가에 쪼그려 앉았다. 눈앞이 어지럽고 속이 울렁거렸다.

"무서워?"

선미가 물었다.

"무서워."

우주가 답했다. 선미의 얼굴이 서서히 일그러졌다. 울 것 같은 표정이었다. 이윽고 입꼬리가 휘어졌고, 눈빛이 무덤덤하게 바뀌었다.

"무섭구나."

선미가 중얼거렸다.

우주는 집을 둘러보았다. 선미가 고른 레이스 테이블 매트와 찻잔들. 털실로 짠 딸기 모양 수세미와 악어 모양 냄비 장갑. 거실 구석에 세워둔 폼롤러와 아령. 이케아 조립 서랍장과 곰돌이가 그려진 자명종 탁상시계. 그것들을 최종적으로 택한 것은 우주였다. 우주가 고개를 내저은 물건은 이 집에 없었다. 우주의 원리에 따라, 우주의 방식으로 배치되었다. 우주는 책상 앞에 섰다. 밤마다 만들었던 미니어처 집들을 내려다보았다. 우주로 가득차 있는, 우주를 위한, 우주의 집. 우주는 책상에 앉았다. 새로운 집을 만들기 시작했다.

첫번째 집은 선미의 고시원이었다. 한때 그 집에는 셰이크 파우더가 백이십 통이나 쌓여 있었다. 다이어트용 셰이크가 새로 출시되면서 홍보를 위한 경품 이벤트가 열렸고, 선미가 응모를 했다가 덜컥 일등에 당첨되었다. 셰이크 파우더가 열두 통씩 담긴 박스 열 개가 고시원 문 앞으로 배송되었다. 일등을 해보는 건 태어나서 처음이라며 선미는 기뻐했다. 셰이크 통을 블록처럼 벽면 가득 쌓고서 그 벽을 배경으로 셀카를 찍었다. 이것들을 다 먹어서 다이어트에 성공할 것이라며 자신감을 내비쳤다. 우주는 용기 뒷면에 적힌 설명서를 읽어보았다. 한 끼에 사십 그램씩, 하루 세 끼를 모두 셰이크로 먹으라고 적혀 있었다. 셰이크 한 통은 육백 그램이었다. 선미가 백이십 통을 모두 먹으려면 육백 일이 걸릴 것이었다. 셰이크는 딸기맛, 초코맛, 곡물맛 세 종류가 있었지만 하나같이 비린내가 났다. 우유를 타면 비린내가 더 심해졌고, 물을 타면 맛이 밍밍했다. 식이섬유가 너무 풍부한 나머지 장에 들어가면 삼십 분 안에 배탈을 일으켰다. 어느 날부터인가는 선미도 셰이크에 손을 대지 않았다. 그러면서도 그것들을 방에 쌓아두기를 고집했다. 우주가 만든 장식 선반과 화장대, 침대 아래 서랍들도 셰이크가 차지했다. 우주는 차근차근 선미를 설득했다. 웅녀가 인간이 되기 위해 견디기로 한 날도 고작 백 일이라고, 저걸 다 먹는 것은 불가능한 일이라고. 선미는 고개를 끄덕였다.

"근데, 유통기한이 많이 남아 있잖아."

하지만 우주는 선미의 셰이크를 모두 내다버렸다. 선미가 거짓말을 하고 남자와 데이트를 간 어느 날이었다. 선미의 침대에 누워 우주는 미분 문제를 떠올리려 했다. 숫자들은 이내 눈앞에서 사라져버렸다. 그러다 셰이크 통에 눈이 닿았다. 그 방의 어디를 보든 그게 보였다. 셰이크 통을 이 방에 배치하는 공식에 대해 생각했다.

한 꼭짓점을 A라고 할 때, 침대가 놓여 있는 자리인 P와 책상이 있는 자리인 Q, 화분과 스탠드, 쓰레기통과 문이 있는 R, S, T, U를 거치지 않고 반대쪽 꼭짓점인 B까지 최소한의 길이로 셰이크를 배치하는 경우의 수는? (단, P, Q, R, S, T, U를 오갈 수 있는 동선이 확보되어야 한다.)

정답이 무엇이든 상관없었다. 비어 있는 모든 자리에 셰이크를 두는 것이 유일한 방법이었으니까. 바로 지금처럼.

우주는 용기를 하나씩 열었다. 내용물은 쓰레기봉투에 버리고, 용기는 분리수거용 비닐에 넣었다. 뒤늦게 돌아온 선미는 깨끗해진 방을 믿을 수 없다는 듯 둘러보았다.

"버렸어?"

"어."

"정말로?"

"어."

선미의 호흡이 가팔라졌다. 목덜미와 관자놀이에 핏대가 서는 것이 보였다. 선미가 우주에게 달려들었다. 우주는 선미의 두 팔목을 잡았다. 선미의 힘이 자신보다 약하다는 것이 느껴졌다. 선미도 그 사실을 알아채고 있었다. 선미의 팔이 떨리고, 점점 힘이 빠지고, 눈에서는 눈물이 흘러내렸다. 선미는 오래 울었다. 우주의 추측이 맞았다. 정말로 고작 경품 셰이크뿐이었던 것이다. 그때 선미에게 소중했던 것은.

우주는 아세테이트지를 직사각형으로 오렸다. 둥글게 말아 원기둥 형태로 만들었다. 셀로판지로는 뚜껑을 만들었다. 안에는 컬러 모래를 채워넣었다. 셰이크 통이 하나씩 완성되었다. 우주는 그것을 미니어처 집에 하나씩 배치해나갔다.

두번째 집은 우주가 대학에 입학하면서 얻은 옥탑방이었다. 선미와 많은 시간을 보냈다고 여겨왔지만, 사실은 전혀 다른 생활을 해왔다는 것을 우주는 그곳에서 알게 되었다. 쌀을 씻어서 밥물을 맞추는 방법이나 빨래를 분류하는 방법 같은 것을 우주는 그때까지 알지 못했다. 좀벌레가 옷을 갉아먹지 않도록 제습제를 옷장에 넣어둬야 한다는 것을, 바나나를 옷걸이에 걸어두면 더 오래 먹을 수 있다는 것을, 한여름에 집이 찜통처럼 더울 때는 선풍기를 창문 바깥을 향해 틀어놓는 것이 낫다는 것을, 우주는 선미에게 배웠다. 선미는 그 집에서 옥상을 제일 좋아했다. 더 높은 건물로 사방이 막혀 있어 내다볼 풍경이랄 것이 없는데도 그랬다. 어느 날인가는 옥상에 의자 두 개가 있었으면 좋겠다고 해서 우주가 의자를 구해왔다. 선미는 틈만 나면 의자에 앉아 있었다.

"너도 여기 앉아봐."

의자는 너무 뜨겁거나 차가웠다. 땡볕에 달궈진 옥상의 우레탄 방수 페인트는 발을 옮길 때마다 슬리퍼에 들러붙으며 쩍쩍 소리를 냈다. 겨울에는 바닥 여기저기 살얼음이 끼었다.

"근데, 조금만 참으면 괜찮아져."

더위나 추위로 벌게진 얼굴로 선미는 말했다. 우주는 햇빛을 가릴 파라솔과 휴대용 미니 히터를 구입했다. 선미는 그것들을 사용하지 않았다. 파라솔은 햇빛을 가려서, 미니 히터는 소리가 커서 싫다고 했다. 선미는 옥상에서 불을 피우고 싶다고 했다. 화목난로를 만들어달라고 했다. 어려운 일은 아니었다. 그라인더로 가스통을 잘라낸 뒤 홀을 따야 하고, 용접도 필요할 테지만, 근처 용접소에 맡기면 일이만원으로 해결할 수 있었다. 우주는 화목난로를 만들지 않았다. 완제품을 구입하는 것도 반대했다. 높은 건물에 있는 창문들이 옥상을 내려다볼 것만 같았다. 화목난로를 사용하는 것이 불법은 아니었다. 그러나 전원주택이 아닌 다세대주택 옥상에 화목난로가 있는 것을 사람들은 처음 볼 것이다. 사람들은 그것을 이상하게 여길 것이다. 이상한 일이 해선 안 되는 일로 바뀌는 건 한순간일 것이다. 우주는 초등학생 때부터 그것을 배워왔다.

우주는 음료 캔을 오려 뚜껑을 따냈다. 캔의 밑부분에 송곳으로 공기구멍을 뚫었다. 캔 안에 공기가 더 잘 통하도록 자그마한 철망을 깔았다. 문과 다리를 만들고, 자그마한 초콜릿 틴 케이스로 연통을 만들었다. 내열 페인트 스프레이를 뿌렸다. 성냥개비나 태울 수 있는 작은 난로였다. 우레탄 페인트를 칠해 만든 옥상에 난로를 두었다. 선미의 두번째 집이 완성되었다.

선미가 남자를 만나러 간 날마다 우주는 '선미의 집'으로 향했다. 세번째 집과 네번째 집, 다섯번째 집과 여섯번째 집을 만들었다. 길고 긴 반성문을 써나가는 기분이었다. 모든 집을 완성하고 나면 선미에게 말해야겠다고 생각했다. 가지 말라고. 우주가 한번 말을 뱉고 나면 선미도 선택을 해야 할 것이었다. 가거나, 가지 않거나.

선미는 종종 남자친구와 여행을 갔다. 우주는 미술 작가들과의 미팅에 참석했다. 정수가 개를 데리고 나왔다. 사람들은 개와 함께 산책을 했다. 신이 나 있는 개를 따라가다가 우주는 뒤늦게 알아챘다. 선미가 곁에 없는데도 선미 생각을 하지 않고 있었다는 것을. 평생을 함께 다닌 그림자가 사라졌다는 걸 알아챈 순간처럼 스산해졌다. 우주는 주변을 둘러보았다. 자신의 손바닥을 내려다보았다. 자신이 살아 있는지 확인하려는 것처럼 그랬다.

우주는 이 순간이 낯설었지만 비로소 익숙했다. 이 순간을 오래도록 상상해왔다. 선미를 꼭 끌어안은 채 잠에 빠져들면서, 아침에 선미와 함께 밥을 먹으면서, 언젠가 선미가 사라지기를 기도했다. 길을 걷다가 혼자라는 사실을 문득 깨닫고, 또 무심히 다시 길을 걸어가는 장면을 상상했다. 우주는 이 장면을 가장 두려워하면서도 내심 기다려왔다. 선미와 함께 행복할 수 있을 것이라는 희망이 완벽하게 무너지기를 바랐다.

대학을 졸업하고, 취직을 하고, 생활이 안정되어갈수록 우주는 무엇인가가 잘못되어가고 있다는 느낌에 사로잡혔다. 평생을 고시원에서 살아가게 될까봐 선미가 두려워했듯, 우주도 이대로 평생을 살아가게 될까봐 두려웠다. 남자를 좇는 선미의 뒤에 평생 서 있을 우주. 내 마음 같지 않은 애인이나 꿈과 상관없는 직업을 택한 나. 이보다 보통의 이야기가 또 어디에 있을까. 보통이라는 것이 얼마나 잔인한 말인지 우주는 이제 잘 알았다.

스물일곱

전시 오픈 전날, 우주는 전시 공간에서 늦은 시간까지 설치 작업을 했다. 우주가 배정받은 콘센트에 문제가 생겼고, 결국 파워뱅크를 빌려 작품에 전기를 공급해야 했다. 모든 집이 잘 작동하는지 마지막으로 확인했다. 그리고 전시 리플릿 한 장을 챙겼다. 우주가 이 전시에 초대할 유일한 사람에게 주기 위해서였다.

선미는 저녁을 먹지 않은 채 우주를 기다리고 있었다. 컵라면이 먹고 싶다고 선미가 말했다. 우주는 찬장을 열어보았고, 집 앞 편의점에 가자고 했다. 잠옷 위에 두꺼운 패딩 점퍼만 걸친 채 선미는 집을 나서려 했다. 선미가 슬리퍼에 발을 넣었을 때, 우주가 고개를 저었다.

"감기 걸려."

선미는 신발장에서 운동화를 꺼냈다.

편의점에서 선미는 김치 한 팩과 컵라면 두 개를 집었다. 하나는 도시락, 하나는 무파마였다. 늘 그래왔듯 우주는 컵라면에 뜨거운 물을 붓자마자 핸드폰 타이머 기능을 켰다. 삼 분과 사 분으로 각각 타이머를 맞췄다. 삼 분 타이머가 먼저 울렸다. 우주는 도시락 컵라면의 뚜껑을 열고 젓가락으로 면을 휘저었다. 선미도 무파마 컵라면의 뚜껑을 열었다.

"네 타이머 안 울렸잖아."

"너무 추운걸."

선미가 컵라면 용기를 두 손으로 들어 입술을 가져다댔다. 우주는 주머니에서 리플릿을 꺼냈다. 선미에게 내밀었다.

"내일이 전시 오픈이거든."

"내일 평일이잖아. 회사는?"

"반차 썼어."

선미는 테이블에 컵라면을 내려놓았다.

"너 아직 신입이야."

"같이 전시하는 사람들한테 소개하고 싶어."

우주가 말했다. 그동안 선미와 우주가 함께 만난 타인은 선미의 남자친구들뿐이었다.

"애인이라고 말하고 싶어."

선미는 우주를 빤히 바라보았다.

"애인?"

이상하다는 듯 선미가 고개를 갸우뚱했다.

"나는 네 애인이 아니잖아."

"아니라고?"

"아니지."

선미는 정말 어이없다는 표정이었다.

"그럼 뭔데?"

선미가 손끝으로 미간을 긁적였다.

"없어. 우리를 가리키는 단어는."

선미는 웃었다. 이내 웃음을 거두고 리플릿을 두 번 접어 주머니에 넣었다. 시간이 된다면 오프닝 행사에 참석하겠다고 말했다.

행사는 오후 다섯시에 시작되었다. 우주는 전시장을 찾는 손님들에게 따뜻한 뱅쇼 한 잔씩을 나눠주는 일을 맡았다. 뱅쇼는 인기가 좋았다. 주전자 한가득 끓였는데도, 한 시간 만에 주전자가 가벼워졌다. 우주는 뱅쇼 한 잔을 종이컵에 따라 테이블 뒤쪽에 따로 빼놨다. 선미가 오면 주기 위해서였다. 선미의 아르바이트는 다섯시에 끝났지만, 손님이 몰리는 날이면 다섯시 반까지도 가게에 잡혀 있곤 했다. 집에 들렀다가 저녁을 먹고 온다고 해도 일곱시 반쯤엔 도착할 것이었다. 종이컵에 뱅쇼가 조금씩 스며들었다. 컵의 안쪽부터 빨간 물이 들어가며 얼룩이 올라왔다. 우주는 종이컵을 한 겹 더 씌웠다. 몇몇 사람을 소개받았고, 인사를 나눴다. 선미가 누구냐고 누군가가 물었다. '관찰의 끝—선미의 집'이라고 적혀 있는, 우주의 작품을 손가락으로 가리켰다.

"작가님의 가족이나 친구인 건지 궁금해서요."

"글쎄요."

선미가 그랬듯 우주는 손끝으로 미간을 긁었다.

"혹시 이중 자아 기법인가요?"

그가 다시 물었다. 우주는 고개를 돌려 선미의 집을 바라보았다. 선미의 집을 우주의 집이라고 말할 수도 있을까.

관객이 빠져나간 공간을 전시 참여자들과 함께 정리했다. 뱅쇼를 끓였던 주전자를 설거지하고, 바닥을 한번 쓸었다. 쓰레기들을 모아 봉투에 넣었다. 입구에 놓았던 테이블을 한쪽으로 옮겨두기로 했을 때, 보라가 손가락으로 종이컵을 가리켰다.

"버릴까요?"

우주가 빼놓았던 뱅쇼였다. 자신이 먹겠다고 우주는 답했다. 보라가 종이컵을 건넸다. 차갑고 물컹했다.

선미는 집에서 텔레비전을 보고 있었다. 가려고 했는데, 별생각 없이 틀어놓았던 스릴러 드라마가 너무 재미있었다고, 뒤가 궁금해서 십 분만 더, 오 분만 더 본다는 게 이렇게 되었다고. 선미는 한껏 꾸민 차림새였다. 전시를 보러 가기 위한 준비를 마쳐놓았던 듯했다.

"다음에라도 보러 와. 내가 만든 거 보여주고 싶어."

전시는 두 달 동안 진행되었다. 참여자들이 번갈아가며 지킴이 역할을 했다. 우주는 토요일과 일요일마다 전시장을 지켰다. 전시장에 도착하자마자 방명록을 훑었다. 선미의 이름이 있는지 확인했다. 오픈 날과 달리 전시장에는 관객이 없다시피 했다. 많으면 하루에 다섯 명 정도. 전시장 내부 화장실을 이용하고 싶어서 들어온 사람이 더 많았다. 가끔 참여자들이 따뜻한 커피 같은 것을 들고 찾아왔다.

우주가 네번째로 전시 지킴이를 하던 날, 마감 시간이 다 되어갈 즈음 선미가 전시장으로 들어왔다. 우주는 의자에서 일어섰다. 선미의 뒤로 한 사람이 더 들어왔다. 선미의 남자친구였다. 그는 우주에게 꽃다발을 건넸다. 축하한다고 남자가 말했다. 우주는 선미와 남자에게 팸플릿을 건넸다. 선미와 남자는 손을 잡고 전시 공간을 거닐었다. 한 바퀴를 다 돌고서 우주의 앞으로 돌아왔다.

"작품 부제가 '선미의 집'이네요."

남자가 말했다.

"네."

우주가 답했다. 남자는 우주의 다음 말을 기다리다가, 선미를 향해 고개를 돌렸다.

"진짜 네 집이야?"

"아니야."

선미가 답했다.

"아니면?"

"빌린 거지, 이름만."

남자가 아, 소리를 냈다. 좋은 작품 잘 봤다면서 남자가 인사를 했다. 좋은 작품 잘 봤다고 선미도 말했다. 남자와 선미는 전시장을 떠났다.

선미의 말이 맞았다. 선미의 집에는 선미를 생각하는 우주만 있었다. 선미의 마음속에도 선미가 만든 우주의 집이 있을 것이었다. 우주에게 미안했던 것들과 우주에게 고마웠던 것들 때문에 잊지 못하게 된 장면들이 있을 것이었다. 선미가 베이커리를 그만둘 때 우주가 응원을 해준 일이라거나 선미가 냄비를 까맣게 태워버렸을 때 우주가 과탄산소다를 이용해서 닦은 일 같은 것들이 그 집에 있을지도 몰랐다. 우주에게는 당연하거나 별것 아니었던 일들이. 서로에게 정말 미안해야 했을 일들은 우주도 선미도 결코 미안해하지 않았다.

오래 별러온 가지 말라는 말 대신에 우주는 더 오래 별러온 헤어지자는 말을 선미에게 건넸다. 선미는 대답 없이 식탁으로 걸어갔다. 식탁 위에 놓여 있는 고지서와 안경, 간식거리와 영양제를 한쪽으로 치웠다. 그리고 냉장고를 열어 우유를 꺼냈다. 냄비를 꺼내 약한 불로 우유를 데우기 시작했다. 주걱으로 저어가며 선미는 천천히 우유를 데웠다. 그러곤 찬장에서 여러 종류의 차를 꺼냈다. 유통기한을 확인해가며 홍차 하나를 골랐다. 뜨거운 우유에 찻잎을 넣어 우리고, 체에 걸러 밀크티를 만들었다. 선미가 일해왔던 베이커리와 카페에서는 홍차 믹스 가루를 우유에 타서 밀크티를 만든다고, 언젠가 진짜 찻잎을 넣은 밀크티를 만들어서 함께 마시자고, 선미는 말했던 적이 있었다. 선미는 가장 아끼는 찻잔 두 개에 밀크티를 나눠 따랐다. 식탁에 밀크티 두 잔을 올려놓았다.

"마실래?"

선미가 물었다. 우주는 식탁에 앉았다. 밀크티는 적당하게 따뜻했고 적당하게 달콤했다. 선미가 말했다.

"그래, 헤어지자."

우주는 밀크티를 마셨다. 선미는 편안해 보였다. 선미도 오래전부터 이 순간을 준비해왔다는 걸 우주는 알 수 있었다. 우주와 헤어지게 되더라도 찻잎을 우려 만든 밀크티는 꼭 함께 마시고 싶다고 생각해두었을지도 몰랐다. 선미는 얼마나 오래 우주를 기다려줬을까.

선미와 우주는 다툼 없이 물건을 나눴다. 가져가는 것과 두고 가는 것의 목록이 선미의 머릿속에 이미 있었다. 드라이기나 전자레인지처럼 생활에 꼭 필요한 물건이나, 스피커나 스탠드처럼 우주도 사용 가능한 물건을 선미는 택하지 않았다. 선미가 아니면 누구도 사용하지 않을 물건만을 챙겼다. 우주와 선미는 같은 날 그 집에서 나왔다. 각자 용달차를 불렀다. 부동산 의자에 나란히 앉아 믹스 커피를 마셨다.

"결혼할 때까지 둘이 살지."

집주인이 말했다. 열쇠를 반납하고 공과금을 정산하고 보증금을 돌려받았다. 부동산 앞에서 우주는 선미와 헤어졌다. 점심 먹을 시간이 부족하네, 그러게, 빨리 가야겠다, 같은 말을 나누었다.

"우주야."

선미의 목소리에 우주가 뒤를 돌아보았다.

"인터넷 해지했나?"

"응, 했어."

그것이 선미와 우주가 얼굴을 보며 나눈 마지막 대화였다. 고마웠다거나 잘 지내라는 말은 삼갔다.

우주는 빈집에 누웠다. 새로 구한 집은 상가주택 삼층에 있는 원룸이었다. 우주가 대학에 입학하면서 처음 얻었던 옥탑방과 크기와 구조가 흡사했다. 긴 꿈에서 풀려나 스물한 살로 돌아온 듯한 기분이 들었다. 한동안 우주는 이삿짐을 정리하지 못했다. 방에 햇빛이 들어오면 허공을 떠다니는 먼지들을 구경했다. 보일러도 켜지 않은 채 차가운 바닥에 누워 있었다. 몸에 살얼음이 끼는 듯했다. 숟가락과 젓가락이 그릇에 부딪

칠 때 나는 소리가 지나치게 크게 느껴졌다. 잠에 빠져드는 방법을 잊어버려 밤새도록 눈을 뜨고 있었다. 어느 밤엔가는 선미가 전화를 걸어왔다. 우주는 받지 않았다. 어느 밤엔가는 우주가 선미에게 전화를 걸었다. 선미는 받지 않았다. 딱 한 번 선미는 우주에게 메시지를 보냈다.

우주야. 눈이 많이 와.

우주는 답하지 않았다. 우주도 딱 한 번 메시지를 보냈다.

어디 있니. 선미야.

한 명이 무너진 그 순간에 다른 한 명은 무너지지 않았다. 약속이라도 한 듯 침묵했다. 서로의 침묵에 잠깐씩 기대며 우주와 선미는 무사히 멀어졌다.

상가 이층에는 태권도장이 있었다. 밤 열시가 되어 도장이 문을 닫을 때까지 아이들은 기합 소리를 내며 발을 굴렀다. 손날로 기왓장을 깨고 발차기를 하는 아이들을 상상하다가, 우주는 옆돌기를 연습하던 아홉 살의 자신이 떠올랐다. 옆돌기의 비법을 떠올려보았다.

옆으로 돌겠다는 생각을 해서는 안 되었다. 가슴을 정면으로 반듯하게 펴고 물구나무서기를 하듯 앞쪽으로 허리를 굽혀야 했다. 한쪽 손으로 땅을 짚으면서 동시에 반대쪽 발을 하늘을 향해 힘껏 차면, 저절로 몸이 옆으로 돌게 되어 있었다. 다리가 몸의 중심점을 지날 때 반대쪽 손으로 땅을 짚고, 두 다리를 최대한 벌려 균형을 잡으면서 착지하면 되었다. 두 팔이 몸의 지지력을, 두 다리는 회전력을 담당한다는 원리를 파악하는 것이 중요했다.

우주는 바닥에서 일어났다. 두 손을 머리 위로 높이 올렸다. 옆돌기를 시도했다. 쿵 소리와 함께 넘어졌다. 팔과 다리를 구부려서는 안 된다는 걸 머리로는 알고 있었지만, 몸이 따라주질 않았다. 유연성이 떨어져 다리도 벌어지지 않았다. 땅에 부딪힌 어깨를 붙잡고 아야, 아야 소리를 내다가, 우주는 웃었다. 이 집을 택하길 잘했다는 생각이 들었다.

잘했다.

우주는 이삿짐 박스를 열어 짐을 정리하기 시작했다. 집 주변 어디에 공원이 있는지, 약국이나 세탁소는 어디에 있는지를 탐색했다. 옆 동네까지, 옆 동네의 옆 동네까지 걸었다. 모든 골목을 샅샅이 걸어다녔다. 몸이 돌처럼 무거워지면 꿈 없이 가라앉아 잠들 수 있었다. 가마솥에 볶은 햇땅콩을 판다는 트럭이 골목을 지나갔고 우주는 땅콩 세 봉지를 샀다. 그 땅콩을 다 먹어갈 즈음, 회사를 그만두었다.

전시가 끝난 이후로도 우주는 종종 석현과 보라, 정수를 만났다. 사람들과 모여서 프랑스로 유학을 간 화영과 영상통화를 하기도 했다. 그들에게 우주는 회사를 그만뒀다고 말했다. 왜 그만뒀느냐고 아무도 묻지 않았다. 다만 조용히 기다렸다.

말하고 싶다면 할 수 있도록, 말하지 않고 싶다면 하지 않아도 되도록. 헤어질 때마다 우주는 사람들을 따라 걸었다. 걷다보면 매번 누군가 무엇인가를 더 보고 싶다고 말했다. 골목을 더 돌아보고 싶다거나, 멀리 삐죽이 솟아 있는 나무를 보러 가고 싶다거나. 나무를 보러 갔을 때에는 정말 나무만 봤다. 물을 보러 갔을 때에도 물만 봤다. 나무가 정말 크다거나, 강이 이제 녹을 것 같지 않냐거나 하는 대화를 했다. 서로 떨어진 자리에서 혼잣말을 하듯 그들은 말을 이었다. 우주도 혼잣말처럼 말을 건넸다.

"핸드폰 수리 업체에 이력서를 냈어요."

배터리나 액정을 교체하는 일이나 침수된 핸드폰을 복구하는 일을 해보려 한다고, 그 과정에서 나온 폐기될 부품들을 이용해 다음 작품을 만들 생각이라고 말했다. 미래에 대해서라면 이제 얼마든지 말할 수 있게 되었다는 것을 우주는 깨달았다. 무엇을 하고 싶은지, 어떤 사람이 되어갈 것인지. 우선 옆돌기부터 마스터할 계획이었다. 그리고 이 사람들과 함께 광장에 갈 것이다. 광장 한복판에서 옆돌기를 할 것이다. 이 사람들은 놀라거나 박수를 치거나 눈썹을 찡그리지 않을 것이다. 나무나 물을 볼 때처럼. 옆돌기를 오직 옆돌기로 볼 것이다.

우주는 육 개월 만에 핸드폰 수리 업체의 부장이 되었다. 직원이 우주 한 명이기 때문이었다. 기술을 전수한 이후로 사장은 나타나지 않다시피 했고, 우주 혼자 종일 매장에 앉아 있었다. 손님들은 못 미더운 표정으로 매장을 훑어보곤 했다. 공식 A/S 센터에 갔다가 터무니없는 수리 비용을 듣고 찾아온 사람, 수리가 아예 불가능하니 새로운 제품을 구입하라는 권유를 듣고 찾아온 사람이 대부분이었다. 그들은 이미 공식 센터에서 사설 업체에 대한 경고를 들었다. 사제품은 질이 떨어지고, 수리 기사도 믿을 만하지 않으며, 사고라도 생기면 누구도 책임지지 않는데다가……

"여기서 교체하면 공식 센터에는 못 가게 되는 거죠? 만약 다른 데가 또 고장나면, 센터도 못 가고 어떻게 하죠."

"또 저한테 오시면 되죠."

눈에 보이지 않을 만큼 자그마한 나사를 돌려 핸드폰을 열어보는 일이나 그 자그마한 나사 사이사이에 앉은 먼지를 털어내는 일이 우주는 좋았다.

집에서는 깨진 액정 조각으로 미니어처 집을 만들었다. 깨진 액정은 얼음 결정처럼 아름다웠다. 균열은 섬세한 규칙으로 태어난 생명체 같았다. 새끼 거미나 민들레 씨앗 같은.

우주가 핀셋으로 조각들을 이어붙이고 있을 때였다. 뒤쪽 벽에서 펑, 하는 폭발음이 들렸다.

"엄마야."

우주는 깜짝 놀라며 뒤를 돌아보았다. 벽걸이 에어컨에서 가스가 새는 소리가 들렸다. 냉매 가스관이 터진 모양이었다. 우주는 매립되어 있는 가스관의 위치를 가늠해보았다. 벽을 두드려보았다. 텅 빈 소리가 나는 부분이 있었다. 조심스럽게 벽지를 뜯었다. 벽에 뚫린 구멍 안쪽으로 가스관과 전선이 고스란히 드러났다. 전선 두 개가 눌어붙어 있었다. 누전된 전선에서 스파크가 튀면서 가스관에 구멍을 낸 듯했다. 인두로 동 배관을 용접하고 전선의 일부를 교체해야 했다. 우주는 신발장에서 공구함을 꺼내왔다. 두꺼비집을 내리고 의자를 들고 왔다. 고개를 위로 꺾은 채 전선을 잘라냈다. 피복을 벗기고 새 전선을 연결했다. 절연테이프를 꼼꼼하게 감았다. 그리고 인두로 배관을 녹여가며 용접을 했다. 벽을 원상복구하고 우주는 한 걸음 떨어져 에어컨을 보았다. 혼자서 고개를 끄덕였다. 음식물로 막혀버린 배관을 분리해서 청소하거나 서랍장을 조립하는 사소한 일에도 선미는 호들갑스럽게 감탄을 하곤 했다. 퀴리 부인이라며 박수를 쳤다. 우주는 선미에게 연락하고 싶어졌다. 에어컨을 수리하다가 네 생각이 났다고, 잘 지내고 있냐고 묻고 싶어졌다. 우주는 뒤돌았고, 다시 책상에 앉았다. 내일은 새어나간 냉매를 다시 채워야 할 것이었다. 냉매가 새지 않는지 확인하고, 만약 여전히 새고 있다면 동 배관 전체를 교체해야 할 수도 있었다. 그것은 꽤 어렵고 지난한 공사가 될 테지만, 시시때때로 새어나오는 선미의 잔상보다 더 지난할 리는 없었다. 앞으로도 꽤 오랫동안 이 잔상과 살아가게 될 것 같았다. 그러나 이제는 헤어지기 위한 노력을 하지 않아도 되었다. 이미 헤어졌으니까. 이별은 우주와 선미가 함께 만들어낸 축복이었다. 실패가 아닌 결실이었다. 기어이 같이, 해냈다. 우주는 진심으로 그렇게 생각했다.

III. 화롯불 속의 알밤

여덟

일요일 오후 두시마다 아빠는 보라를 불렀다. 아빠는 보라를 품에 안고 낮잠 자는 것을 좋아했다. 보라는 눈을 말똥말똥 뜨고 있었다. 누워서 보면 모든 것이 더 크고 높아 보였다. 책상 다리는 기둥처럼 굵어 보였고, 옷장 아래 틈은 더 어두워졌고, 아빠는 거인처럼 무거워져갔다. 보라는 개미가 되어 이불을 빠져나온 다음 장판을 지나 문틈 사이로 방을 탈출하는 상상을 했다. 아빠의 숨소리가 바뀌면 탈출을 시도했다. 달팽이가 기어가는 것보다도 천천히 몸을 움직였다. 간신히 몸을 빼냈을 즈음이면 아빠가 눈을 감은 채 말했다.

"이리 와."

보라는 아빠의 품으로 돌아갔다.

아빠와 함께 낮잠을 자는 것이 싫다고, 보라는 엄마에게 말한 적이 있었다.

"왜 싫어?"

"안 졸려."

"그래도 가만히 있어. 엄마를 도와주고 있다, 그렇게 생각해."

"응."

엄마는 종종 보라에게 부탁을 했다. 아빠 옆에 가서 아빠를 안고 가만히 있으라고. 보라가 아빠를 안고 가만히 있는 동안 언니는 다른 방에서 아빠의 가방과 책상 서랍을 뒤졌고 엄마는 아빠의 애인에게 몰래 전화를 걸어 욕을 했다. 엄마와 아빠가 언성을 높이고 물건을 집어던질 때에도 보라는 같은 역할을 맡았다. 보라의 언니가 적극적으로 엄마의 편을 들며 눈을 치켜뜨고 아빠를 막아설 때, 보라는 아빠를 끌어안았다. 눈이 시뻘겋게 충혈되고 얼굴이 붉으락푸르락 일그러진 아빠가 너무 무서워서 안고 싶지 않았지만, 맡은 임무를 완수하기 위해 보라는 되뇌었다.

가만히 있어. 안고 가만히 있어.

아빠는 비키라고 외치면서도 보라를 밀쳐내지 못했다. 보라가 안고 있으면 아빠는 무력해졌다. 물에 젖은 김처럼 흐물흐물해졌다. 보라는 자신에게 대단한 능력이 있는 것처럼 느껴졌다. 자신의 두 팔로 동그란 어항을 만들어내는 것 같았다. 어항 속에 차츰차츰 물이 차오르고 아빠의 바짓단이 젖어가고 아빠의 몸에서 활활 타오르던 불은 꺼지고 종내 아빠는 물속에 갇혔다. 뽀글뽀글, 몇 개의 공기 방울이 올라오다가 완전히 사그라들면 아빠는 물이 쏟아질 것 같은 눈으로 보라를 내려다보았다. 끌어안는 방식으로 아빠를 무력하게 하기 위해 보라는 태어난 것 같았다.

학교에 엄마가 찾아왔다. 담임과 엄마가 복도에서 잠시 이야기를 나눴다. 담임이 보라에게 얼른 가방을 싸서 가보라고 말했다. 엄마는 처음 보는 감색 정장을 입고 있었다. 실크 재질이었는데 한눈에도 멋스러워 보였다. 갈색빛이 나는 구두와 갈색 핸드백이 세련되게 짝을 이뤘다. 며칠에 한 번씩 학교에 드나드는 반장의 엄마보다도 아름다웠다. 엄마가 쉬는 시간에 맞춰 왔더라면 반 아이들이 모두 엄마를 봤을 텐데. 텅 빈 복도를 엄마와 걸으며 보라는 생각했다. 엄마는 보라를 백화점에 데려가 새 옷을 사 입혔다. 보라는 주로 언니의 옷을 물려받아왔다. 특별히 새 옷을 사줄 때 엄마는 동네에 있는 '또래또래'에 가곤 했다. 백화점에서 가격표를 보지도 않고 옷을 입히는 엄마를 보면서 보라는 불길해졌다. 함께 아빠 회사에 찾아갈 거라고 엄마는 말했다. 엄마가 결단을 내리려 한다는 것이 느껴졌다.

"언니는?"

보라가 물었다.

"언니는 안 가는 게 나을 것 같아."

엄마가 답했다.

회사에서 만난 아빠는 굳은 얼굴로 엄마와 보라를 쳐다보았다. 당황한 기색이 역력했다. 아빠가 회사 동료들을 둘러보았다. 엄마가 보라의 등을 툭 쳤다. 보라는 얼른 달려가 아빠를 안았다.

“대리님 딸이에요? 아빠를 엄청 좋아하네.”

아빠의 동료가 말했다.

“네. 얘가 아빠를 참 좋아해요.”

엄마가 씨익 웃으며 말했다. 보라는 부모와 함께 회사 앞 한 정식집에 갔다. 아빠는 가장 비싼 코스를 주문했다. 아빠가 직접 컵에 물을 따르고 엄마와 보라 앞에 수저를 놓았다.

“다 알아들었어. 우선 밥부터 먹자.”

엄마는 아무 말도 안 했는데 아빠는 그렇게 말했다. 보라는 속이 더부룩했지만 갈비찜을 연신 입안에 욱여넣었다.

“맛있어?”

엄마가 물었다. 보라는 눈치를 보았고, 그것을 눈치챈 엄마가 많이 먹으라고 말했다. 보라는 갈비찜 한 덩이를 다시 입안에 넣었다. 얼마나 맛이 있나 보자는 듯 엄마가 젓가락으로 갈비찜 하나를 집었다.

“조미료 맛밖에 안 나네.”

엄마는 비싸기만 하고 먹을 것이 하나도 없다고 했다. 돈 얘기를 하는 것으로 보아 엄마가 평소 모습으로 돌아온 것 같다고 보라는 생각했다. 어느새 표정도 누그러져 있었다. 정말로 결단을 내리려 했다면, 엄마는 보라가 아닌 언니를 데려갔을 것이었다.

열셋

일요일이었다. 간밤에 내린 눈이 길바닥에 얼어붙어 있는, 겨울의 새벽이었다. 엄마가 보라와 언니를 흔들어 깨웠다. 언니는 싫다며 이불을 뒤집어썼다. 중학생이 되면서부터 언니는 목욕탕 가는 일을 거부했다. 옷을 갈아입을 때도 방문을 잠갔다. 언니가 문을 잠그는 걸 엄마는 유별나게 싫어했다. 아빠를 어떻게 생각하길래 문을 잠그고 옷을 갈아입냐면서, 신경질적으로 손잡이를 돌리고 문을 쾅쾅 두드렸다. 실은 보라도 문을 잠그고 옷을 갈아입고 싶었다. 목욕탕에도 가고 싶지 않았다. 같은 반 아이와 목욕탕에서 마주치는 일이 이제는 즐겁지 않았다. 솟아오른 가슴이나 자라나기 시작한 체모를 누군가 볼까봐 몸을 숨기기에 급급했다. 그래도 보라는 매번 군말 없이 문을 열어두고 옷을 갈아입었고, 목욕탕에 갔다.

목욕탕에 아는 얼굴은 없었다. 천장에 개구리 알처럼 붙어 있는 물방울들이 탕의 수면으로 하나씩 떨어지는 것을 보며 보라는 으, 좋다, 소리를 내보았다. 어설프게나마 엄마의 등을 밀어주기도 했다. 목욕을 마치고 엄마의 보디로션을 나눠 바르자 보라는 기분이 산뜻해졌다. 내친김에 자신의 베이비 로션 대신 엄마의 에센스를 얼굴에 발랐다. 그때 한 번도 해본 적 없던 생각이 보라의 머릿속을 스쳐갔다.

드라이기를 써보고 싶어.

목욕탕에는 백원짜리 동전을 넣으면 삼 분 동안 작동하는 드라이기가 있었다. 젖은 머리카락을 대충 털고 길가로 나가면 차가운 바람에 머리카락이 빳빳하게 얼어붙었다. 그 빳빳한 머리카락이 뜨거운 뺨을 스치는 감각을 보라는 좋아했다. 그런데 그날은 드라이기를 써보고 싶었다. 보라는 엄마에게 백원짜리 동전 한 개를 받아냈다. 기계에 동전을 넣었다. 드라이기는 작동하지 않았다.

"돈 넣었는데."

"안 돼?"

엄마는 주변을 두리번거렸다. 직원은 보이지 않았다. 휴게실에 있던 세신사에게 엄마는 사정을 설명했다.

"오십원짜리 넣은 거 아녜요?"

세신사가 물었다. 백원짜리였다고 엄마는 답했다.

"오십원 넣고 백원 넣었다고 속이는 사람들이 종종 있어. 기계 열어보면 다 나와요."

세신사는 로커에서 자그마한 열쇠를 꺼냈다. 작동이 안 될 리가 없지, 금방 들킬 거짓말들을 하고 말이야. 세신사가 중얼거리는 소리가 들렸다.

"지금 내가 딸 데리고 백원 때문에 사기를 친다는 거예요?"

"내 말은 그런 사람들이 있다는 거지. 그깟 백원 때문에. 멀쩡하게 생겨가지고."

엄마와 세신사는 삿대질을 해가며 싸웠다. 목욕탕에 있던 사람들이 엄마와 세신사를 구경하기 시작했다. 딸인가봐. 사람들이 보라의 몸을 훑어보는 게 느껴졌다. 엄마가 보라의 등을 툭 쳤다. 보라는 당황스러웠다. 세신사 아줌마를 껴안으라는 건가. 보라는 두 팔로 자기 몸을 끌어안았다. 팔로 가슴을 가리고 뒷걸음질을 쳤다. 세신사가 엄마의 머리카락을 잡아챘고, 엄마도 세신사의 머리카락을 잡았다. 엄마가 이길 수 없는 싸움이라고 보라는 생각했다. 세신사는 속옷을 입고 있었으니까. 알몸인 사람이 속옷 입은 사람을 이길 수는 없지 않나. 엄마는 세신사와 목욕탕 바닥을 굴러다녔다. 엄마가 발을 치켜들 때마다 음부가 훤히 들여다보였다. 다들 그걸 보고 있었다.

제발, 팬티라도 입고 싸워.

보라는 목욕탕 구석에 가만히 있었다. 집에 돌아가는 길에 엄마는 말했다.

"팔짱을 끼고 있더라."

엄마가 이어 말했다.

"보라는 한 번도 엄마 편을 안 들어주네."

그때까지만 해도 보라는 그 순간을 그토록 오래 곱씹게 될 거라고는 생각지 못했다. 주차된 자동차의 눈 덮인 창에 누군가 손가락으로 하트를 그려놓고 간 것이 보였다. 엄마의 입에서 하얀 입김이 피어나고 있었다. 목덜미에는 손톱에 긁힌 붉은 선이 또렷했다. 건물 그림자를 빠져나오자 아침햇살이 엄마의 얼굴로 쏟아졌다. 엄마의 눈동자 속에 햇빛이 드리웠다. 동공이 순식간에 수축되었다. 동공을 둘러싼 홍채의 무늬까지 선명히 보였다.

그해 가을에 보라의 부모는 이혼을 결정했다. 이혼하겠다는 엄마의 선언을 들었을 때 보라에게 가장 먼저 떠오른 건 새까만 한약이었다. 한 해 걸러 한 번씩 엄마는 한약재를 직접 사다가 달여 아빠에게 먹이곤 했다. 냄비 가득 차 있던 물이 졸아들면 집은 쿰쿰한 한약 냄새로 가득찼다. 보라는 한약 냄새라면 질색을 했다. 엄마가 매번 아빠를 그렇게까지 챙기는 게 의아했다.

"아빠가 그렇게 좋아?"

언젠가 물었을 때, 한약을 달이던 엄마는 냄비 뚜껑을 든 채 멈추었다.

"내가 네 아빠를 얼마나 미워하는데."

거실에서 텔레비전을 보고 있는 아빠가 행여 그 소리를 들었을까 보라는 뒤를 돌아보았다. 엄마는 한약재를 건져 면포로 싸서 막대로 쥐어짜기 시작했다. 면포에서 검은 한약이 줄줄 흘러내렸다. 엄마는 아랫입술을 깨물고 더욱 세게 막대를 비틀었다.

이제 한약 냄새는 안 맡아도 되겠다. 보라는 오래된 지긋지긋함을 벗어날 순간이 왔다는 게 반가웠다.

이혼을 하게 되면 어떻게 살아가야 하는지 엄마가 말한 적이 있었다. 단칸방 같은 곳에서 세 여자만 함께 살게 될 것이라고, 엄마는 식당 같은 곳에서 설거지를 할 것이며, 언니는 학원도 못 가게 될 것이고 보라의 피아노도 팔아버려야 할 거라고. 원수 같은 피아노가 사라졌으면 하고 바랐던 보라의 입장에서는 나쁠 것이 없었지만 보라는 묵묵히 엄마의 이야기를 들었다. 엄마의 이야기는 엄마가 좋아하는 일일 드라마와 설정이 똑같았다. 그 드라마에서 여자 주인공은 남편에게 배신을 당했다. 막내딸이 병으로 갑작스럽게 죽게 되면서 복수를 결심했다. 이후로 막내딸은 드라마에 거의 나오지 않고 오직 여자 주인공이 절망에 빠졌을 때만 하얀 드레스를 입고 등장했다. 등을 보이고 앉아 피아노를 치는 아이가 여자 주인공에게 불가사의한 힘을 나눠주는 것처럼 보였고, 그 힘으로 여자는 전남편을 사회에서 매장시켜버렸다. 마지막 회에서도 막내딸은 피아노를 쳤다. 완벽한 딸의 모습으로. 재는 죽어서도 피곤하겠다. 드라마를 보며 보라는 생각했다.

엄마의 이야기가 다 끝났을 때 보라는 씩씩하게 대답했다. 괜찮다고. 피아노가 없어도 상관없다고. 엄마는 벌컥 화를 냈다. 뭐가 괜찮냐면서. 이혼만은 안 된다고 딸들이 말려주기를 엄마가 바랐다는 것은 나중에야 알았다.

짐작과는 달리 엄마는 단칸방에서 살지 않게 되었다. 함께 살던 집은 엄마 소유가 되었고, 아빠는 집을 얻어 나가기로 했다. 집을 구할 때까지 아빠는 근처 숙박업소에 달방을 얻어 살았다. 캐리어 하나에 담길 만큼의 단출한 짐만 싸서 나갔고, 아빠의 나머지 짐은 엄마가 쌌다. 언니와 보라가 그 일을 도왔다. 아빠의 책들을 박스에 차곡차곡 넣으며 엄마는 말했다.

"엄마가 옛날에 공장에서 일했어. 거기서 너희 아빠를 만났어. 아빠는 연대 투쟁인가를 하겠다고 온 대학생이었는데, 대학생하고 얘기해보는 게 엄마는 처음이었어. 학생회 회장이라고 하더라고. 노동 인권이니 마르크스주의니 하는 얘기를 했는데, 내가 듣기엔 죄 쭉정이 같은 말뿐이었어. 근데 턱에 호두 주름이 잔뜩 잡혀 있더라. 눈빛이 이글이글했어. 그때 아빠가 좋아졌어. 공장에서 일하는 사람들은 화날 때도 동태 눈깔을 하고 있거든. 아빠가 평생 그 눈빛으로 화를 냈으면 좋겠다 싶었어. 그건 최소한 공장에서 일하지는 않는다는 거니까. 아빠가 그 눈빛으로 나한테 다른 여자 사랑 타령을 할 줄은 몰랐지. 어느 날엔가는 밤 열두시에 집으로 전화가 왔어. 수화기 너머로 여자 목소리가 들렸어. 아빠가 부랴부랴 옷을 챙겨 입더니, 결혼식에 가야 한다고 말하더라. 새벽에 결혼식을 하는 사람이 세상에 어디 있니. 표정이 비장했어. 무슨 혁명이라도 하러 가는 사람처럼. 그래도 엄마는, 너희들이 아빠를 닮았으면 좋겠어. 아빠처럼 살아. 다 내다버릴 것처럼."

엄마는 언젠가 모조리 깨부수고야 말겠다고 말했던 아빠의 크리스털 술잔 세트를 꼼꼼하게 뽁뽁이로 포장했다. 평생에 걸쳐 들려주려 했던 모든 이야기를 쏟아내려는 것처럼 엄마는 계속 말을 했다. 담아두었던 말들을 딸들의 두 귀에 모두 버리려는 것 같았다. 박스가 차곡차곡 쌓여가고 책장과 책상이 비워지자 엄마는 새 박스를 접었다. 그리고 보라의 물건들을 박스에 넣기 시작했다. 언니는 엄마와, 보라는 아빠와 살아야 한다는 걸 보라는 그때 들었다. 아빠가 보라를 데려가는 것이 엄마가 집을 갖는 조건이었다. 박스 속으로 사라져가는 자신의 물건들을 보라는 바라보았다. 조용히 다가가 엄마를 끌어안았다. 자신이 습득한 유일한 방책으로 엄마를 막으려 했다. 엄마는 보라의 피아노 악보집을 한 손에 쥔 채 보라의 머리카락을 쓰다듬었다. 등을 도닥였다.

"보라는 아빠랑 사는 게 나을 거야."

보라는 고개를 들어 엄마를 쳐다봤다.

"아빠가 보라를 제일 좋아하잖아."

엄마의 눈에 눈물이 차올랐다. 보라와 헤어지는 것이 슬퍼서 우는 것 같기도 했고, 그 때문이 아닌 것 같기도 했다.

열다섯

엄마에게 돌아가게 될 거라고 보라는 생각해왔다.

첫번째는 악보집 때문이었다. 악보집을 챙겨 보냈으면서 엄마는 피아노는 그 집에 그대로 두었다. 피아노를 칠 줄 아는 건 보라뿐이었다. 언젠가 돌아와 다시 피아노를 쳐달라는 의미일 거라고 상상했다. 학원에 다니지 않게 되자 손은 빠르게 굳어갔다. 악보를 보는 것도 어려워졌다. 높은음자리표와 낮은음자리표를 동시에 읽어내는 능력이 떨어졌다. 그러나 한 곡만은 보라의 머릿속에 또렷하게 남아 있었다. 을지악보에서 나온 〈화롯불〉 사운드트랙. 엄마는 피아노를 쳐달라고 부탁할 때마다 오직 그 주제곡만을 듣고 싶어했다. 오른손은 엄지와 새끼손가락으로 옥타브를 넘나들며 연주해야 했고, 왼손은 팔꿈치를 꺾어 엄지 이후에 다시 검지가 오게끔 해야 했다. 손가락을 아무리 뻗어도 한 옥타브 옆의 건반에 닿지 않던 시절부터 보라는 그 곡을 연습했다. 조표가 붙는 순서를 잊고 셈여림표를 읽지 못하게 된다 해도 상관없었다. 보라의 두 손은 그 곡을 영원히 잊지 못할 터였다.

두번째는 아빠의 애인 때문이었다. 이혼을 하자마자 아빠가 애인과 함께 살 줄 알았는데, 아빠의 집으로 온 건 할머니였다. 아빠는 바닥에 누워 두 팔을 벌린 채 한 팔에 할머니, 다른 팔에는 보라를 눕힌 채 낮잠을 잤다. 잠결에 할머니와 아빠가 나누는 이야기가 들렸다. 아빠의 애인이 보라와 함께 살기를 원치 않는다는 이야기였다. 남자는 여자가 있어야 하고 아이는 엄마가 있어야 한다고, 보라를 엄마에게 보내라고 할머니가 말했다. 그 말이 보라에게 희망을 주었다. 보라는 아빠가 애인과 데이트를 더 잘 즐길 수 있도록 은근히 조력했다. 아빠가 애인에게 푹 빠져야 보라를 보내버릴 테니까. 보라는 할머니나 아빠의 도움 없이도 혼자 찌개를 끓여 저녁을 차려 먹을 수 있다는 걸 증명해냈다. 주말이면 친구네 집에서 공부를 하겠다며 아침 일찍 집을 나섰다. 자신의 교복 셔츠를 빨며 아빠의 셔츠도 함께 비벼 빨았다. 칼라에 누런 목 때가 껴 있는 남자를 그 여자가 싫어하면 안 되기 때문이었다.

우리 보라가 너무 빨리 철이 든다며 아빠는 안타까워했다. 신경쓰지 말고 아빠 인생을 즐기라고 보라는 말했다. 아빠는 감동받은 표정이었다. 밖에서 먹는 음식보다 보라가 끓인 찌개가 훨씬 맛있다며 아빠는 저녁 시간에 일찍 귀가하기 시작했다. 보라가 깨끗하게 빨아놓은 셔츠를 입고서는 아빠와 데이트를 나가자며 보라의 손을 잡아끌었다. 가슴 주머니에 행커치프를 꽂은 웨이터가 안내하는 레스토랑에 들어가서 랍스터를 시켜줬다. 희고 큰 요리사 모자를 쓴 사람이 랍스터의 살을 발라주었다. 요리사가 첫 살점을 아빠의 접시에 놓으려 하자, 아빠는 정중하게 보라를 향해 손을 뻗었다.

"여성 먼저 주세요."

랍스터를 먹고 나서는 노동자를 위한 걷기 대회에 보라를 데려갔다. 보라는 얼마간 그곳이 걷기 대회 현장이라는 사실을 알아채지 못했는데, 사람들이 광장 한켠에 앉아 윷놀이를 하고 있었기 때문이었다. 또다른 한켠에는 두 손을 머리 위로 흔들며 노래를 부르는 사람들이 있었다. 앞에는 기타를 안고 있는 사람과 박수를 유도하는 사람이 있었다. 누군가 방석으로 사용하라며 발포 매트를 건네주었다. 따뜻하고 푸근한 분위기였다. 노래가 끝날 즈음 앞에서 동아줄이 전달되었다. 줄다리기를 할 때 사용할 법한 굵은 밧줄이었다. 밧줄 사이사이에 돈이 꽂혀 있었다. 아빠는 지갑을 열어 보라에게 만원짜리 다섯 장을 건넸다. 보라는 아빠가 시키는 대로 돈을 받아 밧줄에 꽂았다. 방금 보라가 걷기 대회 참여 신청을 한 것이라고 아빠는 말했다. 참가비를 냈으니 이제 함께 완보를 해야 한다고 했다. 걷기 어려운 코스는 아니었지만, 걷는 동안 운동화 속에서 양말이 자꾸 말려내려갔다. 아빠가 언질이라도 해주었더라면 오늘 이 양말을 신지는 않았을 것이라고 보라는 생각했다.

그다음에는 꼬치구잇집에 갔다. 꼬치 세트와 생맥주 두 잔을 시켰다. 직원이 주민등록증을 보여달라고 말했다. 아빠는 딸과 함께 걷기 대회에 다녀오는 길이라며 보라의 어깨에 손을 얹었다. 보라는 자신의 앞에 놓인 맥주잔을 내려다보았다.

"술 처음 먹니?"

아빠가 물었다.

"응."

"처음이라는 건 참 좋은 거지. 진실뿐이니까."

쭉정이 같은 소리라는 게 이런 거구나, 보라는 생각했다.

다음날 학교에서 보라는 친구들로부터 지역신문에 보라의 사진이 실렸다는 말을 들었다. 보라가 밧줄에 돈을 꽂는 모습을 본 한 기자가 사진을 찍은 후 아빠와 인터뷰를 했고, 그것이 기사화된 것이었다.

'중학생인 막내딸도 보태겠다며 한푼 두푼 모아온 저금통의 배를 갈랐습니다.'

아빠는 기자에게 그렇게 말했다.

아빠가 복도에 나가 통화하는 일이 없어졌다. 늘 주머니에 넣고 다녔던 핸드폰을 식탁 위에 아무렇게나 올려놓았다. 집에만 있지 말고 밖에서 친구도 좀 만나라고 보라는 넌지시 돌려 말했다. 집이 제일이라고 아빠는 답했다.

"왜?"

보라는 자신도 모르게 정색을 했다.

"이리 와."

두 팔을 벌리며 아빠는 말했다. 아빠가 보라를 끌어안았다.

"아빠는 너만 있으면 돼."

보라에게는 무엇이 필요하냐고 아빠는 묻는 법이 없었다. 자신이 원하는 대로 결정했으면서도 타인을 위해 희생하는 사람처럼 억울한 얼굴이었다.

보라는 엄마에게 전화를 걸어 아빠가 애인과 헤어졌다는 소식을 알렸다. 이미 알고 있다고 엄마는 답했다. 연락 한 번 없던 할머니가 요즘 시도 때도 없이 전화를 한다면서. 그로부터 두 달 정도가 지났을 때 엄마의 전화번호가 바뀌었다. 보라는 엄마의 집으로 찾아갔다. 초인종을 눌렀지만 답이 없었다. 밤이 되었을 때 모르는 남자가 빌라의 계단을 올라왔다. 보라를 곁눈질하고는, 문을 열고 그 집으로 들어갔다.

왜 나까지 끊어버렸을까.

보라는 익숙한 건물들을 지나 불이 꺼진 베이커리와 셔터가 반쯤 내려가 있는 세탁소를 지나쳤다. 버스 정류장으로 향했다. 목욕탕이 있던 자리에 칼국숫집이 들어서 있었다. 건물 전체를 리모델링할 수는 없었는지 빨간 벽돌로 쌓아올린 굴뚝에 여전히 목욕탕의 상호가 적혀 있었다. 그때 잊고 있던 장면이 떠올랐다. 엄마의 입에서 피어오르던 하얀 입김과 목덜미에 선명히 남아 있던 손톱 자국.

'보라는 한 번도 엄마 편을 안 들어주네.'

불을 밝힌 버스 한 대가 보라 앞에 멈추었다. 문이 열리고 버스 기사가 고개를 돌려 보라를 쳐다보았다.

"학생, 안 탈 거야?"

버스가 문을 닫고 출발했다. 도로는 텅 비어갔고 신호등도 주황 불빛만을 점멸하기 시작했다. 보라는 두 팔로 자신의 몸을 끌어안았다. 어항 속에 자신을 가두었다. 발바닥에서부터 물이 차올랐다. 마침내 정수리까지 물속에 잠겼다. 어항 속에서 바라보면 바깥세상도 물에 잠긴 것처럼 보였다. 가로등이 해조류처럼 출렁거렸다.

목욕탕에서 엄마와 함께 알몸으로 싸웠더라면 어땠을까. 엄마가 박스에 보라의 물건을 넣을 때 떼를 쓰듯 가지 않겠다고 버텼더라면. 저녁에 찌개를 끓일 것이 아니라 밥그릇을 다 깨버렸다면. 끌어안지 말고 맞서 싸웠어야 했다. 다 내다버릴 것처럼.

보라는 몸을 감싸고 있던 두 팔을 풀었다. 어항이 깨졌다. 물이 바닥으로 쏟아졌다. 물을 밟으며 보라는 걸어갔다. 두 눈을 똑바로 뜨고서.

열여덟

피구에서 이기기 위해서는 공을 끝까지 봐야 한다고 선생은 말했지만, 그 말은 틀렸다. 눈만 보면 되었다. 독기를 품고서. 아이들의 피구 실력이란 사실 거기서 거기다. 일찌감치 공에 맞아 죽어버리는 아이들은 그저 그러기로 한 것이다. 무서워서든, 귀찮아서든.

보라는 두 발을 어깨너비로 벌렸다. 두 손을 가슴 높이로 올렸다. 자세를 낮추고, 상대의 두 눈을 주시했다.

덤벼봐, 바로 죽여줄 테니까. 딱 그런 표정으로.

상대는 보라의 눈을 피했다. 들고 있던 공을 허공으로 높이 던졌다. 보라를 맞히는 대신 패스를 하기로 결정한 것이었다. 보라는 자리에서 뛰어올라 공을 낚아챘다. 상대편을 향해 공을 던졌다.

도망가지도 공격하지도 않아서, 내 편인지 네 편인지 아이들이 잊어버렸기 때문에 오래도록 피구 게임에서 살아남았던 보라는 이제 반에서 가장 위협적인 주전 선수가 되어 있었다. 아이들은 보라가 상당히 민첩하고 유연하며 엄청나게 빠른 속도로 공을 던진다고 여겼다. 체력장에서 달리기나 유연성 테스트를 하면 최하위권인데도 그랬다.

아이들이 엎드려 자는 것을 용납하지 않는 선생의 수업시간에 보라는 보란듯이 엎드려서 잠을 잤다. 남자친구와 백 일이라며 그 기념으로 반 모두에게 일인당 천원씩 걷어가겠다는 선배의 명령을 거부했다. 보라는 그 일로 줄기차게 화장실에 끌려다녔다. 실내화 자국이 지저분하게 찍혀 있는 화장실 바닥을 온몸으로 뒹굴어가며 보라는 싸웠다. 목욕탕에서 엄마가 그랬듯이. 변기를 닦았을 축축한 대걸레를 휘두르고 쓰레기통을 내던지며 지지 않으려고 안간힘을 썼다. 오물이 묻은 휴지들과 피가 묻은 생리대가 색색깔의 팝콘처럼 쏟아졌다. 이후로 선배 일당은 보라를 화장실로 불러내지 않았다.

보라는 연주했다. 시도 때도 없이. 손끝과 발끝을 미세하게 까닥거리는 것만으로도 보라는 〈화롯불〉을 들을 수 있었다. 그 곡은 아르페지오로 시작되었다. 물결치듯 한 음계씩 올라가 메조피아노로 소리를 줄이고, 메조포르테를 거쳐 포르테까지 나아갔다. 여린 선율일 때에는 페달을 밟아 소리를 울리게끔 했고, 선율이 강해질 때에는 손가락 끝에 묵직하게 힘을 주었다. 두번째 테마에 진입하면 리듬이 경쾌해졌다. 타닥타닥 소리가 나는 화롯불처럼 스타카토로 연주했다. 곡은 정신없이 빨라졌다가 웅장해졌다가 마침내 사그라들었다. 연주를 하는 동안 보라는 엄마의 눈동자를 떠올렸다. 아침햇살이 비치던 눈동자를. 수축되는 동공은 블랙홀을 닮았다. 홍채는 블랙홀을 감싼 강착원반을 닮았다. 블랙홀은 모든 것을 빨아당겼다. 보라의 옆에 있던 사람들이 한 명씩 회전하며 블랙홀에 빨려 들어갔다. 책상과 선생과 교탁, 운동장이 펼쳐져 있는 창문이 사라졌다. 뉴스가 나오고 있는 텔레비전과 리모컨을 쥐고 있는 아빠와 식탁 위에 놓인 갈변된 사과가 사라졌다. 시간과 공간이 휘어졌다.

'보라는 한 번도 편을 안 들어주네.'

보라는 목욕탕 구석에서 두 팔로 몸을 가리고 있던 자신이 블랙홀 속으로 빨려들어가는 것을 보았다. 보라는 싸우는 것을 좋아하지 않았다. 그러나 어항이 깨지고 유리 파편이 사방으로 튈 때 비로소 숨이 쉬어졌다.

PC방에서 온라인 레이싱 게임에 몰두해 있는 친구들 사이에서 보라는 한글 프로그램을 켜두고 키보드로 문장을 입력했다.

'저희 학교 영어 선생님을 신고합니다.'

영어 선생은 학생들을 "이 새끼들아"라고 부르곤 했다. 멀리서 들어도 영어 선생이 화가 났는지 기분이 좋은지를 알 수 있었는데, 기분이 좋을 때와 그렇지 않을 때의 발음이 미묘하게 다르기 때문이었다.

"에어컨 켜두고 어떤 새끼가 창문을 열었어?"

오늘 영어 선생은 친구의 반으로 들어서며 외쳤다고 했다. 보라는 영어 선생이 학생을 '새끼'라고 부를 때마다 모욕감이 든다고 적었다. 양옆에 앉은 친구들이 게임을 하다 말고 보라를 흘긋흘긋 쳐다봤다. 정말로 신고를 할 거냐고 물었다.

보라는 교육청 사이트에 접속했다. 문서를 붙여넣고, '완료' 버튼에 커서를 올려놨다. 모니터 화면에 보라의 얼굴이 흐릿하게 되비치고 있었다. 보라는 자신의 눈동자를 바라봤다. '완료' 버튼을 눌렀다.

이후로 영어 선생은 아이들을 "이 학생님들아"라고 불렀다.

이겼다.

보라는 혼잣말을 했다.

집에 돌아와 방문을 잠그면 보라는 연주를 멈추었다. 가방을 책상 옆에 던져두고 교복을 입은 채 침대에 드러누웠다. 손과 발을 늘어뜨렸다. 아빠가 방문을 노크하는 소리가 들렸다. 사과를 깎았다면서. 방문 앞에 두고 가라고 보라는 말했다. 아빠가 여전히 방문 앞에 서 있다는 게 느껴졌다. 찌개와 반찬을 만드는 일을 그만두고 아빠의 빨래에 손을 대지 않게 되었을 때도, 아빠의 팔을 베고 낮잠 자는 것을 거부했을 때도, 아빠는 쉽게 받아들이지 못했다. 조금만 기다리면 보라가 원래의 모습으로 돌아올 거라고 여겼다. 아빠가 알던 보라가 보라였던 적이 없다는 사실을 아빠는 몰랐다.

누워서 보면 모든 것이 더 커 보였다. 아빠 품에 안겨 낮잠을 자야 했던 어린 시절처럼. 방안의 공기가 누군가의 품처럼 무겁게 내려앉았다. 혼자서 방에 있는 시간이 보라는 여전히 어색했다. 꼬마였을 때에는 밤마다 언니와 나란히 누워 경쟁을 하듯 '엄마 아빠 안녕히 주무세요'를 외치곤 했다. 언니가 외치고, 보라가 외치고, 또다시 언니가 외쳤다. 거실 겸 안방에 있던 부모가 '그래, 잘 자라'라고 대답하면, 서로 자기 목소리에 답을 한 거라며 실랑이를 했다. 그때 보라는 잠을 자는 시간 외에는 방에 머물지 않았다. 학습지를 풀어야 할 때도 거실에 배를 깔고 엎드려서 했다. 방바닥에 누워서 무슨 공부가 되냐고 엄마는 말했지만, 그쪽이 더 집중이 잘됐다. 혼자 책상에 앉아 있으면 거실 방향으로 고개가 자꾸 돌아갔다. 가족들이 거실에서 무엇을 하는지, 무슨 얘기를 나누는지 궁금해서였다.

보라는 방을 서성였다. 몸 여기저기에 달라붙어 있는 기억들이 점점 커져갔다. 책상 서랍을 뒤적거리고 만화책을 넘겨보았지만 시간은 더디게 흘러갔다. 방이 너무 커다랗게 느껴졌고, 점점 더 커다래지고 있었다. 이토록 커다란데 어째서 갇혀 있는 느낌이 드는 걸까. 째깍거리는 시계를 보고 있다가 보라는 공책을 펼쳤다. 지금 눈앞에 보이는 아무것이나 선택해 그것에 대해 적기 시작했다. 책상에 놓인 크리스마스 오르골을 골랐다. 그것은 언니의 물건이었다. 똑같이 생겼지만 트리 꼭대기의 별 색깔만 다른 오르골이 보라에게도 있었는데, 유리 케이스가 박살이 나고 태엽도 고장나는 바람에 결국 버려졌다. 언니의 오르골은 멀쩡했다. 언니가 오르골을 아예 만지지 않았기 때문이었다. 언니는 그것을 책장에 장식품처럼 고이 놓아두기만 했다. 오르골이 망가진 뒤에, 보라는 호시탐탐 언니의 오르골을 탐냈다. 태엽을 감아서 소리를 듣고 싶었다. 언니는 자신의 오르골에 손도 못 대게 했다. 엄마의 집을 떠나올 때 보라는 언니의 오르골을 훔쳐서 가방 깊숙이 넣었다. 머리끝까지 화가 난 언니가 며칠 안에 전화를 걸어 소리를 질러댈 것이라 생각했지만, 언니는 연락하지 않았다. 언니의 연락을 기다리는 대목에서 보라는 멈추었다. 페이지를 찢어 구겨 버렸다. 다시 펜을 쥐었다. 두 눈을 깜빡였다. 오르골을 똑바로 보았다. 글자를 적는 대신 오르골을 그리기 시작했다. 오르골을 그리는 동안에는 오르골만 볼 수 있었다.

보라는 자신의 방에 있는 물건 하나하나를 살펴보고 있는 그대로 그려나갔다. 물건을 그리는 동안엔 물건만을 보았다. 어떤 물건들은 아주 작은 특징 하나로 보라에게 큰 발견의 기쁨을 주었다. 종이테이프 안쪽에 원하는 길이만큼 자를 수 있도록 눈금자가 그려져 있었다거나, 돼지 저금통의 오른쪽 귀끝이 접혀 있었다거나, 안경다리의 왼쪽이 위로 뒤틀려 있어야만 얼굴에 잘 맞는다거나. 그림자에도 여러 겹이 져 있으며 가장 짙은 그림자 속에는 반사된 빛이 맺힌다는 것을 알게 되었다. 아무것도 없다고 느껴졌던 방에 물건들이 하나씩 나타나기 시작했다.

학교에서는 〈화롯불〉을 연주하고, 집에서는 세밀화를 그리면 하루가 금세 지나갔다. 보라는 집 바깥도 그리고 싶어졌다. 청소 시간에 쓰레기를 모아 쓰레기통에 버릴 때나 급식으로 나온 반찬을 젓가락으로 집을 때조차 그것을 세세하게 보게 되었다. 똑같이 생긴 것 같은 멸치들이 사실 얼마나 다르게 생겼는지, 수천수만 개의 얼굴들을 꼭 그리고 싶다고 생각했다.

보라는 학교에 공책을 가져갔다. 필기를 하고 있는 선생을 응시하며 필기가 되고 있는 칠판을 그렸다. 칠판 여기저기에 그어져 있는 지우개 자국과 그 지우개 자국 속에 흐릿하게 남아 있는 덜 지워진 글자들을 더욱 신경써 그렸다. 그림을 완성하고 싶어서 쉬는 시간에도 펜을 잡고 있을 때, 친구들이 보라 곁으로 다가왔다. 무얼 하고 있냐고 물었다. 보라는 자신의 그림을 보여줬다. 정말 똑같이 그렸다며 친구들은 감탄했고 그게 다였다.

스물

보라는 그곳에 가봤다. 고등학교 마지막 기말고사에서 전과목 만점을 받은 아이가 턱을 내겠다며 아이들을 데리고 갔다. 입구에는 오크 통이 쌓여 있었다. 와인잔이 거꾸로 진열돼 있는 바와 다트 기계를 지나 테이블에 자리를 잡았다. 접시를 들고 걸으며 은색 쟁반에 쌓인 음식들을 구경했다. 산더미처럼 쌓여 있는 키위 앞에서 보라는 멈추었다. 그날 보라는 키위를 다섯 접시나 먹었다. 키위의 단면은 눈동자 같았다. 가운데의 심지는 동공 같았고, 심지와 동심원을 이루며 배열된 검은 씨앗과 과육은 홍채의 무늬 같았다. 반으로 자른 키위를 한 스푼씩 떠먹을 때마다 심지는 점점 작아졌고 마침내 사라졌다. 한 입씩 떠먹는 눈동자는 달콤했다. 키위를 그렇게까지 많이 먹어본 건 처음이었다. 아빠에게 말했다면 박스째로 사줬을 테지만, 보라는 더는 아빠와 그런 대화를 나누지 않았다. 수능이 끝나고 다른 아이들이 운전면허를 따러 가거나 헬스장 회원권을 끊을 때, 보라가 패밀리 레스토랑 아르바이트를 택한 건 순전히 키위 때문이었다. 대학에 가기 전까지 키위나 실컷 먹을 작정이었다. 그러나 한 달이 지나 월급을 받았을 때, 보라는 대학에 가지 않기로 결정했다. 수능 점수가 낮아 원서를 낼 만한 대학도 없다는 것, 패밀리 레스토랑이 대기업 계열사라는 것, 대학을 졸업하고 이곳에 취업하는 사람도 많다는 것. 합리적인 이유가 줄줄이 있었지만 실은 통장에 찍힌 숫자 때문이었다. 스스로를 한 달 동안 먹여 살리기에 충분한 금액. 집을 떠나기 위해 숙박업소에 달방을 얻었던 아빠처럼, 보라도 이제 방을 얻을 수 있게 되었다.

보라는 카우보이모자를 눌러쓰고, 술이 달린 가죽조끼에 팔을 끼워넣었다. 목에는 빨간 스카프를 둘렀다. 그리고 가슴 언저리에 노란색 배지를 달았다. 계약직이지만, 보라가 직원이 되었다는 뜻이었다. 옷매무시를 다듬으며 보라는 이제 시작이라고 되뇌었다. 아빠가 내주는 등록금과 생활비로 대학을 졸업한 후 적당한 회사에 들어가는 것보다는 나은 선택이라 여겼다. 자신의 능력만으로 한 계단씩 진급할 것이다. 자신이 처음으로 마음에 들었다. 아르바이트생이었을 때에는 갈색 피케셔츠 한 벌만 덜렁 지급받았었다. 땀이 조금만 나도 겨드랑이 색이 적나라하게 변해버렸는데, 캡틴은 그 꼴을 못 봤다. 축축한 겨드랑이를 보며 어떤 손님이 음식을 먹고 싶겠냐며 면박을 줬다. 면박은 캡틴의 신입 환영회 같은 것이었다. 여기는 나의 구역이니 복종하는 것부터 배우라는. 땀이 나는 걸 뭘 어떻게 해요? 보라는 늘 해오던 대로 했다. 그러자 보라는 화장실 청소 담당이 되었고, 바쁘지 않은 때라도 동료와 잡담을 하면 곧바로 지적을 받았다. 그래서 보라는 겨드랑이에 휴지 뭉치를 끼워넣고 일했다. 고객 이벤트로 생일 축하 노래를 부르며 박수를 칠 때면 휴지가 슬금슬금 몸통으로 흘러내렸다. 나중에는 겨드랑이 안쪽에 천을 덧대서 꿰매버렸다. 캡틴은 그때에도 누가 감히 유니폼을 수선하랬냐며 역정을 냈다. 네가 관두면 다른 애가 입어야 하지 않겠냐고. 너 같으면 그걸 입고 싶겠냐며. 그 순간 보라에게 꿈이 생겼다. 캡틴의 자리를 차지하고 싶다는. 자신의 싸움이 나아가야 할 방향을 이제야 찾은 것 같았다. 그때부터 보라는 그림을 그리지 않았다. 그림으로 그릴 수 있을 만큼 무언가를 골똘히 바라볼 수가 없었다. 똑같이 생긴 접시에 똑같은 음식을 담아 수백 번씩 나르는 동안, 똑같이 생긴 것 같지만 명백히 다른 수천수만 개의 얼굴들을 꼭 그리고 싶다던 마음이 잊혔다. 보라는 프로모션 와인 판매를 가장 많이 한 사원이 되었다. 이달의 사원에 이름이 올라갈 때 점장은 보라에게 박수를 쳤다. 부상은 매장에서 팔다 남은 춉스테이크였다. 질기고 냄새가 나서 제일 인기 없는 메뉴였지만, 보라는 테이블에 꼿꼿하게 앉아 캡틴을 쳐다보며 그릇을 싹싹 비웠다. 그리고 점장의 추천으로 계약직이 되었다.

보라의 앞에 갈색 피케 셔츠를 입은 세 명의 아르바이트생이 서 있었다. 신입들을 교육시키는 것이 보라의 첫 임무였다.

보라는 시범을 보이기 위해 세탁기에서 행주와 리넨을 꺼냈다. 베란다에 가져가 힘을 주어 탁탁 털었다. 리넨은 손님들의 테이블에 올라가므로 더욱 힘을 주어 털어야 한다고 말했다. 때가 묻은 세탁물과 깨끗한 세탁물의 세탁 방식이 어떻게 다른지, 미리 말려둔 세탁물은 어떤 각도로 접어야 하는지, 낡아서 찢어져버린 세탁물은 어디에 버려야 하는지 차근차근 알려줬다. 음식에 따라서 어떤 종류의 소스를 준비해야 하는지에 대해, 컵을 세팅할 때 빈 컵이라 할지라도 입이 닿는 부분은 만지지 말아야 한다는 것에 대해, 피클을 소분해둔 그릇이 열 개 아래로 줄어들어서는 안 된다는 것에 대해 말했다. 보라가 배워본 적 없는 것들이었다. 눈대중으로 익히다가 삼십 분씩 훈계를 듣고 나서야 알게 된 규칙과 요령들. 보라는 캡틴 같은 사람이 되지는 않겠다고 다짐했다. 언젠가 점장도 알게 될 날이 올 것이다. 이곳에 불필요한 사람이 누구인지.

효진은 자기 옷만 내려다보고 있었다. 매장에서 구매할 옷을 피팅하는 사람처럼 티셔츠의 허리선이나 밑단 같은 것을 보고 있었다. 다른 아이들이 보라와 함께 허리를 숙여가며 포스기나 식기세척기의 작동법을 배울 때도 한 발자국 떨어진 자리에서 눈만 내리깔아 기계를 내려다보았다. 알아들었냐고 물으면 아, 네, 라고 짧게 대답했다. 그러곤 보라에게 물었다. 근데, 한 사이즈 작은 건 없어요?

교육 기간이 끝나고 현장에 투입되자 효진이 아무것도 알아듣지 못했다는 게 드러났다. 빌지를 엉망으로 작성해서 주방에서 엉뚱한 음식이 나왔다. 시럽을 넣지 않은 에이드를 만들어 내갔고, 생일 행사를 피해 은근슬쩍 화장실로 도망을 다녔다. 코너를 돌면서도 '코너'를 외치지 않는 바람에 다른 직원과 부딪혔고, 쟁반에 담긴 음식을 모두 쏟아버리기도 했다. 효진은 사과를 하는 법이 없었다. 아, 라고 짧게 탄식할 뿐이었다. 다른 직원들이 깨진 그릇과 바닥의 음식물을 치우는 동안에도 자신의 옷에 튄 음식물 자국만 살폈다. 효진이 실수할 때마다 캡틴은 기회라는 듯이 보라에게 책임을 물었다.

"효진씨, 베란다로 나오세요."

보라는 무전기로 효진을 호출했다. 손가락을 접어가며 효진의 잘못을 하나하나 열거했다. 어떻게 생각하냐고 물었다.

"실수 좀 할 수도 있죠."

효진이 툴툴거렸다. 보라는 자신도 모르게 웃음이 나왔다. 효진의 표정에서 캡틴에게 받아치던 자신의 모습이 겹쳐 보였다.

"그러네."

보라는 손끝으로 눈썹을 누르며 웃었다.

이후로 보라는 종종 효진을 베란다로 불러냈다. 혼을 내는 척이라도 해야 했기 때문이었다. 보라가 어째서 효진을 불러내는지 효진도 알고 있었다. 입이 삐죽 나온 채로 혼날 준비를 마친 효진에게 보라는 엉뚱한 말을 했다. 매장 한가운데에 전시한 할리 바이크는 진짜 별로지 않냐거나, 레스토랑 길 건너편에 줄지어 있는 노점상 중에 두번째 집 닭꼬치가 맛있다거나. 어느 순간부터 효진도 엉뚱한 말을 하기 시작했다. 근데, 여기 실외기 너무 시끄럽지 않아요?

레스토랑에서 효진이 저지르는 실수는 시간이 지나며 차차 줄어갔다. 효진은 손님이 프로모션 메뉴를 시킬 것 같을 때면 인센티브를 받기 위해 다른 서버의 손님을 가로챘갔다. 포장 박스를 접는 일이나 직원들이 먹을 식사를 준비하는 일처럼 담당이 정해지지 않은 일은 절대로 손을 대지 않았다. 전쟁 같은 런치 타임이 끝나고 아르바이트생들이 잡담을 나누는 잠깐의 휴식 시간에도 효진은 혼자 로커룸에 들어갔다. 로커룸 의자에 앉아 손거울을 꺼내 립밤을 덧바르고 홀에 비치된 고객용 잡지를 가져와 넘겨보았다. 혼자서도 효진은 충분히 바빠 보였다. 다른 아르바이트생들과의 대화 따위에는 끼지 않으려고 다짐을 한 것처럼 보였다. 그러나 보라가 정신없이 바쁠 때면 효진은 슬그머니 곁에 와 음식 플레이팅 따위를 도왔다. 뜬금없이 귓속말로 월풀 욕조를 써봤냐는 등의 질문을 던졌다. 보라가 고개를 저으면, 자기는 얼마 전에 남자친구와 처음 써봤다고 효진은 말했다. 그것이 효진 나름의 애정 표현이라는 것을 보라는 알았다. 손님에게도 직원에게도 죄송하다는 말을 하지 않는 효진을 보면 이상하게 든든해졌다. 다른 직원에게 훈계를 듣고 있는 효진을 바라보며 보라는 뒤에서 몰래 눈을 찡긋했다. 보라가 캡틴에게 혼나고 있을 때도 뒤에서 눈을 찡긋거리는 효진을 볼 수 있었다. 퇴근길에 보라는 효진의 스쿠터를 얻어 타기 시작했다. 어느 날 귓속말로 효진이 뜬금없이 병아리를 타봤냐고 물었다. 그게 시작이었다.

"얘가 병아리예요?"

효진의 노란색 스쿠터를 보며 보라가 물었다.

"귀엽죠."

효진은 안장을 열고 손걸레를 꺼내 병아리를 닦았다. 스쿠터를 몰고 급경사인 비탈길로 갔다. 효진은 보라를 뒤에 태우고 비탈길을 올라갔다 내려갔다를 반복했다. 내려갈 때면 몸이 쏟아질 듯 엉덩이가 공중으로 떴다. 바이킹을 타는 것처럼 효진은 소리를 질러댔다. 병아리 무섭죠? 효진이 소리쳐 물었다. 병아리 무섭네. 보라가 답했다.

크리스마스를 삼 일 앞두고 효진은 근무지를 무단 이탈했다. 아르바이트생들과 스케줄 조정을 하다 말고 유니폼을 벗어 두고 나가버렸다. 가버린 거야? 아르바이트생들이 수군거렸다. 자신이 얘기해보겠다며 보라는 효진을 따라 나갔다. 효진은 주차장에서 스쿠터에 시동을 걸고 있었다. 이렇게 가면 다시는 돌아오지 못하게 될 거라고 보라는 말했다.

"알아요."

효진은 무덤덤하게 말했다. 크리스마스 날 남자친구와 약속이 있어서 반드시 쉬어야 할 뿐이라고 했다. 보라는 다른 아르바이트생들에게 잘 말해보겠다고 약속했다. 휴일을 양보해줄 사람을 대신 찾아주겠다고.

"됐어요. 걔네는 평생 서빙이나 하라고 해요."

효진은 웃었다. 보라와 함께 스쿠터를 타던 그 순간처럼. 재미있다는 듯 눈을 찡긋했다. 보라는 웃음이 나지 않았다.

스물둘

보라는 가죽조끼에 초록 배지를 달았다. 직원들은 보라를 '캡틴'이라 불렀다. 홀을 돌며 세팅된 컵에 립스틱 자국이 남아 있지 않은지, 이가 깨진 접시는 없는지를 마지막으로 살폈다. 무전기로 직원들을 홀에 집합시켰다. 오픈 준비를 모두 끝냈는지, 다른 문제는 없는지 물었다. 파란 배지를 달고 있는 헤드 트레이너가 손을 들었다. 교육 나흘째가 되었는데 교육생 한 명이 아직도 메뉴의 약어들을 외우지 못했다고 말했다.

"누구?"

파란 배지를 단 직원이 교육생의 이름을 말했다. 보라는 그 교육생이 누구인지 알지 못했다. 보라는 이제 아르바이트생들의 이름을 외우지 않았다. 대학 생활을 하면서 방학 동안 용돈벌이를 하는 아이들. 눈에 보이는 뻔한 거짓말로 결근을 하거나 한마디 언질도 없이 일을 관둬버리는 아이들. 보라는 아르바이트생들의 얼굴을 쭉 훑었다. 고개를 숙이고 있는 아이가 눈에 들어왔다. 메뉴의 약어를 외우는 데 주어지는 시간은 사흘이었다. 겨우 하루 늦어진 것뿐이라고 생각할 수도 있었다. 파란 배지의 직원이 텃세를 부리는 것일 수도 있었다. 그저 아르바이트생을 괴롭히고 싶은 것일 테다. 직원들이 자신의 잘못을 심심찮게 아르바이트생에게 덮어씌운다는 것도 보라는 알고 있었다. 음식에 날파리가 빠졌다거나 주문이 누락됐다거나 하는 일들. 홀 구석에 서서 눈물을 뚝뚝 흘리는 아르바이트생도 여러 명 보았다. 그 눈물에는 억울함이 가득했다. 그러나 위기감까지는 아니었다. 해고될지도 모른다는 공포가 깃들 이유가 그들에겐 없었다. 아르바이트생들은 성격이 제각각이었지만 특유의 여유가 있다는 공통점이 있었다. 장기 아르바이트생이라 해도 마찬가지였다. 이곳이 임시로 다니는 직장일 뿐이라는 인식에서 오는 여유였다. 계약직으로 전환할 기회가 생겨도 그들은 직원이 되는 걸 원하지 않았다.

노란 배지를 단 직원이 중간에 끼어들었다. 교육을 담당한 것이 자기라면서, 책임지고 잘 가르치겠다며 아르바이트생을 감싸고 돌았다. 이제 막 계약직이 된 직원이었다. 아직까지는 아르바이트생에게 감정이입이 될 시기였다. 시급 삼백원을 더 받는 대신 누리게 된 자그마한 권력을 선하게 사용하고 싶을 것이다. 그러나 노란 배지의 직원도 차차 알게 될 것이다. 좋은 사람이 되어갈수록 진급은 더뎌지고 아르바이트생은 그런 선함을 잘 이용하다 사라진다는 것을.

"오늘 마감 시간에 테스트하죠. 그때까지 외울 수 있겠어요?"

보라는 아르바이트생에게 물었다. 노란 배지를 단 직원이 가능하다고 답했다. 정작 아르바이트생은 대답이 없었다. 고개를 푹 숙이고만 있었다.

"본인한테 대답을 듣고 싶은데."

아르바이트생이 고개를 숙인 채 무슨 생각을 하고 있을지 보라는 짐작이 갔다. 평생 서빙이나 하라고 해요. 효진의 웃음소리가 귓가를 맴돌았다.

아르바이트생은 아랫입술을 만지작거리며 우물쭈물거렸다. 뒤쪽에 서 있던 매니저가 한마디 거들었다. 테스트 내일 해, 뭐 어때. 보라가 아르바이트생일 때 캡틴이었던 사람이었다. 그는 이제 아르바이트생들 사이에서 사람 좋은 매니저가 되어 있었다. 캡틴에게 지적을 들었을 때 다가와 어깨를 두드려주는 사람, 치명적인 실수에도 뭐 어떠냐고 말해주는 사람이 되었다. 당연했다. 아르바이트생이나 계약직들의 업무 능력은 지시 담당자인 캡틴에 대한 평가서에만 반영되니까. 그들이 어떤 잘못을 저지르든 매니저에게는 타격이 없었다. 테스트를 내일 하자는 매니저의 말은 아르바이트생을 향한 친절처럼 들렸지만, 실은 거기엔 보라가 나쁜 평가를 받기를 바라는 염원이 담겨 있었다. 자신이 겪었던 고충을 이제야 알겠냐는 조소도 미량이나마 담겨 있었다. 캡틴이던 그가 어째서 자신을 그토록 괴롭혔는지 보라는 알 것 같았다. 일할 생각이 없거나 분

란을 일으키는 아르바이트생은 빨리 그만두는 것이 오히려 나았다. 평가에 반영될 시간도 없이 사라지는 편이 나았다.

보라가 정직원이 되기까지 거의 삼 년이 걸렸다. 매일매일 열두 시간씩, 퉁퉁 부은 다리와 쉬어버린 목소리로 쌓아올린 시간이었다. 그때의 캡틴 또한 그랬을 것이었다. 자신이 쌓아온 시간 전부를 아르바이트생의 한마디 저항으로 부정당하는 느낌을 받아야 했을 것이다. 의견을 말하는 자유가 쉽게 얻어지는 것이 불공평하다는 생각이 들었을 것이다. 정직원으로서 눈에 보이는 성과를 내야 한다는 다급함, 자신에게는 옮겨갈 곳도 없다는 절망감 같은 것들이 사람을 뒤틀리게 만든다는 걸 보라는 이제 알았다. 어쩌면 그 뒤에 부매니저의 압력이 있었을 수도 있었다. 정신 차리고 홀 관리를 똑바로 하지 않으면 안 된다는. 캡틴은 홀의 직원들을 책임져야 하는 주임이었지만, 회사에서는 갓 정직원이 된 말단 사원에 불과했다. 악역을 맡지 않고는 살아남는 것이 불가능했을 수도 있었다.

"그래요, 내일 하죠."

보라는 아르바이트생에게 말했다. 그리고 뒤를 돌아 매니저를 보았다.

"테스트 내일 하겠습니다."

보라는 씨익 웃었다. 매니저의 표정이 미묘하게 일그러졌다. 다른 이들에게는 캡틴이 매니저에게 복종하는 것처럼 보였을 테지만, 보라의 태도에는 너처럼 살지는 않을 거라는 의미가 담겨 있었다. 그 의미는 매니저에게만 전달되었을 것이었다.

서로 친해진 아르바이트생들이 집단으로 무단결근을 했을 때도, 화장실에서 한 아르바이트생이 보라를 향해 '미친년'이라고 말하는 것을 두 귀로 들었을 때도, 로커룸을 유난히 자주 들락거리던 아르바이트생이 다른 직원들의 지갑에 손을 대왔다는 걸 알게 되었을 때도, 보라는 침착함을 유지하려 애썼다. 피케 셔츠의 단추를 풀어헤치고 다니는 아이, 다 쓴 식기를 치우다 말고 손거울을 꺼내 머리카락을 매만지는 아이, 바닥에 떨어진 음식물 찌꺼기를 둔 채 테이블 위만 설렁설렁 닦고 가는 아이가 눈에 거슬릴 때도, 보라는 그들의 부주의를 입 밖에 꺼내 지적하지 않았다. 마감 시간이 지났는데도 손님이 퇴장하지 않을 때면 아르바이트생들을 먼저 귀가시켰다. 아르바이트생들이 음식물 쓰레기 만지는 일을 가장 싫어했으므로 마감 때마다 보라가 그것들을 버렸다. 예전처럼 아르바이트생이 모르는 것들을 친절하게 알려주려 노력하지는 않았지만, 모르는 것을 왜 모르냐고 다그치지 않았다. 자신도 모르게 지적이 튀어나올 것 같을 때마다 보라는 손끝을 까딱거렸다. 〈화롯불〉을 연주했다. 너처럼 살지는 않을 거야. 매니저를 보며 되뇌었다.

보라는 아르바이트생들이 물을 닮았다고 생각했다. 조금이라도 틈이 있으면 그 사이로 스며들었다. 한번 눈감아주면 같은 잘못을 반복했고, 너그럽게 대해주면 선을 넘었다. 보라가 받는 평가서는 매번 아슬아슬했다. 보라가 무엇을 감내하고 있는지를 아르바이트생들은 몰랐다. 못된 사람이 되지 않기 위해 보라가 얼마나 먼 길을 돌아가야 하는지를. 보라가 무엇과 싸우고 있는지를 아는 사람은 매니저뿐이었다. 보라가 하루빨리 그 싸움에서 패배하기만을 바라는 사람. 그러나 보라는 가끔 이상한 안도를 느꼈다. 그래도 한 사람은 이 싸움을 알고 있다는 안도였다. 매니저조차 알아주지 않았다면 너무 외로웠을 것 같았다. 일찌감치 무너졌을 것이다. 보라는 이제 매니저와 비슷한 사람이 되어 있을까. 매니저와 좋은 동료가 되는 방법도 있었을 것이다. 그러나 그건 상상만으로도 지긋지긋했다. 매달 본사에서 정해주는 자기계발서를 읽고 독후감을 써낼 때. 고춧가루까지 아낀 것이 분명한 희멀건 반찬을 직원 식사로 배급받을 때. 한 명씩 그만두고 끝내 떠나지 못한 몇 사람이 캡틴이 된다는 걸 알게 되었을 때. 음식이 냄새를 잃고 세계가 색깔을 잃어갈 때. 매니저를 보면 보라는 에너지가 차올랐다. 너처럼 살지는 않을 거야. 그렇게 생각하면 몸에서 피가 돌고 자신이 누구였는지를 기억해낼 수 있었다. 화롯불이 까무룩 까무룩 꺼져가고 가끔 불씨를 밟아버리고 싶어질 때, 그 불씨를 살려내는 건 매니저의 입김이었다. 가끔은 매니저가 유일한 동료처럼 느껴졌다.

마감 시간에 보라는 매니저가 점장으로 진급했다는 소식을 들었다. 본래 있던 점장이 지역장으로 진급하면서 생긴 빈자리를 맡게 된 것이었다. 박수를 치는 직원들 사이에서 보라도 박수를 쳤다. 나사가 빠진 사람처럼 생각에 잠겼다. 입에서 한숨이 새어나왔다. 그 사람이 정말 점장이 될 줄은 몰랐다. 보라가 좋은 캡틴이 될 수 없는 것처럼, 고졸인 매니저가 점장이 되는 것도 불가능한 일이리라 짐작해왔다. 본사에서는 학력이나 조건과 상관없이 능력에 따른 진급을 약속한다고 강조해왔다. 그러나 점장의 자리가 빌 때마다 정기 공채로 뽑아둔 사람을 내려보냈다. 고졸 출신으로 점장까지 되었다는 한두 사람의 이야기가 전설처럼 떠돌았지만, 그가 점장이 되다니.

보라는 홀을 돌아다니며 조명을 껐다. 마지막으로 간판 불을 껐다. 문을 잠그고 사람들과 헤어졌다. 캄캄하고 차가운 거리로 나서면서, 보라는 그 사람이 캡틴에서 부매니저로 진급했던 날을 떠올렸다. 그날 보라는 버스를 타는 대신 집까지 걸어갔다. 한겨울이었는데, 온몸에서 열이 올라 겉옷을 벗고 걸었다. 찬바람을 맞으면서 본사에 익명으로 투서를 올리는 자신을 상상했다. 땅바닥에 떨어뜨린 스테이크를 그냥 접시에 담아 서빙하라고 명령했던 일, 보라가 물기를 닦아놓은 와인

잔을 일일이 불빛에 비춰보며 전부 다시 닦으라고 명령했던 일, 화장실 변기를 닦을 때 엉거주춤 허리만 숙이지 말고 바닥에 무릎을 꿇고 닦으라고 명령했던 일. 그 사람에게 당한 모욕들을 곱씹었다. 어떻게 그런 인간이 부매니저가 될 수 있어? 미친 거 아냐? 그러나 다른 직원이 냉동식품을 훔치다가 그 인간에게 걸렸던 순간이 떠올라버렸다. 보라는 베란다에서 그 장면을 보았다. 직원이 가방에 냉동식품을 넣고 돌아서는데 뒤에 그 사람이 서 있었다. 직원은 얼어버렸다. 그는 잠깐 동안 직원을 쳐다보았다. 그러고는 뒤돌아서 가버렸다. 비웃음도 연민도 없는 무표정이었다. 다음날 그 직원이 해고 통지를 받을지도 모른다고 생각했지만 아무 일도 일어나지 않았다. 냉동식품을 훔치지 않는 직원은 없을 거라고, 그런 사람을 모두 해고했다간 아무도 남아나지 않을 거라고 납득하며 보라는 혼자 고개를 끄덕였다. 방침상 직원은 가게의 모든 메뉴를 먹어보아야 했다. 그래야 손님들에게 음식의 맛을 안내할 수 있으니까. 그러나 직원들이 먹어본 것은 이달의 사원 부상으로 주는 촙스테이크뿐이었다. 나머지는 소스들만 맛보았다. 그렇다고 해도 그의 묵인이 완전히 이해가지는 않았다. 도대체 왜, 못 본 척을 한 걸까.

보라는 이번에도 버스를 타는 대신 걷기 시작했다. 가을의 초입이었다. 드문드문 반팔을 입은 사람도 보였다. 바람이 유난히 차게 느껴졌다. 보라는 팔짱을 낀 채 몇 걸음을 더 걷다가, 손을 뻗어 택시를 세웠다. 손끝에 더운 입김을 불며 창밖을 바라보았다. 점장들은 사무실에 혼자 앉아 영수증 더미를 살펴보며 회계 업무를 보곤 했다. 그러다 본사 혹은 도매업자와 쉴새없이 통화를 했다. 직원들에게 전달해야 할 말이 있을 때면 조용히 매니저만 불러들였다. 손님이 몰리는 토요일 디너 타임에는 홀에 나와 실무를 보기도 했지만, 피크 타임 한두 시간에 불과했다. 대외 업무 때문에 자리를 비우는 때도 많았다. 보라는 생각했다.

이제 잘 못 보겠네.

저 인간 좀 안 보고 살면 좋겠다고, 그렇게 되면 소원이 없겠다고, 보라는 그동안 수도 없이 되뇌어왔다. 어쨌든 소원대로 되었다는 생각이 들자 웃음이 나왔다. 택시 창문에 보라의 얼굴이 비치고 있었다. 얼굴은 얼룩처럼 보였다.

홀에서 점장과 마주치는 일이 줄어들었다. 우연히 마주칠 때에도 그는 묵례를 하고 지나가버렸다. 그때마다 보라는 가시를 삼킨 것처럼 목이 따가웠다. 일은 편해져갔다. 직원들을 홀에 불러 오픈 점검을 할 때마다 뒤에 서서 비아냥대는 사람이 사라졌으니까.

보라는 이전과 똑같은 태도로 아르바이트생들을 대했다. 지적해야 할 것과 침묵해야 할 것을 구분했다. 이제 그 일이 어렵지 않게 느껴졌다. 마감 청소 시간에 베란다로 숨어들어가 놀고 있는 아르바이트생을 보았을 때도 짜증이 엄습하지 않았다. 손님들로부터 컴플레인이 들어올 때도 걱정이 되지 않았다. 어차피 보라의 평가서는 점장이 된 그 사람이 작성할 것이었다. 보라가 열심히 일한다고 해서 그 사람이 평가서를 좋게 작성해줄 리는 없었다. 진급은 불가능할 것이었다. 보라는 시간이 날 때마다 인터넷으로 채용공고를 훑어보았다.

보라는 홀을 둘러보았다. 아르바이트생이 테이블 옆에 무릎을 꿇고 앉아 주문을 받고 있었다. 직원들은 주문을 받고 일어설 때에도 손바닥으로 무릎의 먼지를 털어서는 안 되었다. 그 옆 테이블에 앉은 사람은 음식이 짜다며 다시 만들어달라고 하고 있었고, 매장 출입구에서는 누군가 유효기간이 지난 쿠폰을 들고 와서 항의를 하고 있었다. 직원 한 명이 서커스를 하는 사람처럼 그릇으로 탑을 쌓아 지나갔다. 파스 냄새가 훅 끼쳤다. 보라는 그 직원을 따로 불렀다. 파스는 냄새가 심하니까 진통제를 복용하라고 말하지 않았냐고 물었다. 평일 휴무가 없어서 약국에 갈 수가 없었다고 그는 답했다. 집에 있는 게 파스뿐이었다고. 지금 밖에 나가 약국에 다녀오라고 보라는 말했다. 지금요? 네, 지금. 그는 예상치 못한 약간의 휴식 시간을 받았다는 듯 연신 감사하다고 말했다. 그는 나 약국 간다, 동료에게 으스대며 자랑을 하고는 바깥으로 나갔다. 그 순간 보라는 알았다. 지고 싶지 않다는 마음이었을 뿐, 이 일을 좋아해본 적이 없었다.

퇴근하기 위해 유니폼을 벗으려다가 보라는 로커 안에 달린 거울을 물끄러미 쳐다보았다. 초록 배지를 달고 카우보이모자를 눌러쓴 자신이 보였다. 공장에서 일하는 사람들은 화날 때도 동태 눈깔을 하고 있거든. 엄마의 말이 떠올랐다. 거울 속 보라가 동태 눈깔을 하고 서 있었다.

그로부터 석 달이 지났을 때 보라는 사무실로 찾아갔다. 점장은 영수증을 훑어보며 계산기를 두드리고 있었다. 면담을 하고 싶다고 보라는 말했다. 점장은 영수증에서 눈을 떼지 않은 채 잠깐만 앉아서 기다리라고 답했다. 일을 그만두겠다고 보라는 말했다. 점장은 그제야 고개를 들어 보라를 쳐다보았다. 영수증들을 테이블 한쪽으로 밀어 치웠다. 점장이 진급 때문이냐고 물었다. 평가서에 불이익은 없을 테니 걱정하지 않아도 된다고 했다.

"그만두겠습니다."

보라는 다시 말했다. 무엇 때문이냐고 점장은 다시 물었다.

"다른 일을 찾아보려고요."

"나랑 일하는 게 그렇게 싫어요?"

점장이 미소를 지으며 물었다. 그가 보라에게 높임말을 쓰는 것은 처음이었다. 빡빡하고 까다롭기만 했던 저 사람에게도 이제 여유라는 것이 생긴 것이었다.

"네."

보라는 답했다. 그렇다면 다른 매장으로 보내주겠다고 점장은 말했다. 추천서를 써주겠다고.

"싫습니다."

보라는 말했다.

마지막날에 점장은 특별히 직원들을 모아 식사 자리를 만들었다. 배급받은 반찬 대신 가게 메뉴들을 상에 차려놓았다.

"그동안 힘들었죠?"

보라의 앞접시에 음식을 덜어주며 점장이 물었다. 그동안 쌓여왔던 감정들을 말 한마디로 무화시키려는 그 노력이 보라는 싫었다. 진심이 느껴진다는 것 때문에 더 싫었다. 길에서 우연히 마주쳤을 때 가벼운 마음으로 안부를 물을 수 있는 사이가 되고 싶지 않았다.

"안 힘들었습니다."

보라는 매니저를 보며 씨익 웃었다. 끝까지 이럴 거냐는 듯 쳐다보는 점장을 끝까지 이럴 거라는 듯 쳐다보았다. 유니폼과 모자를 반납하고 로커를 비웠다. 점장에게 마지막으로 퇴사 절차를 점검받았다. 그리고 줄곧 궁금했던 것을 물어보았다.

"그때, 왜 모른 척했어요?"

점장은 무슨 말이냐는 표정이었다. 끝까지 이럴 것이라는 듯 보라를 쳐다보았다. 매장을 나와 버스를 타고 돌아와 반지하방 현관문을 열었을 때에야 억눌렀던 감정이 터져나왔다. 보라는 이마를 손바닥으로 짚은 채 해야 할 일들을 차근차근 떠올리려 했다. 신발장에 신발을 넣고, 방의 불을 켜고, 옷을 갈아입었다. 보일러의 온수 버튼을 누르고 화장실에 들어가 세면대에 물을 틀었다. 손바닥으로 물의 온도를 가늠하다가 바깥으로 나왔다. 노트북을 켰다. 인터넷으로 언니를 찾아보기 시작했다. 서슴지 않고 아빠와 싸웠던 언니는 지금 어떤 사람이 되었을지 알고 싶었다. 오랫동안 해왔던 싸움에 진저리가 밀려왔다. 더는 그렇게 살 수 없을 것 같았다. 열다섯 이후로 보라는 엄마와 언니를 굳이 찾아내려 노력하지 않았다. 그것도 보라에겐 오래된 싸움이었다. 동명이인이 많아 언니를 찾아내는 건 쉽지 않았다. 이메일 주소로도 검색되는 것이 없었다. 보라는 SNS에서 언니와 이름이 같은 모든 계정을 하나씩 클릭해봤다. 언니와 느낌이 비슷한 프로필 사진 한 장을 찾아낼 수 있었다. 살이 많이 빠졌는지 얼굴 윤곽이 달라졌고 교정기를 끼고 있어 다른 사람처럼 보였지만, 눈동자가 엄마와 똑같았다. 아침햇살이 비치던 엄마의 눈동자와. 친구들과 디저트 가게에 갔다거나 월드컵을 보기 위해 경기장에 갔다거나 하는 평범한 사진들이 올라와 있었다. 개를 찍은 사진이 유난히 많았다. 보라는 그 사진을 클릭해보았다.

'사랑하는 내 동생.'

사진 아래에 그렇게 적혀 있었다.

스물여덟

정장을 입고 사원증을 목에 건 사람들이 고개를 돌려가며 보라를 쳐다봤다. 보라가 이곳에 있는 것이 의아하다는 듯이. 보도를 걸으며 보라는 빌딩 유리창에 비친 자신의 모습을 바라봤다. 핫팬츠와 스타킹, 끈 나시와 인조 퍼 재킷. 새벽 세시에 클럽에서 볼 법한 복장이었다. 직장인들로 붐비는 여의도의 점심시간과는 어울리지 않았다. 나쁘진 않네. 퍼에 붙은 먼지를 털어내며 보라는 생각했다.

보라는 빌딩 입구에 멈춰 섰다. 핸드백에서 사원증을 꺼냈다. 보라의 사원증에는 이름도 사진도 없었다. 회사 이름조차 적혀 있지 않았다. 사원증을 출입구의 단말기에 가져다댔다. 삑, 소리와 함께 차단기가 열렸다. 이 사원증을 들고 다닌 지도 육 년이 되었다. 처음 사원증을 받던 날을 보라는 또렷하게 기억했다. 휴게실에서 만난 본사 영업부 과장이 테이블에 플라스틱 카드 한 장과 명함 한 박스를 올려놓았다. 보라는 명함부터 꺼내보았다. 펄이 은은하게 들어간 명함에는 보라의 이름이 찍혀 있고 그 옆에 '기획총괄실장'이라고 적혀 있었다. 자기가 정말 기획총괄실장이 되는 거냐고 보라는 물었다. 과장은 그렇다고 답했다. 거래처 사람들에게 신뢰를 주기 위해 만들어낸 가짜 직함이라는 걸 그때는 몰랐다. 회사에서 만든 또다른 회사, 라는 과장의 말에 보라는 고개를 끄덕였다. 패밀리 레스토랑이 대기업의 계열사인 것과 같은 얘기라고 이해했다. 다만 신생이라서 아직 그 규모가 작은 것뿐이라고. 오너는 없었고 직원은 이십대 초반의 여성 네 명뿐이었다. 직책이 다를 뿐 직위의 차이가 없어 진급을 신경쓸 필요가 없었다. 정착된 시스템이랄 것도 없기 때문에 보라가 동료들과 함께 시스템을 만들어나갈 수 있다고 했다. 본사의 지원을 받아 협력업체를 운영하는 것과 비슷하다고 보면 된다고 했다. 그날, 아무것도 적혀 있지 않은 사원증을 두 손으로 쥐고 보라는 하행 엘리베이터에 탔다. 투명한 창 너머로 여의도가 한눈에 내려다보였다. 높이 솟은 빌딩숲은 반짝이는 유리창으로 뒤덮여 있었고, 그 너머로 여의도공원이 펼쳐졌다. 점심시간마다 직장인들이 커피를 들고 자기 집 마당처럼 걸어다니는 곳. 처음 이 풍경을 보았을 때 보라는 새로운 세계에 들어왔다고 느꼈다.

그로부터 육 년 후, 이제 보라는 엘리베이터의 창 너머 세계를 무심하게 바라보았다. 자꾸 내려가는 나시의 어깨끈을 손끝으로 끄집어올리며 이런 옷을 입을 나이는 지났다고 생각했다.

엘리베이터 모니터에 담배 광고가 떠 있었다.

본사의 대표 제품이 된 그 담배의 이름은 보라의 창작품이었다. 콘셉트부터 카피 문구까지 보라의 머릿속에서 나왔다. 입사하고 사흘이 지났을 때, 보라가 근무하는 휴게실로 본사 영업부 부장이 찾아왔다. 보라에게 담배를 권했다. 아버지뻘인 부장과 맞담배를 피워도 괜찮은 건지 확신할 수 없어서 보라는 주뼛거렸다. 부장은 소파에 등을 기대며 우리 회사는 그런 곳이 아니라고 했다. 담배 회사에서 담배를 피우는 게 뭐가 문제냐면서. 부장은 라이터를 내밀어 보라의 담배에 직접 불을 붙여줬다. 그러곤 한국에 담배 수입 자유화 조치가 내려진 것이 언제인지 아느냐고 물었다.

"1988년. 88올림픽 기억해요? 88 담배는 들어봤죠? 인기가 대단했는데. 저도 그때는 88 피웠어요. 이제는 88 피우는 사람이 없죠. 왜일 것 같아요?"

질문을 하는 방식으로 은근히 상대를 하대하는 말투를 쓰는 사람이었다. 국산 담배는 폼이 안 나기 때문이라고 부장은 말했다. 사십대 이상의 중년층은 피우는 담배를 쉽게 바꾸지 않는 반면, 젊은 층은 트렌드에 따라 빠르게 이동한다고 했다. 홍콩 영화가 유행할 때에는 마초적인 이미지를 갖고 있는 미국 담배의 시장점유율이 크게 상승했고, 하라주쿠 스타일의 일본 문화가 유행할 때에는 일본 담배의 시장점유율이 상승했다고. 시장을 쥐고 있는 것은 보라씨 같은 젊은이들이라고 말했다. 부장은 이곳이 그냥 휴게실이 아니라고 했다. 회사의 미래를 결정할, 일종의 아지트라고 했다. 보라는 말하자면 회사의 특수 요원이라고 했다. 문제는 담배 홍보가 법적으로 제한되어 있다는 것이었다. 홍보가 불가능한 상황에서 홍보를 하는 것이 영업부의 일이었다. 부장은 내일부터는 현장에도 가게 될 것이라고 덧붙였다. 홍보 사실이 적발되더라도 회사에 흠집이 나지 않도록 페이퍼 컴퍼니를 설립했다는 뜻이었지만, 보라는 그때만 해도 그 뜻을 완전히 이해하지 못했다.

패밀리 레스토랑에도 특수 요원들이 있었다. 현장 감사를 하기 위해 갑자기 본사에서 투입되는 사람들이었다. 감사가 떴다는 말이 퍼지면 직원들은 일사불란하게 움직였다. 누군가는 시간을 끌기 위해 요원을 붙잡았고, 누군가는 냉동고에 쌓여 있는 재고들을 정리했고, 누군가는 환풍기 청소를 했다. 아마도 비슷한 업무를 하게 되겠구나, 보라는 생각했다. 그러자 자신은 영업총괄실장이 아니라 기획총괄실장이라는 사실이 뒤늦게 떠올랐다. 부장이 사람을 헷갈린 것 같았다.

"부장님, 저는 기획총괄실장인데요."

부장은 담뱃불을 재떨이에 비벼 끄다 말고 보라를 쳐다보았다.

"아, 그래요?"

"네. 영업총괄실장님은 아직 안 오셨어요."

"그래도 홍보 일도 할 수 있죠?"

보라는 할 수 있다고 답했다.

대학 캠퍼스와 카페, 주점과 클럽과 나이트, 번화가의 놀이터와 직장인들의 흡연 공간까지. 이십대가 담배를 피울 만한 모든 곳에 보라는 투입되었다. 월요일에는 카디건에 백팩. 수요일에는 세미 정장. 금요일에는 핫팬츠. 그렇게 차려입고 설문조사나 헌팅을 빙자해 이십대 남성에게 말을 걸어야 했다.

"같이 담배 한 대 피울래요?"

담배가 타들어가는 오 분 남짓한 시간 동안 보라는 끊임없이 말을 건넸다. 당신이 피우는 제품은 주로 아저씨들이 애용해서 당신과는 어울리지 않는다는 둥, 여자들이 은근히 담배를 따진다는 둥, 이 담배는 냄새도 좋지 않냐는 둥 하면서. 클럽과 나이트에 가는 금요일과 토요일에는 특별수당이 지급되었다. 무대 한가운데에서 담뱃갑을 들고서 춤을 추고, 옆에 서 있는 남자에게 본사 담배를 건네는 것만으로도 시급 오만원을 더 받았다. 나이트에서 부킹을 하고 룸에 들어가 담배를 권하면 시급 십만원을 더 받았다. 군부대 앞 편의점에 가기도 했다. 편의점 유니폼을 입고서 카운터에 서 있었다. 외박한 후

부대로 돌아가는 군인들이 담배를 보루째로 사가곤 했다. 부대원과 나눠 피우기 위해서였다. 경쟁사의 담배를 선택할 때마다 보라는 말을 걸었다. 그건 맛이 없는데. 전 이거 피우거든요. 그러면 대부분은 보라가 추천한 담배를 사갔다. 이것들이 특수 요원의 임무였다.

잘못되었다는 사실을 금세 눈치챘지만, 보라는 일을 그만두지 않았다. 첫번째는 과장이 말한 보상 때문이었다. 임금이 그 어느 곳과도 비교되지 않을 것이라는 그의 말은 사실이었다. 한 달 월급이 패밀리 레스토랑 월급의 두 배가 넘었다. 근무시간은 절반도 되지 않았다. 실제로 일하는 시간은 서너 시간이었다. 금요일과 토요일에는 점심시간에 출근을 해야 했지만, 평일에는 저녁에 느지막이 출근했다. 낮시간을 개인적인 일에 활용하기에도 용이했다. 두번째는 부장과의 대화 때문이었다. 부장실에서 보라는 부장과 얘기를 나눴다. 부장은 더는 '어떻게 생각해요?'라고 묻지 않았다. '어떻게 생각하세요?'라고 물었다. 의자에 등을 기대지 않고 허리를 세운 채 보라의 말을 들었다. 진중한 눈빛으로 고개를 끄덕였고, 보라의 말을 메모하기도 했다. 어느 날부터인가는 메모지 대신 노트북을 열었다. 보라와 함께 화면을 볼 수 있도록 노트북의 방향을 바꿨다. 부장은 보라를 명령을 이행하는 부하 직원이 아니라 의견을 나누는 동료로 대우했다. 그런 경험은 처음이었다. 보라는 부장에게 신제품 론칭에 핵심적인 아이디어를 내놓았다.

랩소디가 출시되던 날에 보라는 눈을 뜨자마자 잠옷 차림으로 편의점에 달려갔다. 편의점 직원에게 랩소디를 달라고 말했다. 직원은 한참 동안 담배 부스를 살피다가 그런 담배는 없다고 답했다. 두 달이 지나자 담배 부스 한가운데에 랩소디가 들어왔고, 석 달 뒤에는 부스 위에 랩소디 광고 포스터가 걸렸다. 흡연 공간에서 랩소디를 피우는 사람을 심심찮게 발견할 수도 있었다. 보라는 그 사람들에게 말하고 싶었다. 그거 제가 만들었어요. 랩소디에 대한 반응은 처음에는 좋지도 나쁘지도 않았다. 그러나 꾸준히 시장점유율을 올려갔다. 출시 칠 개월 만에 판매량 오백만 갑을 돌파했다. 다른 일을 찾아볼까 싶던 마음은 완전히 사라져 있었다. 택시를 탈 때도 기사에게 혹시 담배를 피우시냐며 말을 걸었다. 가방 안에 있던 랩소디 한 갑을 기사에게 주고 내렸다. 생필품을 사기 위해 마트에 갈 때도 담배 부스를 먼저 살폈다. 대형 마트는 담배를 보루째로 팔기 때문에 판매량에 더욱 큰 영향을 끼쳤다. 랩소디가 없는 것을 발견하면 담당자를 찾아내 랩소디를 채워달라고 건의했다. 담배 세 개비가 남아 있는 담뱃갑도 항상 지니고 다녔다. 사람이 많은 흡연 공간에 가면 가방에서 담뱃갑을 꺼내 화단에 올려두었다. 담배 세 개비가 잘 보이도록 위쪽을 열어두는 것도 잊지 않았다. 그건 원래 금요일 밤마다 출근하면 하는 일이었다.

클럽에 가기 전에 근처 흡연 공간을 돌며 담배 세 개비가 남아 있는 담뱃갑을 몰래 놓아두고 다녔다. 누군가 그 담배를 발견하고 피워보기를 바라면서. 흡연 공간에 흩어져 있는 담뱃갑만 둘러보아도 보라는 알 수 있었다. 이 공간에 경쟁사가 다녀갔는지 아닌지를. 경쟁사가 두고 간 담뱃갑을 수거하는 것도 보라의 일이었다. 퇴근 후 집에 돌아가는 길이면 보라는 가방에서 비닐백을 꺼냈다. 하릴없이 번화가를 돌며 주변을 두리번거렸다. 경쟁사의 담뱃갑을 놓치지 않고 집어 비닐백에 담았다. 경쟁사의 특수 요원을 마주칠 때도 있었다. 보라는 살갑게 인사를 건넨 뒤 그 여자를 핸드폰으로 몰래 촬영해 불법 홍보로 신고해버렸다. 보라는 〈화롯불〉을 연주했다. 흡연 공간에서 여러 개의 담뱃불이 동시에 타오를 때, 담뱃불이 번갈아가며 밝아지고 어두워질 때, 그것이 어떤 연주처럼 보였다. 그렇게 이 년 만에 랩소디 광고가 본사 엘리베이터에 걸렸다. 여의도가 한눈에 내려다보이는 그 자리에. 내 작품. 애사심이라는 것이 정말로 존재할 수 있는 마음이라는 걸 알게 됐다. 물론 엘리베이터에서 내리면 번듯한 사무실을 지나 쿰쿰한 휴게실로 들어가야 했고 복도에서 마주치는 정규직 여자들은 절대로 보라에게 인사를 건네지 않았지만. 보라가 어떤 일을 하고 있는지 그들도 모를 리가 없었다.

보라의 첫번째 남자친구는 본사와 제휴를 맺고 있는 카페의 사장이었다. 두번째 남자친구는 설문조사를 나간 대학 캠퍼스 도서관 앞에서 만났고, 세번째 남자친구는 나이트에서 담배를 권하며 부킹을 하다 만났다. 첫번째 남자친구는 테니스처럼 승부를 겨룰 수 있는 운동을 좋아했고, 카페나 영화관에서 하는 데이트를 시간 낭비라고 여겼다. 두번째 남자친구는 자신의 집에서 노트북으로 시트콤 시리즈를 함께 보는 것을 좋아했다. 세번째 남자친구는 술과 춤과 한강 둔치를 좋아했다. 접점이랄 것이 하나도 없는 세 남자는 보라의 일을 싫어한다는 공통점이 있었다. 틈날 때마다 일을 그만두라고 졸라댔다. 랩소디가 보라의 머릿속에서 나왔다는 말도 허풍으로 여기는 듯했다. 보라는 매번 랩소디를 선택했다.

회사 바깥에서는 타 회사의 제품을 피우는 동료들과 달리 보라는 랩소디만을 고집했다. 솔직히 맛은 별로지 않냐는 선배의 질문에도 단호하게 아니라고 답했다. 다른 담배 회사에서도 일해봤던 선배는 안타깝다는 듯 보라를 쳐다보았다.

"보라씨, 너무 기뻐하지 마."

보라는 그것을 선배의 질투 정도로 여겼다. 선배는 이 년 전에 회사를 떠났다. 스물여덟. 지금의 보라와 같은 나이였다. 선배는 담배를 끊고 싶다고 말했다.

보라는 직원 휴게실 문을 열었다. 사용하지 않는 의자와 모니터가 쌓여 있는 곳. 찢어진 가죽소파와 담뱃재가 수북한 재떨이가 있는 곳. 종일 환풍기가 돌아가고, 뿌연 담배 연기로 숨통이 막히는 곳. 이 휴게실이 보라의 사무실이었다. 보라는 휴게실 소파에 퍼 재킷을 던져두었다. 보라는 이 방의 냄새가 싫었다. 휴게실에 처박혀 있는 모니터와 자신이 다를 것이 없다는 생각을 처음 했던 것은 언제였을까. 보라의 성과를 자신의 것으로 인정받은 부장이 본부장으로 승진하고 떠난 이후였을까. 층마다 휴게실이 있고 그 휴게실마다 이십대 특수 요원 여성들이 있다는 것, 보라 같은 여자들이 전국에 셀 수도 없이 많지만 모두 한철 소비되고 버려진다는 것을 알게 된 때였을까. 보라는 담배에 불을 붙였다. 그동안 일을 하며 피운 담배가 몇 개비나 될까. 열 사람에게 말을 걸기 위해선 열 개비의 담배를 연달아 피워야 했다. 퇴근할 때가 되면 머리가 지끈거리고 속이 울렁거렸다. 그러나 다음날 아침에 눈을 뜨면 담배부터 찾게 되었다. 니코틴 때문에 누렇게 변해버린 손톱을 가리기 위해 요원들 모두 매니큐어를 발랐다. 보라는 손끝을 까딱거렸다. 〈화롯불〉을 연주했다. 담배 회사에서 신제품을 출시할 때마다 보라는 생각했다. 저 담배의 이름을 떠올린 사람은 누구일까.

보라는 벽 한편에 쌓여 있는 담배 박스를 뜯기 시작했다. 보라의 동료들이 차례차례 휴게실에 도착했다. 펄이 들어간 바이올렛 아이섀도와 미니 원피스. 보라와 비슷한 복장이었다.

보라처럼 수능이 끝나자마자 백화점에서 일을 시작했지만 삼 년 만에 그만두었다는 아이가 한 명, 고등학교 졸업과 동시에 대기업에 합격했지만 종일 기계 앞에서 부품을 골라내는 일에 넌더리가 났다는 아이가 한 명, 이 년째 대학을 휴학중인 아이가 한 명이었다. 다들 소파에 앉아 능숙하게 담배 포장을 벗겨냈다. 일인당 이백 갑씩, 총 팔백 갑이었다.

번화가의 카페와 주점, 흡연 공간을 차례차례 돌았다. 마지막 도착지인 클럽 앞에서 모였다. 클럽 다섯 곳을 세 시간 안에 모두 돌아야 했다. 보라는 세 곳의 클럽에서 입장을 거부당했다. 보라의 동료들이 같이 들어가게 해달라고 졸랐지만 가드는 무표정하게 고개를 저었다. 있을 수 없는 일이었다. 본사와 제휴를 맺은 곳이었으니까.

모르는 일이었다는 듯 과장은 깜짝 놀란 목소리로 전화를 받았다. 못 들어갔다고? 확인을 해보겠다고 말했다. 몇 분 뒤에 과장에게서 다시 전화가 걸려왔다. 안 되겠다는데. 클럽에서 물 관리를 하겠다는 건데, 우리가 어떻게 할 수가 없잖아. 안타깝다는 듯 과장은 한숨을 쉬었다. 그리고 몇 마디 말로 해고를 통지했다. 보라가 스물여덟이었구나. 알잖아. 스물여덟까지인 거.

통화 내용을 궁금해하는 동료들에게 보라는 일단 먼저 들어가라고 말했다. 보라는 걷기 시작했다. 번화가를 빠져나와 주택가 골목으로 들어갔다. 모르는 빌라 앞에 멈춰 섰다. 불이 켜져 있는 집을 올려다보았다. 텔레비전 불빛에 따라 집안의 색깔이 미묘하게 바뀌고 있었다. 보라는 주머니에서 핸드폰을 꺼냈다. 언니의 SNS 계정에 접속했다. 언니에게 처음으로 메시지를 보냈다.

'언니.'

'누구?'

바로 답장이 왔다.

'보라.'

보라는 핸드폰 액정을 보며 서 있었다. 이번에는 조금 늦게 답장이 왔다.

'어떤 보라?'

'언니 동생. 보라.'

'저는 동생이 없는데요.'

답장이 왔다. 보라는 엄마와 아빠의 이름, 함께 살던 집의 주소, 언니가 다닌 초등학교와 중학교를 열거했다. 사람을 착각한 것 같다고 그 사람은 적었다.

보라는 그 사람의 사진을 다시 바라보았다. 토마토 파스타보다 오일 파스타를 좋아하고, 극장에서 영화를 볼 때 팝콘을 먹지 않는 사람. 스승의날에 요가학원 선생님에게 드리기 위해 직접 머핀을 구웠지만 실패해본 적이 있는 사람. 전주국제

영화제에 혼자 놀러간 적이 있고, 이렇게 좋은 한옥집에서는 처음 자본다며 기뻐한 사람. 겨울에 꼭 한 번씩은 아무리 작은 것이어도 직접 눈사람을 만들고 싶다던 사람. 여름이면 딱딱한 복숭아를 두 박스씩 사서 먹는다던 사람. 비 오는 날 바짓단이 젖도록 걷는 것을 좋아하고, 십 년 넘도록 써온 비니가 있으며, 다이어트를 위해 밤에는 떡볶이를 먹지 않지만 가끔은 한밤중에 떡볶이를 먹으며 공포영화를 본다는 사람. 보라는 페이지를 넘기고 또 넘겼다. 마침내 첫 사진에 도착했다. 처음부터 언니가 아니었을 수도 있었다. 언니가 거짓말을 하고 있을 수도 있었다. 보라는 기억 속 언니를 떠올리려 애썼다. 사진 속 언니와 기억 속 언니는 닮아 있지 않았다. 눈동자가 닮았다니. 눈동자 따위는 필터만 씌워도 달라지는 법이었다.

집에 돌아온 보라는 모니터를 바라보았다. 보건복지부 홈페이지의 신고 게시판이 화면에 떠 있었다.

'담배 불법 홍보를 신고합니다.'

모니터 화면에 보라의 얼굴이 흐릿하게 비치고 있었다. 보라는 자신의 눈동자를 바라봤다. 열여덟 살 때부터 보라는 신고라는 것을 해왔다. 어떤 결과가 도착할지도 이미 알고 있었다. 강력 계도를 하였다는 답이 올 것이다. 다시는 함부로 불법 홍보를 하지 않겠다는 답변을 받았으며 귀하의 제보가 기초 질서 확립에 크게 기여하게 될 것이라는 내용도 적혀 있을 것이다. 범칙금이 부과될 테지만 본사가 아닌 페이퍼 컴퍼니의 책임이 될 것이다. '완료' 버튼에 커서를 올려놨다. 핸드폰 알림음이 울렸다.

'언니, 어디 있어요?'

동료의 메시지가 도착해 있었다. 먼저 집으로 돌아왔다고 보라는 답장을 보냈다.

'끝나고 같이 치킨 먹으러 가자고 할려고 했는데.'

'저 빼고 드세요.'

'내일 같이 먹어요.'

보라는 답하지 않았다. 마우스를 움직여 '취소' 버튼을 눌렀다.

다음날 아침 보라는 눈을 뜨자마자 습관대로 담배를 찾아 물었다. 라이터를 켰을 때에야 전날 해고를 당했다는 사실을 떠올렸다. 보라는 방 한쪽에 쌓여 있는 담뱃갑들을 바라보았다. 쉰 갑 정도는 되어 보였다. 전날 클럽에 들어가지 못하게 되면서 집으로 가져온 것들이었다. 저 담배들이 보라의 퇴직금이었다. 보라는 벽에 붙여두었던 랩소디 포스터를 떼어냈다. 담배들과 라이터를 쓰레기통에 버리고 옷장을 열었다. 담배 냄새가 밴 옷들을 세탁기에 넣었다. 손톱의 매니큐어를 지워내고, 담뱃진에 누렇게 바랜 하얀 옷장을 매직블록으로 닦아냈다. 그러나 땀 흘려 청소를 하고 나자 담배 한 대가 무척 피우고 싶어졌다. 보라는 쓰레기통에 손을 넣어 담배 한 갑과 라이터를 도로 꺼냈다. 담뱃갑에 붙은 오물을 털어내고 뚜껑을 열어 담배 한 개비를 꺼냈다. 라이터의 불꽃을 담배에 가져다댔다.

내 작품. 보라는 담배 연기가 허공으로 퍼져 사라지는 것을 쳐다보았다. 이 년 전에 일을 그만둔 선배가 담배를 끊었을지 궁금해졌다. 끊었을 수도, 끊지 못했을 수도 있었다. 보라는 담배를 문 채 핸드폰으로 SNS 계정에 접속했다. 더는 그 계정을 지켜볼 필요가 없다는 걸 알고 있는데도 그랬다. 메시지 하나가 도착해 있었다.

'언니가 저랑 동갑인가요?'

그 사람이 전날 밤에 보내둔 메시지였다.

정수를 보았을 때 보라는 한눈에 알아봤다. 저 여자는 언니가 아니었다. 카페에 앉아 정수는 초롱초롱한 눈망울로 보라를 쳐다보았다. 눈빛에 호기심이 가득했다. 옛날이야기를 들려주려는 할머니 앞에 앉아 있는 어린애 같은 표정이었다. 보라는 SNS 메시지를 통해 이미 말했던 것들을 정수에게 다시 말해야 했다.

"언니를 육 년이나 찾아다닌 건가요?"

정수가 사뭇 진지한 표정으로 물었다. 안타깝다는 듯 눈썹머리를 한껏 치켜올리면서 그랬다. 그 표정 그대로 빨대에 입술을 가져다댔다. 음료가 투명한 빨대를 타고 올라갔다. 음료를 꿀꺽꿀꺽 삼키며 정수는 계속 말해보라는 듯 고개를 끄덕였다. 보라는 고개를 돌려 창밖을 보았다. 창밖으로 횡단보도가 나 있었고, 길 건너편에 잎이 다 떨어진 나무 한 그루가 서 있었다. 은행나무일 것이었다. 정수의 SNS에서 잎이 노랗게 물든 은행나무 사진을 본 적이 있었다. 엄연히 횡단보도가 있는데 아무도 횡단보도로 건너질 않는다고 정수는 적어두었다. 차보다 보행자가 훨씬 많은 도로이기 때문이었는데, 정수는 사람들이 횡단보도를 이용하지 않는 것을 이상하게 서운해했다.

먼저 일어나겠다고 보라는 말했다. 재킷과 가방을 챙기고 있을 때 정수가 대뜸 죄송하다고 했다.

"뭐가요?"

보라는 가방을 든 채 물었다.

그날 저녁 정수는 장문의 메시지를 보냈다. 구구절절하게 사과를 했다. '정수'라고 적혀 있는 글자를 보라는 쳐다보았다. 보라가 언니에게 가장 듣고 싶었던 말들을 정수는 너무나 쉽게 적어두었다. 그리고 정수는 한 번만 더 자신을 만나달라고 했다. 보여주고 싶은 것이 있다고 했다.

'보셔야 할 것 같아서 그래요.'

다시 만난 정수는 자신의 어린 시절 사진들과 초등학교 졸업 앨범을 테이블에 꺼내놓았다. 정수는 사진들을 펼쳐두고 한 장 한 장 손가락으로 짚어가며 이야기를 늘어놓았다. 방학숙제로 물컵에 담아 키운 고구마와 함께 찍은 사진인데, 혹시 같은 방학숙제를 하지 않았냐거나. 새집으로 이사하면서 자신의 방이 처음 생겨서 찍은 사진인데, 보라씨는 몇 살 때 자신의 방이 생겼냐거나. 정수는 왜인지 애를 쓰고 있는 것처럼 보였다.

"근데 왜 이걸 보여주시는 거죠?"

보라는 물었다. 생각해본 적 없는 질문을 받은 것처럼 정수는 머뭇거렸다.

"저라면 확인하고 싶을 것 같았어요."

정수의 성격을 보라는 알 것 같았다. 타인에게 큰 상처 같은 건 받아본 적 없는 사람. 경계심이 없어 무방비해 보이기까지 하는 사람. 정수는 쇼핑백 하나를 테이블에 올려놓았다. 다가오는 크리스마스에 사람들에게 선물하기 위해 직접 녹여 만든 초콜릿인데, 그중 하나를 보라에게 주고 싶다며. 상자 뚜껑을 열자 검은 물이 흘러나왔다. 보라와 정수는 동시에 자리에서 일어났다. 초콜릿이 묻은 보라의 바지를 티슈로 닦아내며 정수는 거듭 죄송하다고 말했다.

"지하철에서 의자 밑에 내려놨는데, 히터 때문에 다 녹았나

봐요."

초콜릿을 닦기 위해 화장실에 다녀왔을 때, 정수는 고개를 숙이고 있었다. 초콜릿으로 범벅이 된 사진들을 쥐고서. 어린 시절이 찍혀 있는 사진은 그게 전부라고 정수는 말했다.

집에 돌아와 보라는 바지에 주방세제를 묻혔다. 손끝으로 여러 번 비벼보았지만 희미하게 얼룩이 남았다. 세숫대야에 세제를 풀어 바지를 담가두었다. 오래 담가두어도 지워지지 않는다면 바지를 버려야 할 것 같았다. 복구될 리가 없어 보였던 정수의 사진들이 떠올랐다. 보라는 책상에 앉아 종이 한 장을 꺼냈다. 정수의 사진에서 보았던 고구마를 그리기 시작했다. 물컵에 담겨 있는, 싹이 난 고구마. 고등학생 때 이후로 보라는 그림을 그리지 않았다. 그런데도 제법 술술 그려졌다. 피아노는 치지 않으면 금방 손이 굳는데, 어째서 그림은 그렇지 않은 걸까. 보라는 고구마 그림을 정수에게 전송했다. 정수는 또 장문의 메시지를 보내왔다. 보라의 그림을 보고 고구마처럼 푸릇푸릇한 싹이 자신의 몸에서 돋아나는 것 같았다면서.

보라는 면도기를 여자의 발목에 가져다댔다. 솜털을 깎아내고 알코올 솜으로 소독을 했다. 전사 크림을 두 겹으로 펴 발랐다. 전사지를 피부에 붙였다가 떼어냈다.

“확인해보시겠어요?”

여자가 전신거울에 자신의 발목을 비춰보았다. 마음에 든다고 여자는 답했다.

“정말 괜찮겠어요?”

여자는 고개를 끄덕였다. 보라는 여자를 베드로 안내했다. 왜건과 암 레스트를 끌어왔다. 스탠드를 켜고, 니트릴 장갑을 꼈다. 잉크 원액에 정제수를 희석해 삼십 퍼센트의 톤으로 맞추었다. 1라인 니들을 머신에 끼웠다. 바늘이 살갗을 적당한 깊이로 파고들게 하는 것이 중요했다. 너무 깊으면 잉크가 퍼졌고, 너무 얕으면 선명도가 떨어졌다. 보라는 머신의 전원 버튼을 눌렀다. 서플라이의 전압을 조절하고, 페달을 밟았다. 한 땀 한 땀 점을 찍어가며 타투를 새겨나갔다. 라인 없이 점묘법으로 명암을 채워나갔다. 시간이 훨씬 오래 걸리는 방식이었지만, 그래야 인위적인 느낌이 덜했다. 오늘 보라가 새길 타투는 십자 모양으로 칼집이 들어간 채 타버린 알밤이었다. 쩍쩍 갈라진 겉껍질과 너덜너덜한 속껍질의 질감 차이를 잘 표현해야 했다.

보라가 처음으로 SNS에 올린 그림은 사등분된 김치전이었다. 비가 오던 날에 정수가 보라의 집 앞에 찾아와 그것을 주고 갔다. 랩에 둘둘 말려 검은 비닐봉지 안에 담겨 있던 김치전은 습기 때문에 눅눅해져 있었다. 보라는 식탁에 앉아 차갑고 물컹한 김치전을 우물우물 먹었다. 그냥 먹지 말고 프라이팬에 데워 먹으라는 정수의 문자메시지를 받고 나서야 보라는 가스불을 켰다. 환기를 하기 위해 창문을 열었다. 창밖에서 빗소리가 후득후득 들려왔다. 지글거리는 기름 소리와 타닥거리는 빗소리가 잘 어울렸다. 그전에는 발의 피로가 풀린다는 풋크림을 받았고, 그전에는 다 읽었다는 추리소설 한 권을 받았다. 정수에게 받은 것들을 그려나가던 보라는 어느덧 정수와 함께 있을 때 본 것들을 그리기 시작했다. 정수의 손가락에 감겨 있던 가장자리가 까매져버린 대일밴드라든가, 정수가 먹고 버려둔 감기약 봉지 같은 것들. 타투를 배워보라고 말한 건 정수였다. 이 정도 그림 실력이라면 배울 수 있을 거라면서. 막상 SNS 계정을 개설하고 도안을 올리면서 보라는 걱정이 되기 시작했다. 누가 이런 것들을 좋아할까. 타투이스트들은 각자 영역이 뚜렷한 편이었다. 민화 속 동물이나 단청의 문양을 전문적으로 작업하는 사람이 있었고, 파스텔톤의 감성 타투를 새기는 사람이 있었다. 부족의 전사처럼 강인한 문양을 추구하는 사람이 있었고, 최소한의 라인만으로 기하학적인 도형을 새기는 사람이 있었다. 보라의 작업은 분류하자면 리얼리티 계열이었지만, 포효하는 사자나 늑대 같은 것은 그리지 않았다. 잉어나 장미꽃도, 토토로나 보노보노도, 타지마할이나 해적선도, 위인들의 초상화도 그리지 않았다. 고무줄이 늘어난 헤어밴드, 이빨 자국이 새겨진 종이컵, 공원의 하늘 걷기 기구와 버스의 정차 벨과 드문드문 선이 지워진 횡단보도. 보라가 가장 많이 올리는 건 타버린 알밤 그림이었다. 몸통의 절반이 터져버린 알밤과 칼집도 없이 검은 돌처럼 굳어버린 알밤과 불속에서 새빨갛게 숯이 되어버린 알밤 들.

정수와 둘이서 여행을 간 적이 있었다. 겨울이었고, 펜션에 도착했을 때에는 이미 사방이 어두워져 있었다. 펜션 주인이 바비큐를 할 거냐고 물었다. 막상 화로 앞에 앉자 바비큐를 신청한 사람이 둘뿐이라는 걸 알게 됐다. 바깥에 앉아 음식을 먹기에는 날이 너무 추웠다. 빨리 먹고 방으로 들어가자고 입을 모았지만, 정수와 보라는 식사를 마친 후에도 화로 앞에 앉아 있었다. 화로가 꺼져가는 것을 바라보았다. 발갛게 달아오른 숯은 바람이 불 때마다 더욱 붉어졌다. 그러다 가장자리부터 잿빛으로 변해갔다. 점점이 남아 있던 불씨도 완전히 사라졌다. 보라는 정수에게 〈화롯불〉을 들려줬다. 손가락을 움직일 때마다 입으로 허밍을 넣었다. 그리고 〈화롯불〉을 온전히 기억하지 못한다는 걸 알게 됐다. 도입부의 몇 마디를 도돌이표처럼 반복하고 있을 뿐이었다. 자리를 정리할 때가 되어서야 보라는 화롯불 속에 묻어두었던 알밤을 기억해냈다. 포일을 열자 새까맣게 타버린 알밤들이 나타났다. 보라는 알밤 한 알을 꺼내 쥐었다. 힘을 주자 파삭 부서져버렸다. 헤어지기 전에 정수는 다음 여행지도 미리 정하자고 했다. 더는 여행을 하고 싶지 않다고 보라는 답했다. 보라에게는 그것이 첫 여행이었다. 여행이라는 것이 너무나 평화로운 나머지, 보라에게는 이물감이 들었다.

보라는 이제 〈화롯불〉을 연주하지 않았다. 화롯불 속에서 발견한 알밤 같은 것들을 그릴 뿐이었다. 사랑스럽지도, 귀엽지도, 아름답지도, 멋있지도 않은 것들. 특별한 면이 없다는 점 때문에 보라는 그 도안을 완성할 수 있었다. 도안 하나를 그릴 때마다 보라가 몸담았던 직장에서의 고단한 시간들이 보라의 마음속에 파문을 만들다 잦아들었다. 누군가의 피부에 그것을 새기는 동안엔 그런 마음마저 찾아오지 않았다. 아무 마음도 찾아오지 않았다. 단골이 되는 사람이 더러 있었지만, 처음 찾아오는 손님이 대부분이었다. 단 한 번 만나게 되는 사람. 리터치를 위해서 두 번 정도까지 만나게 되는 사람. 그들과 친절하게 교감할 수 있는 몇 시간. 딱 거기까지가 보라가 바라는 세계였다.

보라는 페달에서 발을 뗐다. 전원 버튼을 눌러 머신을 껐다. 피부에서 붉은 기운이 가실 때까지 약간의 휴식 시간을 가지는 동안, 카메라로 타투 사진을 찍었다. 그리고 고객의 눈동자 사진을 찍었다. 전시에 걸기 위해서였다. 눈동자 한쪽과 타버린 알밤 한 개를 새긴 타투 사진이 나란히 걸릴 것이다. 멀리서 보면 마치 한 쌍의 눈처럼 보일 것이다. 보라는 모두의 눈빛이 저마다 다르다는 게 매번 신기했다. 보라도 매번 다른 알밤을 그 눈동자의 주인에게 새겨주었다. 보라에게는 이번이 첫 전시였다. 작가로서의 기대감 같은 것은 없었다. 보라에게 작가라는 명칭은 명함에 적혀 있던 '기획총괄실장'이라는 직함과 비슷했다. 자신에게 맡겨지는 역할이란 고명 같은 것이리라 짐작했다. 할당된 작업비는 재료비로 사용하기에도 부족했다. 그러나 전시 포트폴리오를 보고 찾아오는 고객이 생길 수도 있었다. 함께 전시를 해보지 않겠냐던 정수의 연락을 보라는 떠올렸다. 보라는 그때야 정수가 미술 작가였다는 사실을 알았다. 숨길 생각은 아니었다고 정수는 말했다. 보라의 그림이 좋았고 계속 볼 수 있었으면 했다고. 첫 미팅 자리에서 보라는 정수와 조금 데면데면하게 있었다. 그 자리에서 처음 만난 사람처럼 그랬다. 미팅이 끝나고 보라는 정수에게 골목을 좀더 돌아보고 싶다고 말했다. 정수가 그런 것을 좋아한다는 걸 알고 있기 때문이었다. 분노를 삭이려고 무작정 걸었을 때를 제외하면 보라는 목적 없이 길을 걸어본 적이 없었다. 정작 그날 산책을 제일 좋아한 건 우주였다. 햇볕이 좋은 시간이라는 말을 보라가 했을 때, 우주는 숨어 있는 햇볕을 찾는 사람처럼 허공을 두리번거리며 웃었다. 며칠 전에는 전시 동료들이 보라의 방에 찾아오기도 했다. 창문을 열어두고 밤새도록 함께 영화를 봤다. 애인조차 집에 초대하지 않던 보라는 사람으로 차 있는 자신의 방이 낯설게 느껴졌다.

"같이 있으니까 하나도 안 무섭죠?"

우주는 자기 방인 것처럼 보라의 이불을 목까지 끌어올리고 말을 걸었다. 창가로 고양이가 다가와 앉았고, 고양이가 내는 울음소리를 사람들이 대답처럼 따라 했다. 함께 있는 것만으로도 무엇인가를 바꿀 수 있다고 믿는 천진난만한 사람들. 꿈을 꾸는 사람 특유의 설렘과 순진함이 느껴졌다. 그런 순진함이 보라에겐 뭘 모르는 어린아이의 것 같았으나, 한편으로는 자신이 틀렸기를 바랐다. 순진함은 곁에 누군가가 있어서 따뜻하다고 느껴질 때에 잠시 잠깐 배어나오는 홍조 같은 것이므로, 보라도 순진한 채로 그 시간을 보내고 싶어졌다. 적어도 그 밤만은 그들의 꿈을 바라보고 있고 싶어졌다. 그때 반지하 방의 창문으로 행인의 신발이 지나갔는데, 익히 아는 발소리였다. 매일 밤 창문으로 보라의 방을 훔쳐보는 그 남자였다. 남자는 언제나처럼 보란듯이 창문 앞에 멈춰 서서 담배를 피웠다. 꽁초를 떨어뜨리곤 신발로 짓이겼다.

"여기에 꽁초 버리시면 안 돼요."

석현이 창문을 향해 외쳤다. 남자는 꽁초를 주웠고, 허리를 더 숙여 창문을 들여다봤다.

"죄송합니다. 거기에 누가 있는 줄 몰랐네요."

남자의 대답에 동료들은 다시 대화를 이어갔다. 남자는 말이 끝난 뒤에도 허리를 숙인 채 창 안을 들여다보고 있었다. 동료들의 얼굴을 차례차례 훑어보고, 마지막으로 보라를 쳐다보며 입꼬리를 올렸다. 남자의 눈빛은 섬뜩했다. 남자가 타투를 새기겠다며 보라를 처음 찾아왔을 때와는 완전히 다른 눈빛이었다. 보라는 저 섬뜩함에 담긴 전의를 누구보다 잘 알고 있었다. 자신이 비겁하게 느껴질 때마다 더 모질고 더 당당해지기로 마음먹으며 보라는 독한 얼굴이 되었다. 그때 보라의 눈빛이 저랬다. 보라는 고개를 돌려 동료들을 둘러보았다. 오늘은 꼭 쇼핑몰 장바구니에 전기충격기를 담아둬야겠다고 생각했다.

동료들이 다녀가고 얼마 지나지 않아 보라는 남자를 경찰에 신고했다. 소용은 없었다. 길에 앉아 실내를 들여다보는 것만으로는 경찰에서 할 수 있는 일이 없었다. 보라가 집을 들여다보지 말라는 의사 표현을 명시적으로 한 적이 없어서였다. 신고를 당한 남자는 보라를 불법 영업으로 신고했다. 한국에서 타투이스트로 활동하는 것이 불법이라는 사실을 잘 이용한 것이었다. 보라는 이미 두 번의 벌금형을 받았다. 이미 전과자가 되어 있었다. 언젠가는 징역형을 받게 될 것이었다. 남자는 보라에게 겁을 주고 싶어서 신고를 한 것이겠지만 보라는 그 남자가 바라는 만큼 겁이 나지는 않았다. 보라는 분노를 잊은 대가로 지지 않는 법을 새로이 신체에 새기게 됐다. 웬만해서는 겁이 나지 않았다.

보라는 여전히 싸움을 했다. 이제 보라에게 싸움이란 두 눈을 부릅뜨고 주먹을 쥐는 것이 아니었다. 누군가를 상대로 꼭 이겨야겠다고, 승리를 쟁취해야겠다고 투지를 불태우는 것은 더더욱 아니었다. 그것은 장바구니에 물건을 담는 것 같은 일상 자체였다. 매대를 둘러보며 자신이 할 수 있는 음식을 떠올리고 감자 한 알이나 당근 한 개를 집어드는 일과 비슷했다. 보라는 계속 불법 영업을 할 것이다. 굴하지 않겠다는 의미에서 계속하는 것이 아니라 모기가 귓가에서 윙윙거려도 실신하듯 잠을 자는 것처럼. 그리고 보라는 일을 그만두길 바라는 일곱번째 애인과 이별할 것이다. 한때 가까웠지만 어느샌가 연이 끊겨버린 여느 타인들처럼. 이별을 하고서야, 곁에 아무도 남지 않고서야 안도감을 느낄 것이다. 매일 자그마한 물건 하나를 찾아내 계속 도안을 그려낼 것이다. 누군가의 피부에 그것을 새길 것이다.

보라는 카메라에 찍힌 사진을 고객에게 보여주었다. 타투를 새긴 부위를 랩으로 감싸고 주의사항을 안내했다. 랩은 두 시간 후에 제거해야 한다. 덱스판테놀이 함유된 연고를 수시로 얇게 도포해야 한다. 옷에 타투가 쓸리지 않도록 조심해야 하고, 어쩔 수 없다면 부드러운 면 소재의 옷을 착용해야 한다. 사흘 후부터 잉크가 묻어나오거나 진물이 흐를 수 있는데 손으로 닦아내거나 긁어서는 안 된다. 최소 보름 동안 술과 운동은 피해야 하고, 한 달 동안은 간단한 샤워 외에 목욕이나 수영을 해서는 안 된다. 안내사항이 적힌 종이를 보라는 여자에게 건넸다.

"마음에 들어요."

여자가 보라에게 말했다. 여자는 바지를 둘둘 말아 접어 올린 채 작업실 바깥으로 걸어나갔다. 새까만 알밤이 멀리까지 걸어가는 것을 보라는 지켜보았다. 여자는 타버린 알밤을 새긴 채 살게 될 것이다. 다음 고객에게는 머리가 떨어진 마른 멸치를 새길 것이다. 그다음 고객에게는 돌돌 말려 있는 목장갑 한 짝을 새길 것이다. 보라의 도안을 몸에 새기고 싶다는 연락을 받을 때마다 보라는 여전히 의아할 것이다.

IV. 나는 지금도 거기 있어

마흔하나

저 혼자만의 세계가 열리는 순간이 있다. 그런 순간에 상대방은 정수를 볼 때에도 정수를 보고 있지 않았다. 정수는 알 수 있었다. 정수가 지워지고 정수가 앉아 있는 의자도 지워지고 마치 순간이동을 하는 것처럼 장소가 변하는 것을. 눈꺼풀을 천천히 열고 닫으며 상대방은 이야기를 이어갔다. 자신의 이야기를 시작하는 사람의, 그런 눈빛을 정수는 좋아했다. 눈을 조금 내리깔고 없는 것을 응시하는 눈빛.

어느 때에는 그 자리가 주택가의 골목으로 변했다. 롤러스케이트를 처음 타보는 아이가 뒤뚱거리며 중심을 잡았다. 어느 때에는 그 자리가 병원의 수술대로 변했고, 어느 때에는 물풀이 흐느적거리는 바닷속으로 변했다. 정수는 상대방 앞에 없는 사람처럼 지워지기 위해 노력했다. 인기척을 삼갔다. 정수가 끼어드는 순간 이야기에 깃든 진실은 유리컵처럼 깨질 것이었다. 인기척을 감지하면 빠른 속도로 도망치는 야생동물처럼. 정수는 숨을 죽인 채 상대방의 말소리에 집중했다. 어느 순간 상대방의 눈빛이 정수에게로 옮아왔다. 그 안에 담긴 감정도 정수에게로 옮아왔다. 처음으로 롤러스케이트를 타보는 아이가 되어 두 발 아래에서 바퀴가 굴러가는 감각을 느낄 수 있었다. 불 꺼진 고시원 방안에 누워 천장에 붙어 있는 야광 스티커를 올려다볼 수도 있었다. 패밀리 레스토랑의 테이블에 앉아 질기고 냄새나는 춉스테이크를 씹고 있을 수도 있었다.

정수는 마른침을 꿀꺽 삼켰다.

일곱

정수의 엄마는 그러지 말라고 가르쳤다. 텔레비전에서 방영되는 애니메이션을 보고 있으면 엄마가 다가와 정수의 두 손바닥을 확인했다. 애니메이션에서 주인공은 매번 위기에 처했다. 애니메이션 속 주인공처럼 정수는 두 주먹을 있는 힘껏 쥐었다. 식은땀 때문에 머리카락이 이마에 달라붙었다. 화면 속에서 사람의 그림자를 꼬아 만든 밧줄이 주인공을 옭아맸다. 정수도 밧줄에 묶인 듯 옴짝달싹할 수 없었다. 주인공이 달릴 때에는 덩달아 숨이 차올랐다. 가만히 앉아 헉헉거리는 정수의 앞에 엄마는 앉았다. 그러곤 정수의 손을 펴서 손바닥에 찍힌 손톱 자국을 매만졌다.

"무슨 만화를 이러고 봐. 그러지 마."

엄마는 모든 것이 가짜라고 말했다. 일어나지 않은 일일 뿐이라며 정수를 안심시키려 했다. 정수는 엄마가 틀렸다고 생각했다. 아무 일도 일어나지 않았다지만, 정수의 몸에서는 어떤 일이 일어나고 있었다. 그 감각만은 가짜일 수가 없었다.

여덟

정수는 상상과 현실이 분리되기 이전의 세계를 살았다. 혼자 집에 남아 있는 오후면 소파의 레이스 뜨개 커버가 사람 얼굴로 변해 기묘하게 웃는 것을 볼 수 있었다. 집에서 십 분 정도 떨어진 농협 마트에서 엄마가 장을 보는 장면도 방안에서 훤히 볼 수 있었다. 무거운 비닐봉지를 들고 엄마가 걸어오는 소리, 걷다가 비닐봉지를 땅바닥에 내려두며 잠시 멈춰 서는 모습, 그때 비닐봉지 안에서 달걀 한 개가 깨지는 것이 보였다. 놀이터로 빨리 나오라는 친구의 텔레파시를 받고 나갔다가 그 친구와 놀이터에서 마주치기도 했다. 두꺼비집을 만들며 한참을 놀다가 해가 떨어질 무렵이 되면 발이 수없이 달린 검은 어둠이 그네 밑바닥에서 기어나오는 것이 보였다. 정수는 어깨를 움츠린 채 친구를 보며 집에 가야겠다고 말했다. 친구도 겁에 질린 표정으로 고개를 끄덕였다. 그리고 어둠에 발목이 잡힐세라 집을 향해 마구 뛰었다. 정수의 발소리가 울려 퍼지고 어둠이 필사적으로 뒤쫓아왔다. 그즈음 정수는 어쩔 줄을 몰라했다. 머리카락이 자신의 두피를 뚫고 자라나는 것이 너무 생생하게 느껴져서. 햇볕이 좋은 날 엄마가 막대기로 이불을 털 때 너무 많은 먼지들이 날아올라서. 원목 식탁에 그려져 있는 나이테를 도무지 다 셀 수가 없어서. 정수는 발을 동동 구르다가 엄마에게 도움을 청하곤 했다.

"엄마, 머리카락 그만 나오라고 해줘."

엄마는 그런 정수를 기가 허한 아이로 여겼다. 엄마는 정수의 흰자위나 혓바닥 색깔 같은 것을 유심히 살폈다. 아침마다 황기를 달인 물과 종합영양제를 챙겨 먹였다. 살집이 넉넉하게 올랐지만 정수는 여전히 헛것을 봤다. 헛것을 보지 않게 된 건 엄마가 정수의 그림일기를 본 후부터였다. 어느 날 엄마가 그림일기를 보여달라고 했다.

"거짓말만 써놨네."

엄마는 재밌다는 듯 중얼거렸다. 그림일기에는 구불구불한 뱀이 그려져 있었다. 우리집 지붕에서 엄청 긴 뱀이 나왔다고 적혀 있었다. 그건 거짓말이 아니었다. 그날 정수는 바닥에 누워 천장을 보고 있었다. 천장에는 이리저리 교차되는 물결무늬가 있었는데, 무늬를 눈으로 따라가다가 교차된 선들이 모두 하나로 이어진다는 사실을 깨달았다. 아무도 모르는 중대한 비밀을 발견한 것처럼 흥분되었다. 정수는 미간에 힘을 준 채 선을 눈으로 따라가고 또 따라갔다. 너무 오래 봤더니 눈알이 시리고 멀미가 나고 벽지의 선이 꿀렁꿀렁 움직이기 시작했다. 길고 긴 뱀 한 마리가 온 천장을 휘감았다.

정수는 억울함을 풀기 위해 천장을 손가락으로 가리켰다. 무늬를 따라가다보면 뱀이 나온다고 엄마에게 말했다. 엄마는 천장을 힐끔 올려다봤다.

"계속 따라가야지. 그래야 나온다고."

정수는 엄마의 소매를 잡고 흔들어댔다. 엄마는 알겠다고 답했지만, 다시 천장을 올려다보지는 않았다. 엄마는 즐거운 에피소드마냥 사람들에게 정수의 그림일기 이야기를 꺼냈다. 퇴근한 아빠와 텔레비전을 보다가, 막내 이모와 통화를 하면서.

"그림일기에 거짓말만 써놨더라니까."

정수가 삶은 계란을 먹으며 바다까지 혼자 기차 여행을 다녀온 것도, 동네에서 가장 유명한 레스토랑인 '다림방'에서 함박스테이크 정식을 먹은 것도, 동물원의 사자 우리에서 사자 똥을 치우는 봉사활동을 하고 온 것도, 엄마는 다 거짓말이라고 했다. 못 말린다는 듯 엄마는 웃었다. 자신이 본 것을 그대로 적어서는 안 된다는 것을 정수는 그때 알았다. 대낮의 해님은 하얀색이었지만 정수는 그림일기에 해님을 빨갛게 칠하기 시작했다. 꼭지에 잎사귀가 달려 있는 사과를 본 적이 없었지만 사과를 그릴 때면 꼭지와 잎사귀를 함께 그렸다. 그때부터 학업도 쉬워졌다. 두 손바닥으로 치는 느낌이 난다는 이유로 박수를 '밖수'로 적던 습관이 사라졌다. 정말로 미로 같아서 미로를 '뭃로'라고 적던 습관도 사라졌다. 음악 시간에 음표의 머리를 세모나 꽃잎 모양으로 그리지 않게 되었다. 보이는 대로 표현하는 게 아니라 정해진 것을 흉내내는 그 세계 속에서 정수는 환영받았다. 동그라미가 가득한 시험지를 돌려받으며 정수는 이 세계가 자신을 허용해주기 시작했다는 걸 알게 되었다. 그때부터 소파의 레이스 뜨개 커버는 정수를 보며 웃지 않았다. 그건 레이스 뜨개 커버일 뿐이었으니까.

정수는 꼬마 로봇처럼 절도 있게 행동했다. 허리를 꼿꼿하게 세우고 열중쉬어를 한 채 수업을 들었다. 엄마의 생일에 축하 카드를 쓸 때면 '생신을 경축드립니다'라고 적었다. 비가 그친 날 천막에 고여 있는 물웅덩이를 우산 끝으로 치지 않았다. 정수는 그런 자신이 자랑스럽게 느껴졌다. 그러다가 그 말을 들었다. 아빠의 차를 타고 외식을 하러 가던 길이었다. 아빠가 끼어들기를 시도했을 때, 옆 차의 차창이 내려갔다. 모르는 아저씨가 아빠에게 외쳤다.

"눈깔을 뽑아서 프라이팬에 구워버릴라."

정수는 자신의 눈꺼풀을 손바닥으로 얼른 가렸다. 눈알이 얼마나 연약한지 느껴졌다. 심장이 뛰기 시작했다. 정수는 종일 그 말을 곱씹었다. 어떤 사람이 누군가의 눈알을 뽑아서 프라이팬에 굽는 모습을 상상하면서. 그 상상이 멈춰지지 않아 메스껍다못해 기절할 것 같았다. 그건 정수가 만들어낸 환영이 아니었다. 실체가 아니라고 고개를 저어버리는 것이 불가능했다. 그 말을 듣기 이전으로 영영 돌아갈 수 없을 것 같았다.

친구와 그네에 앉아 한 손으로 그넷줄을 쥔 채 각자의 아이스크림을 먹었던 날도 그랬다. 아이스크림을 반쯤 먹었을 때, 정수는 친구에게 아이스크림을 바꿔 먹자고 말했다. 친구는 싫다고 답했다. 그렇다면 딱 한 입씩만 먹어보자고 정수는 다시 제안했다. 친구는 머뭇거리다가, 자신은 B형간염 보균자라고 말했다. 그래서 아이스크림을 바꿔 먹을 수가 없다고. 다른 아이들에게는 비밀로 해달라고 친구는 부탁했다. 정수는 고개를 끄덕였다. 누구와도 아이스크림을 나눠 먹을 수 없는 처지에 대해 생각했다. 얘는 퍼먹는 아이스크림이나 팥빙수를 혼자서 다 먹어야 하는 걸까. 리코더나 멜로디언을 안 가져온 날에 옆 반 아이에게 빌릴 수도 없는 걸까. 음식을 나눠 먹을 수 없다면 생일 파티도 열지 못하는 거 아닐까. 아니, 친구의 생일 파티에 초대받아도 못 가는 거 아닐까. 그러고 보니 어느 생일 파티 자리에서도 그 친구를 본 적이 없었다. 정수는 친구의 과거와 미래를 한번에 내다본 듯한 기분이 들었다. 앞으로 누군가의 생일 파티에 갈 때마다 정수는 친구를 떠올리게 될 거였다. 정수의 손등 위로 아이스크림이 줄줄 흘러내렸다.

말은 시도 때도 없이 정수의 내부로 침입해 정수를 뒤흔들고 단번에 무너뜨렸다. 정수는 무언가를 먹는 것과 다른 사람의 얘기를 듣는 것이 같은 선상에 있다고 생각했다. 씹고 삼킨 음식들이 정수의 피와 살이 되듯 귀로 들은 것들이 정수의 내부에 자리잡았다. 그것들을 외부의 자극이라 여길 수는 없었다.

열여덟

정수는 1등급으로 점철된 모의고사 성적표를 받았다. 약점인 과목이 없다는 점을 친구들은 신기해했다. 어떻게 수학과 영어를 똑같이 잘할 수가 있느냐면서.

"죽어라 했어."

정수는 고생스러웠다는 듯 고개를 절레절레 흔들었다. 사실 정수에게는 특별히 쉽거나 어려운 과목이 없었다. 영어든 수학이든, 국어든 과학이든. 정답을 찾는 방법은 똑같았다. 문제는 결국 몇 가지 유형 안에서 맴돌았다. 패턴이 합쳐지거나 변용되는 경우도 있었지만 숫자나 예문만 바뀔 뿐 대개 비슷비슷했다. 주제를 찾으라는 영어 문제는 유독 지문이 길곤 했다. 성실하게 지문을 다 읽어서는 다른 문제를 풀 시간이 부족해질 수밖에 없었다. 그런 문제들은 지문의 첫 문장과 끝 문장만 읽어도 답이 잡힐 때가 있었다. 함정을 파서 주제문을 숨겨두는 경우가 있었지만 그 위치도 빤했다. 지문의 오분의 이 지점. 아니면 오분의 사 지점. 추측이라는 것이 저절로 일어날 때가 문제였다. 가능세계의 성질에 대한 비문학 지문 안에서 체육관에 흰색 수첩이 놓여 있다는 문장을 만나게 되었을 때였다. 지문을 읽고 적절한 반응을 고르라는 문제에서, 정수는 '가능세계에서는 누군가가 체육관의 흰색 수첩을 주워들겠지'를 선택했다. 체육관에 놓여 있는 흰색 수첩이라니, 펼쳐보지 않는 것이 불가능하다고 여겨졌기 때문이었다. 그러나 추측을 하는 순간 그 문제는 틀리게끔 설계되어 있었다. 가능세계와 현실세계의 유사성에 의하면 누군가 잃어버린 수첩은 그저 방치된 채로 사라질 가능성이 더 크기 때문이었다. 가능세계는 가능한 세계일 뿐 모든 상상을 허용치는 않는다는 것을 파악하는 것이 핵심이었다. 문제는 매번 같은 수법으로 오답을 유도했지만, 이런 유형이 학생들이 가장 쉽게 빠지는 함정이었다. 교사들은 하나같이 강조했다. 문제 안에서만 답을 찾으라고. 제발 상상하지 말라고.

정수는 상상을 분리하는 훈련을 해왔다. 반복하다보니 정말로 상상이 삭제되어갔다. 체육관에 흰색 수첩이 놓여 있다는 문장을 읽어도 정수의 머릿속에서는 아무도 그 수첩을 펼치지 않았다. 얼마나 많은 아이들이 체육관을 드나들든 그랬다. 상상이 사라진 자리에는 모범생으로서의 자부심이 차올랐다. 나긋나긋한 목소리 톤으로 숙면을 보장해서 인간 엠씨스퀘어라는 별명을 지닌 근현대사 선생은 수업을 하며 정수만을 쳐다보았다. 그 수업에서 한 번도 졸지 않은 학생은 정수뿐이었으니까. 근현대사 선생이 정수를 바라보며 자신의 수업시간을 버텨낸다는 것을 정수는 알았다. 학생들보다 더 권태에 찌들어 동공이 풀린 채 문제를 푸는 수학 선생은 정수를 따로 불러냈다. 그는 어려운 문제들만 추려 만든 문제지를 정수에게 건넸다. 따로 문제지를 만들어본 건 칠 년 만이라고 했다. 정수 같은 학생만을 기다렸다는 듯한 말투였다. 정수는 사람들의 기대가 싫지 않았다.

친구들과 대화를 나눌 때도 마찬가지였다. 정수는 이제 자신의 생각 따위는 중요치 않게 여겼다. 문제의 유형을 파악하듯 친구의 패턴을 읽어냈고 몇 가지 보기 중에서 정답을 선택해서 발언했다. 날씨가 너무 좋다는 말은 어느 유형의 친구가 말하느냐에 따라 그냥 날씨가 좋다는 말일 수도, 학교 앞 분식집에서 슬러시를 먹고 싶다는 말일 수도, 죽고 싶다는 말일 수도 있었다. 수학과 영어와 국어처럼 친구들은 서로 다른 개성을 지닌 것처럼 보였지만 알고 보면 몇 가지 유형 안에서 서로를 표절했다. 그러나 친구가 내뱉는 말의 의미를 추측해서 단정지어서는 안 되었다. 죽고 싶은 친구에게 죽고 싶냐고 묻는 것보다 끔찍한 건 없을 테니까. 하얀 수첩처럼 펼쳐보지 않고 그 자리에 두어야 맞았다. 그럴 때 정수는 친구에게 그저 날씨가 너무 좋다고 앵무새처럼 답했다. 무심하거나, 발랄하거나, 한숨 섞인 어조로.

고작 몇 년 사이에 자신이 꽤 변한 것 같다고 정수는 생각했다. 몇 년 전의 자신을 남처럼 바라볼 수 있었다. 예전의 정수는 친구가 첫사랑에게 차였을 때 친구를 끌어안고 통곡을 했다. 친구에게 돼지라고 놀린 남자애를 잡기 위해 빗자루를 쥔 채 복도를 질주했다. 햄스터를 잃어버렸다는 꼬마를 동네에서 마주치는 바람에 학원에 가다 말고 햄스터를 찾아다녔다. 그때마다 사람들은 정수에게 물었다.

"왜 그러는데?"

엄마는 정수가 지나치게 착하다며 걱정을 했다. 정수는 자신이 착하다고 생각하지 않았다. 남의 일이 남의 일로 여겨지지 않았을 뿐이었다. 그러다가 친구에게 말을 들었다.

"오버하지 마."

친구는 넌더리가 난다는 표정이었다. 정수더러 주인공 자리를 꿰차야 직성이 풀리는 아이라고 친구는 쏘아붙였다. 남의 사정을 손쉽게 가로채서 당사자를 조연으로 만들어버린다고.

그후로 정수는 매 순간 노력을 기울여 자신을 지웠다. 상대에게 온전히 집중하되 동조하지 않았다. 적당히 기뻐하고 적당히 슬퍼했다. 반복하다보니 감정이 사라져갔다. 좋아하는 날씨도 싫어하는 날씨도 없어졌다. 남들은 정수를 모난 구석 없이 둥글둥글한 아이로 보았다. 결핍을 모르는 아이로 보았다. 그런 자신을 재수없어하는 아이가 있다는 것도 정수는 알았다.

정수는 단짝인 신애와 교정을 걷고 있었다. 다이어트를 하기 위해 운동장을 뛰고 있는 아이들을 지나쳐 배드민턴과 줄넘기를 하고 있는 아이들을 지나쳤다. 플라타너스 나무 아래에 자리를 잡았을 때 신애가 푸념하듯 말했다.

"나도 야구장에 가고 싶어."

야구 시즌이 한창 무르익은 여름이었다. 정수는 야구에 대해 아는 것이 없었다. 투수가 공을 던지면 타자가 공을 치고 달리는 스포츠라는 정도가 가진 지식의 전부였다. 야구장에 가고 싶다는 생각 또한 해본 적이 없었다.

"나도 야구장에 가고 싶어."

정수는 신애에게 말했다. 정수와 신애는 같은 말을 반복하는 인형처럼 야구장에 가고 싶다는 말을 내뱉으며 교실까지 걸어갔다. 그러고는 칠판에 '야구장 가고 싶다'라고 낙서를 하기 시작했다. 야구공과 배트를 그리고 있을 때 부반장이 다가와 말을 걸었다. 이번 주말에 야구장에 갈 건데, 같이 가겠느냐고. 그래서 정수와 신애는 부반장과 함께 야구장에 갔다. 행상인에게서 김밥 두 줄을 샀다. 응원봉을 사 들고 계단을 올라갔다. 출구로 나가자 빛이 쏟아졌고 드넓은 경기장이 나타났다. 마스코트 탈을 쓴 사람과 치어리더들이 스탠드에 올라서 춤을 추고 있었다. 세 사람은 초록색 의자에 자리를 잡았다.

특별한 일이 생길 것처럼 심장이 뛰었다.

세 사람이 응원하던 팀은 7회 말에 안타를 쳤다. 타자가 뛰었고 관중석의 사람들이 일제히 일어섰다. 함성 소리가 경기장을 메웠다. 정수 역시 자리에서 일어났다. 소리를 지르지는 않았다. 목은 쉬어버린 지 오래였다. 경기를 시작한 지 두 시간이 넘어가고 있었다. 경기 시작 후 삼십 분이 지났을 때부터 정수는 경기를 보지 않았다. 햇빛 때문에 눈이 부시다못해 따가웠다. 건너편 관람석에 드리워진 그늘이 천천히 움직이는 것을 지켜보았다. 저기는 시원하겠네, 생각하면서. 모르는 사람이 옆에서 어깨동무를 해왔다. 팔은 축축했고 뜨거운 땀냄새가 끼쳐왔다. 정수도 옆 사람에게 어깨동무를 했다. 응원가에 맞춰 벌칙을 수행하는 기분으로 파도타기를 하다가 정수는 알아챘다. 신애 또한 야구에 관심이 없다는 것을. 야구장에 가고 싶다는 말은 반에서 돌림노래처럼 도는 유행어에 불과했다. 땡볕 아래에서 땀을 줄줄 흘리며 정수와 신애는 벌게진 얼굴로 앉아 있었다. 더위를 먹은 것이 분명했다. 넋이 나간 얼굴을 하고서 신애는 열심히 응원봉으로 박수를 쳤다. 야구를 좋아하는 척하기 위해 애를 쓰고 있었다. 신애 또한 정수가 애쓰고 있다는 걸 느끼고 있을 터였다. 정수와 신애는 괜히 서로의 눈길을 피했다. 서로의 애씀을 모르는 체하려 했다. 경기장을 나가자고는 말하지 않았다. 야구를 좋아하느냐 좋아하지 않느냐는 중요하지 않았다. 중요한 건 야구장에 왔다는 것이었다.

정수는 흉내내는 언어와 그렇지 않은 언어를 구분할 수 있었다. 정수가 보기에 신애는 정수와 꽤나 닮은 듯했다. 정수는 신애에게 요점정리 노트를 공유했고, 신애는 정수에게 반에서 일어나는 사건 사고나 유행하는 만화책의 줄거리 따위를 일목요연하게 말해줬다. 그래서 좋은 친구로 지낼 수 있었다. 청소년 공익광고에 나오는 아이들처럼 밝고 바르게 연기하면서.

정수는 친구들과 웃으며 헤어졌다. 다음에 또 야구장에 오자고 약속하면서. 어색하게 굳은 얼굴로 정수와 신애는 손을 흔들었다. 야구를 정말로 좋아했던 부반장만 여전히 응원가를 흥얼거리고 있었다. 땡볕 속을 혼자 걷다가 정수는 현기증 때문에 걸음을 멈추었다. 야구장에서 정수는 처음으로 신애의 속마음을 들은 것 같았다. 텅 비어 있는 그 마음을. 보지 말았어야 할 것을 본 기분이었다. 보여서는 안 될 꼴을 보인 기분이었다. 만약 어린 정수가 오늘을 그림일기에 그린다면 아무것도 그리지 않을 것이었다. 하얀 도화지만으로 충분할 테니까.

듣고 싶어.

그때 정수는 자신도 모르게 중얼거렸다. 정수도 열렬한 관객이 되고 싶었다. 야구를 좋아하는 척하는 것이 아니라, 야구를 좋아하고 싶었다.

그날 이후로 정수는 신애와 멀어졌다. 누가 먼저랄 것 없이 자연스러웠다. 정수는 신애를 볼 때마다 가짜라고 되뇌었고, 그것이 곧 스스로에게 하는 말임을 알았다.

신애를 꼭 닮은 다른 친구가 정수의 단짝이 되었다. 신애 또한 정수를 대체할 친구를 금세 찾아냈다. 그러나 친구의 말을 따라 하는 것이 정수는 무기력하게 느껴지기 시작했다. 정수는 체육관에 놓여 있는 흰색 수첩을 상상했다. 하얀 수첩에 먼지가 쌓이고 종이의 귀퉁이가 누렇게 변해갔다. 체육관의 창문이 열려 있을 때면, 그래서 바람이 실내로 들어올 때면 알아서 펼쳐졌고 알아서 페이지가 넘어갔다. 습기를 머금었다 말라가기를 반복하며 종이는 울다가 서서히 부식되어갔다. 어느 날 강한 바람이 분다면 수첩에서 떨어져나온 페이지들이 체육관 구석구석으로 날아갈 것이었다. 체육관에서 배구나 농구를 하던 아이들은 그제야 고개를 들어 날아다니는 종이들을 쳐다볼 것이었다. 흰색 수첩을 생각하다 정수는 계연에게 말을 걸었다. 누구와도 말을 섞지 않는 그 아이에게.

"뭐 해?"

계연은 책상에 앉은 채로 정수를 올려다보더니 대답 없이 문제집에 다시 코를 박았다. 계연은 쉬는 시간에도 자리에 앉아 문제집만 푸는 아이였다. 점심시간에도 급식실에 가지 않고 교실에 혼자 남았다. 가방에서 도시락을 꺼내 먹었다. 문제를 풀며 한 손으로 집어먹을 수 있는 김밥이나 유부초밥 같은 것들이 담겨 있었다. 그런데도 계연의 성적은 형편없었다. 전교권은커녕 반에서도 중위권에 머물렀다. 처음 계연을 보았을 때 정수는 계연이 따돌림을 당하는 모양이라고 짐작했다. 혼자가 되어버린 아이가 무엇인가에 몰두하는 시늉을 하는 건 흔한 일이었다. 정수와 똑같은 생각을 한 몇몇 아이가 계연에게 다가가는 것을 보았다. 계연은 그때마다 아이들을 철저하게 무시했다. 아이들은 계연이 공부에 환장한 아이라고 판단했다. 어지간히 머리가 나쁜 게 틀림없다며 시시덕거렸다. 돌대가리. 계연의 별명이었다. 아무도 들으려 하지 않는 돌의 말에 정수는 마음이 갔다.

정수가 어떤 질문을 던지든 계연은 답하지 않았다. 정수는 더는 계연에게 질문을 던지지 않았다. 그저 가끔 계연의 근처에 앉아 계연을 구경했다. 계연은 정수를 힐끔 쳐다볼 뿐이었다. 계연이 어째서 공부를 못하는지 정수는 금세 알게 되었다. 계연은 공부를 하고 있지 않았다. 형광펜으로 지문에 밑줄을 긋고 있으면서도 눈동자는 지문을 따라가지 않았다. 영어 지문을 필사하면서 한 줄을 빼먹고도 알아채질 못했다. 계연은 딴생각에 빠져 있는 사람 같았다.

도대체 무슨 생각을 저렇게 하는 걸까.

정수는 계연의 곁에 점점 더 오래 앉아 있게 되었다. 채점을 할 때마다 계연은 주먹을 쥔 채 이를 악물었다. 분에 못 이겨 눈에 눈물이 차오르기도 했다. 어째서 이런 점수가 나오는지 도무지 이해가 가지 않는다는 듯이 그랬다. 계연은 자기가 공부를 안 하고 있다는 걸 모르는 눈치였다. 정수와 계연은 학년이 끝날 때까지 그 거리를 유지했다. 정수는 딱 한 번 계연의 이름을 불렀다. 계연이 볼펜을 쥔 채 이십 분째 같은 문제를 응시하고 있을 때였다.

"계연아."

계연은 정수의 목소리를 듣지 못했다. 꺼진 눈빛으로 굳어 있었다. 정수는 계연에게 다가가 팔을 툭툭 쳤다. 계연은 깜짝 놀라며 정수를 올려다봤다. 정수가 누구인지도 파악을 못하는 표정이었다.

"무슨 생각을 그렇게 해?"

오래도록 묻고 싶었던 말이었다. 계연은 답이 없었다.

"무슨 생각을 하길래 불러도 듣지를 못해."

정수는 다시 물었다. 계연은 눈을 깜빡거리며 정수를 쳐다봤다. 대답을 할지 무시를 할지 고민하는 듯했다. 결심을 한 듯 계연이 정수의 눈을 응시했다. 그리고 입을 열었다.

"아무 생각도 안 했는데."

계연은 손가락으로 귀밑을 긁적거렸다. 그리고 원래의 자세로 돌아갔다. 텅 빈 눈동자로 돌아갔다. 정수는 계연이 진실을 답해줬다는 걸 알았다. 아무런 과장도 흉내도 없는 말이었다.

정수는 종종 계연이 되었다. 새로운 단짝 친구와 밥을 먹다가, 수업시간에 필기를 하다가, 텅 빈 눈동자로 멍하니 앉아 있었다. 날씨가 너무 좋다고 말하는 친구에게 아무 대답도 하지 않았다. 무슨 일이 있느냐고 친구가 조심스럽게 물었다. 아무 일도 없다고 정수는 답했다. 계연이 되어 아무 생각도 하지 않고 있으면 자기 자신과 가까워지는 착각이 들었다. 그러나 정수는 계연이 되는 걸 오래 유지할 수는 없었다. 정수는 돌처럼 단단하지 않았다. 계연에게서 빠져나올 때마다 정수는 허탈했다. 정수는 자꾸 정수를 버리고 싶어졌지만, 이것 또한 계연을 흉내내는 것이었다.

열아홉

정수는 말을 걸었다. 말을 웅얼거리는 아이와 유독 식탐이 많은 아이에게. 종일 CD플레이어 따위를 분해하고 있는 아이와 마른 멸치의 머리만 주구장창 그리는 아이에게. 도무지 이해할 수 없는 아이들에게 말을 걸었다. 대답은 비슷비슷했다. 자신이 왜 그러는지를 그 아이들도 몰랐다. 대신 그 아이들은 다른 이야기를 들려줬다.

말을 웅얼거리는 아이는 질문을 해왔다. 학교 건너편 병원 별관에 장례식장이 있는 걸 아느냐고. 그 아이는 매일 아침 학교 앞 버스 정류장에 내리면 횡단보도를 건너지 않고 토스트 가게 골목으로 빠져 담장을 끼고 걸었다. 그러면 장례식장 담장을 지나서 학교에 올 수 있었다.

"사람들이 우는 게 들리거든."

그 아이는 웅얼거렸다.

"어떤 날에는 아무도 안 울어."

그 아이의 목소리가 더 작아졌다. 정수는 그 뒤의 말을 듣지 못했다. 뭐라고 말했느냐고 정수가 물었다. 그 아이는 주뼛거리다가 말했다.

"그게 더 좋은 걸까?"

정수는 그 아이처럼 장례식장을 지나서 등교하기 시작했다. 울음소리가 들리지 않는 날이면 그 아이의 질문을 곱씹었다. 사람들이 너무나 서럽게 우는 장례식과 아무도 울지 않는 장례식. 어느 쪽이 나은 걸까.

유독 식탐이 많은 아이는 미국이 달 탐사에 성공했다는 말을 믿지 않는다고 말했다. 마찬가지로 술이나 담배가 몸에 해롭다는 말도 믿지 않는다고 했다. 사람이 음식을 먹어야만 살 수 있다는 말도 의문이라고 했다. 그 아이는 과일만 먹고도 수십 년째 건강하게 살고 있는 사람을 기사에서 본 적이 있고 어쩌면 사람이 식물처럼 물만 마시고도 살아갈 수 있을지도 모른다는 생각이 든다고 했다.

"물만 마시면서 지내본 거야?"

정수가 물었다.

"아니."

그 아이는 잘라 말했다.

"그냥, 실컷 먹고 나면 뭔가 속았다는 느낌이 들 때가 있지 않아?"

그 아이는 동의를 구하듯 한쪽 눈썹을 치켜올렸다. 정수는 그 아이의 먹는 모습보다 먹고 난 후의 모습을 살피게 되었다. 밥을 다 먹고 흡족해하는 아이들 사이에서 그 아이는 어깨를 늘어뜨린 채 앉아 있었다. 빈 식판을 물끄러미 내려다보고 있었다. 맛있는 음식이 혀를 휘감고 그 맛에 몰두하게 되는 순간마다 정수는 속았다는 그애의 말을 떠올렸다. 미각이 혀의 거짓말이라면. 시각과 후각과 청각과 촉각. 충족감을 선사하는 감각들이 만약 거짓말이라면. 배부르다는 느낌이 들 만큼 칭찬을 들을 때마다 정수는 속았다는 말을 떠올렸다.

CD플레이어를 분해하던 아이는 정수의 관심을 반가워했다. 잘 만났다는 듯 정수 앞에서 CD플레이어를 분해하기 시작했다. 넉 달 전에 직접 픽업을 교체했는데 또 말썽이라며, 지하상가에서 엉터리 제품을 판 게 분명하다고 했다. 쌀알만큼 자그마한 나사를 풀다가 그 아이는 정수에게 말했다. 헤어진 남자친구에게 괴롭힘을 당하고 있다고, 도와달라고 했다. 다른 친구에게도 말해보았느냐고 정수는 물었다. 잘 도울 자신이 없었던 것뿐이었지만, 그 아이는 정수의 조언을 듣고 다른 친구들에게도 사정을 털어놓았다. 순번을 정하고 번갈아가며 그 아이와 함께 등하교를 했다. 더는 함께 등하교를 하지 않아도 되는 때가 왔을 때, 그 아이는 고맙다며 정수에게 쇼핑백을 내밀었다. 카메라 케이스처럼 생긴 자그마한 가방이 들어 있었다. 가방은 묵직했다. 정수는 벨크로를 열어 가방 안을 들여다봤다. 각종 크기의 못과 나사 같은 것들이 담겨 있었다. 그 아이가 초등학생 때부터 아껴왔던 못 주머니라고 했다. 그 아이는 불안한 표정으로 정수를 살폈다. 큰마음을 먹고 엄청난 비밀을 털어놓은 사람처럼 그랬다.

"나사네."

정수가 말했다. 너라면 좋아할 것 같았다며 그 아이는 활짝 웃었다. 못과 나사를 하나씩 꺼내가며 정수에게 설명을 해줬다. 와퍼머리 나사는 학교 송풍기에서 뽑았다고 했다. 가장 길쭉한 접시머리 나사는 콘센트에서, 육각 와셔머리 나사는 비닐하우스에서 뽑았다고 했다. 학교의 벤치나 문의 경첩에서 나사가 빠져버린 자리를 발견할 때마다 정수는 자기도 모르게 풋, 하고 웃음이 나왔다. 엉거주춤한 자세로 나사를 뽑아내는 그 아이가 그려졌다. 정수는 나사가 사라진 자리에 손끝을 가져갔다. 텅 비어버린 구멍을 만져보았다.

마른 멸치의 머리만 그리는 아이는 정수에게 퀴즈를 냈다. 멸치 머리 그림 수십 장을 보여주었다.

"몇 마리 같아?"

한 마리를 여러 번 그린 것처럼 그림들은 똑같아 보였다. 하지만 한 마리를 여러 번 그렸다면 그런 질문을 했을 리가 없었다. 정수는 종이들을 다시 자세히 살펴보았다. 입을 앙다물고 있는 멸치와 자그마한 송곳니 한 개가 보이는 멸치와 볼이 푹 팬 멸치와 눈이 유난히 튀어나온 멸치와…… 종이는 서른네 장이었다. 서른네 마리라고 정수는 답했다. 그 아이는 실망한 눈치였다. 그래서 멸치가 몇 마리인 거냐고 정수가 물었다.

"열한 마리."

그 아이는 그림을 분류하기 시작했다. 볼이 푹 팬 멸치와 입을 앙다물고 있는 멸치는 같은 멸치라고 했다. 명암만 다를 뿐 똑같이 생기지 않았느냐면서. 그 아이는 왜인지 언짢은 듯 보였다.

정수는 몇 번인가 그 아이를 다시 찾아갔다. 퀴즈의 정답을 맞히기 위해 도전을 했다. 문제를 맞히는 건 정수가 가장 자신 있어하는 일이었다. 유형과 패턴만 파악하면 될 것이라 여겼다. 비늘의 방향이나 아가미의 각도 따위를 기준으로 대답을 해보았지만 정수는 번번이 틀렸다. 눈알이 튀어나온 멸치와 눈알이 뜯겨 있는 멸치도 같은 멸치라고 그 아이는 말했다. 그게 어떻게 같을 수 있느냐고 정수는 항의했다.

"너는 눈이 빠지면 다른 애가 되냐?"

그래서 정수는 미술학원을 찾아갔다. 그림을 알아보는 눈을 갖고 싶다고 상담실장에게 말했다. 학원에 다니다보면 그런 안목은 자연스럽게 얻어진다고 실장은 답했다. 부모와 담임은 정수의 미술학원 등록을 반대했다. 수능을 육 개월 앞두고 그런 모험을 해서는 안 된다고, 하던 대로만 하면 된다고 했다. 정수는 5월 모의고사에서 백지를 제출했다. 0점을 받더라도 내신에는 불이익이 전혀 없다는 판단으로 한 행동이었다. 부모와 담임을 놀래키기에는 충분했다.

상담실장의 말은 반만 맞았다. 그림을 알아보는 눈 같은 건 없었다. 학원에는 거의 비슷하지만 약간은 다른 줄리앙 석고상이 세 개 있었다. 세 개 중 어느 석고상을 보며 그렸는지는 자신만 알 수 있었다. 석고상이 그림을 본다 하더라도 머리를 갸우뚱거렸을 것이다. '내 눈꼬리가 이렇게 뾰족하다고?' 반문하면서. 멸치를 그리던 아이가 그런 이치를 몰랐을 리 없었다. 자신만 식별할 수 있다는 걸 알고 있음에도 불구하고 언짢아지는 마음에 대해서도 정수는 이해하게 되었다. 석고상의 구불구불한 머리카락을 표현하기 위해 반나절을 고심했는데 미술 선생이 이 초 동안 그림을 본 후 고개를 끄덕일 때, 정수는 맥이 풀렸다. 자신이 그림을 그린 시간만큼 상대방도 그림을 봐주길 원하게 되었다. 그림을 훑어보는 게 아니라 그림을 함께 겪어주었으면 했다.

스물

정수가 대학에서 처음 만든 작품은 소파의 레이스 뜨개 커버였다. 그때 정수는 뜨개질을 처음으로 해봤다. 동대문 의류 부자재 코너에 찾아가 뜨개실을 구입했다. 손뜨개 공방에서 레슨을 받았다. 대바늘을 비녀처럼 머리에 꽂고 다녔다. 시도 때도 없이 대바늘을 꺼내 뜨개질을 이어갔다. 사람 얼굴처럼 웃고 있는 뜨개 커버를 제출했다. 그다음으로 만든 것은 뱀 무늬 벽지였다. 매년 10월에서 11월 사이에 뱀은 허물을 벗었다. 치질에 좋다는 이유로 뱀의 허물을 모으는 약재상들이 있었다. 인테리어 업체에서 허물과 비슷한 무늬의 벽지를 찾아냈다. 벽지에 낚싯줄로 뱀의 허물을 꿰매나갔다. 허물은 쉽게 찢어졌고, 그러면 정수는 처음부터 다시 꿰맸다. 뱀의 허물에 코를 박고 지냈다. 그다음으로 만든 것은 그네였다. 나무판에 타공을 하고 나일론 로프를 연결했다. 약재상에서 바퀴벌레 사체를 한 상자 구입했다. 다리 하나에만 순간접착제를 발라 바퀴벌레들을 그네 밑바닥에 매달아두었다. 그네에 앉아 발을 구르면 바퀴벌레의 다리가 끊어지면서 바퀴벌레들이 후드득 떨어졌다. 크리틱 시간에 교수는 말했다. 재료 선택에 마음이

간다고. 그리고 덧붙였다. 유년기에서 비롯된 이미지를 재현해보려는 학생이 1학년 수업엔 늘 있기 마련이라고. 독창적이지는 않다고. 하지만 누구나 이렇게까지 진심이지는 않다고 했다.

교수의 피드백에서, 자신과 비슷한 학생이 매년 있다는 말이 정수는 제일 반가웠다. 하지만 피드백을 여러 번 곱씹으며 독창성이라는 것에 대해 처음으로 생각해보게 되었다. 정수는 독창적이고 싶다는 생각을 해본 적이 없었다.

교수에게서 메일이 왔다. 기말 과제 제출일로부터 일주일이 지난 때였다. 무엇이 되었든 반드시 제출을 하라고 적혀 있었다. 정수는 책상에 있던 드로잉 노트들을 들춰보았다. 몸통만 남은 멸치가 그려진 그림들을 제출했다. 세멸, 자멸, 소멸, 중멸, 대멸. 청어와 디포리. 생멸치의 몸통과 마른 멸치의 몸통. 국물에 퉁퉁 불어 있는 몸통과 간장에 볶아진 몸통과 등이 반으로 갈려 내장이 제거된 몸통 들.

멸치를 볼 때마다 정수는 멸치 머리를 그리던 아이가 떠올랐다. 약속을 한 적도 없으면서 약속을 어긴 사람의 심정이 되었다. 학생식당에서 밥을 먹다가 정수는 젓가락으로 멸치 한 마리를 골라냈다. 멸치를 티슈로 곱게 싸서 집으로 가져갔다. 책상의 스탠드 불빛 아래에 멸치를 올려놓고 그려나갔다. 언젠가 그 아이를 만난다면 이 몸통이 몇 마리의 멸치로 보이냐고 물을 생각이었다. 그런 질문을 하는 날은 없을 테지만, 그 아이의 당황하는 표정을 상상하는 것만으로도 정수는 재미있었다.

다음 과제에서도 정수는 남에게 들었던 이야기로 작품을 만들어 제출했다. 이전에 받았던 피드백보다 그나마 나은 피드백을 받았다. 누군가를 이해하려고 애쓴 흔적이 작품에서 읽히기를 정수는 바랐지만, 작품은 독창성을 기준으로 이야기되었다. 작품을 제출하고 돌아온 날이면 방을 청소했다. 각종 재료들로 어지럽혀진 방을 깨끗이 하고 샤워를 했다. 거울 속 자신과 눈을 마주치지 않으려 노력했다. 바닷가에서 조약돌에 묻은 모래를 털어 주머니에 넣는 사람이나 파랗게 녹이 슨 주화를 치약으로 닦아내는 사람처럼 정수가 모아온 이야기들. 정수는 그 이야기들을 누구보다 아꼈다.

어째서.

정수는 생각했다.

어째서 이것들은 내 이야기가 아닌 걸까. 어째서 나는 이 이야기의 주인이 될 수 없는 걸까.

스물셋

누리가 말을 걸어온 것은 정수가 자판기 앞에 서 있을 때였다. 음료 한 캔을 뽑으려 했는데 누리가 먼저 와 자판기를 쓰고 있었다. 정수는 차례를 기다렸다. 누리는 지폐를 자판기에 넣은 후 에너지 드링크를 뽑았다. 또 지폐를 넣은 후 같은 음료를 뽑았다. 자판기에 있는 그 음료를 모두 털어가겠다는 듯 계속 돈을 넣고 있었다. 양해를 구하려는 듯 누리가 말했다.

"매점에는 이게 없어서요."

누리는 정수를 알아보지 못했지만, 정수는 누리를 알고 있었다. 삼 년 전, 대학 오티에서 누리를 보았다. 누리는 한 학년 선배였는데, 신입생들을 인솔하는 역할을 맡았다. 서로를 모르는 신입생들을 짝지어 버스에 앉히고, 간식 상자를 실어날랐다. 누리는 신입생 한 명 한 명에게 반갑다며 살갑게 말을 건넸다. 신입생들은 말을 섞을 사람을 찾지 못할 때마다 은근슬쩍 누리의 곁으로 갔다. 누리의 모습이 정수는 낯익었다. 모난 구석 없이 둥글둥글하고 밝은 사람. 대학 홈페이지의 메인 화면에서 전공 교재를 팔에 끼고 선 학생이 짓고 있을 법한 표정. 누리는 고등학생 때의 정수와 닮아 있었다. 정수는 누리를 바라보며 단짝 친구였던 신애를 떠올렸다. 야구장에서 서로를 알아보고 어쩔 줄 몰라했던 날을 떠올렸다.

누리는 뽑아낸 음료들을 차례대로 팔과 몸 사이에 끼워넣었다. 팔꿈치 안쪽에 끼웠던 한 개가 바닥으로 떨어졌다. 좀 주워달라고 누리가 부탁했다. 정수는 음료를 주워 누리의 호주머니에 꽂아주었다.

"혹시 미대생이에요?"

누리가 정수에게 물었다. 정수는 자신의 작업복을 내려다봤고 고개를 끄덕였다. 학교가 청소 노동자들을 한꺼번에 해고한 것을 알고 있느냐고 누리는 물었다. 피켓이 많이 필요한데 손이 부족하다면서. 정수는 누리의 부탁을 거절했다.

도서관 창가 자리에 앉아 있던 아침, 정수는 또다시 누리를 보았다. 건너편 본관 앞에서 누리는 피켓을 들고 서 있었다. 옆에는 테이블이 놓여 있었다. 학생들이 그 앞에 종종 멈춰서 서명을 하고 갔다. 테이블 아래에는 에너지 드링크가 줄지어 놓여 있었다. 시간이 다 되어 자리를 정리하고 수업을 들으러 갈 때도, 공강 시간을 이용해 휴게실에서 낮잠을 자고 도서관으로 돌아왔을 때도, 누리는 그 자리에 서 있었다. 아직 초여름이라지만 파라솔도 없는 햇볕 아래였다. 야구장에서 목격했던 신애의 표정이 누리에게서도 배어나오기를 정수는 고대하고 있었다. 저 밝고 올곧은 표정이 아이스크림처럼 줄줄 흘러내리기를.

본관 앞에는 이제 아무도 없었다. 혼자였는데도 누리의 표정은 변함이 없었다. 그때 누리가 들고 있던 피켓을 내려놓았다. 정수는 창문 쪽으로 고개를 쭉 뺐다. 누리는 허리를 숙이고 에너지 드링크 하나를 집었다. 그것을 따서 벌컥벌컥 마셨다. 빈 캔을 검은 비닐봉지에 넣은 후 다시 피켓을 들었다. 일곱 개였던 에너지 드링크가 세 개로 줄어 있었다.

저녁이 되어 정수는 짐을 챙겨 도서관을 빠져나왔다. 누리에게로 걸어갔다. 테이블 앞에 서서 서명을 했다. 펜 뚜껑을 닫고 내려놓으며 정수는 누리에게 말했다.

"그거 그렇게 많이 드시면 안 돼요."

정수는 고갯짓으로 누리의 뒤에 놓인 비닐봉지를 가리켰다.

"제 위장이 워낙 튼튼해서요."

누리는 보란듯이 손바닥으로 배를 두드렸다. 그리고 정수에게 물었다.

"혹시 미대생이에요?"

누리는 이번에도 정수를 기억하지 못했다.

제안을 거절당했다거나 약속 자리에서 바람맞았다거나 하는 안 좋은 순간들을 누리는 잘 기억하지 못한다고 했다. 몸에 버튼이라도 있는 것처럼 알아서 삭제가 되어버린다고. 누리는 자신의 그런 점이 좋다고 했다. 그렇지 않았더라면 지금 정수와 함께 편의점 앞에 앉아 맥주를 마시지도 못했을 거라면서.

두 사람은 편의점에서 자주 술을 마셨다. 빳빳했던 종이컵이 눅눅해질 때까지 맥주를 마셨다. 그때마다 자신들의 첫 만남을 안주 삼았다. 누리가 자기를 기억도 못했다며 정수는 원망스럽다는 듯 투덜거렸다. 원망 따위가 없다는 것쯤은 누리도 알고 있었다. 이미 한 번 거절했던 부탁을 정수가 수락했다는 점 때문에 누리는 그 이야기를 좋아했다.

누리는 어딘가 흉내내는 사람 같았지만, 아무도 흉내내지 않았다. 자신이 무엇인가를 흉내내고 있다는 사실을 깨닫지 못하는 경우일 수도 있었다. 만약 이 생각을 누리에게 말한다면, 누리는 답할 것이었다. 자신의 그런 점이 좋다고. 호탕하게 웃으면서. 그리고 정수의 말을 잊어줄 것이었다.

정수는 누리와 함께 피켓을 만들고 대자보를 붙였다. 청소 노동자들과 모여 총장실의 문을 두드렸다. 굳게 닫힌 총장실 문 앞에서 노래를 부르다가 정수는 알게 되었다. 정수에게 이 일은 야구장에 가는 것과 같았다. 1980년대 군사정권을 배경으로 하는 영화에 나올 법한 구호를 외치는 일에 몰입할 수 없었고, 고맙다는 인사를 받으며 맞잡은 청소 노동자의 손은 야구장에서 만난 옆 사람의 그것처럼 축축하게만 느껴졌다. 자신의 텅 비어 있는 마음을 청소 노동자들이 알아챌까봐 불편해졌다. 대열의 가장자리에 어정쩡하게 서 있을 때 누리가 다가왔다.

"불편하죠?"

정수는 아니라고 답했다.

"저는 처음에 엄청 불편했는데."

당연하지 않으냐는 투였다. 누리는 정수에게 에너지 드링크를 내밀었다. 이게 보기보다 도움이 된다면서.

에너지 드링크를 벌컥벌컥 마시는 누리의 악착같이 밝은 눈빛에 정수는 매료되었다. 그 눈빛에는 도무지 납득 불가능한 면이 있었다. 한나절을 고생해 만들어낸 대자보가 삼십 분 만에 수거되고 총장실 문이 이 주일째 열리지 않을 때도 누리는 실망하지 않았다. 실망하는 기능이 고장난 사람 같았다. 괜찮아, 힘내자, 할 수 있어. 상투적이기 짝이 없는 말만 내뱉었다. 광기에 가까운 긍정 에너지를 지닌 스포츠 만화의 주인공처럼 눈을 찡긋하며 파이팅을 외쳤다. 무엇인가를 흉내내고 있다는 사실을 망각한 사람에게 주어진 혜택이 있다면 그것은 누리의 눈빛 같은 것이었다. 누구도 그 눈빛이 가짜라고 말할 수는 없었다. 정수는 그 눈빛을 닮고 싶었다.

청소 노동자와의 대화를 거부하는 총장에 대한 기사를 쓴 이후, 누리는 대학부에서 문화부로 이동을 당했다. 학보사 주간 교수가 아닌 동료 학생기자들이 내린 결정이었다. 새해 패션 트렌드나 전주국제영화제 탐방기, 여름방학 추천 도서같이 계절마다 관례처럼 내보내는 기사를 다루라는 의미였다. 누리는 타 대학 예술대 교수 채용 비리를 취재했다. 채용 비리를 처음으로 언론에 제보한 중견 미술 작가를 인터뷰했다.

"정말로 인터뷰를 딴 거예요?"

국장이 누리에게 물었다. 누리는 그렇다고 답했다.

"우리 학교 신문에 기사가 난다는 걸 인터뷰이도 알고 있겠네요?"

누리는 고개를 끄덕였다. 국장은 기사를 허가할 수 없다고 했다. 외부에서 발생한 일에 대해서라면 얼마든지 날카로운 의견을 담아도 된다고 했다. 어차피 외부의 일이니까. 하지만 외부 문제라 하더라도 외부인과 인터뷰를 하게 되면 이야기가 달라진다는 것이었다.

"기사 내용을 인터뷰이가 민감하게 주시하거든요. 인터뷰를 일 분만 하지는 않았을 거 아녜요. 엄청 길게 얘기를 나눴겠죠. 말한 내용 중에서 일부분을 발췌할 수밖에 없는데, 인터뷰이는 그 부분이 적합하지 않다고 느낄 거예요. 왜 이 부분을 썼냐, 다른 부분을 썼어야 했다, 기사의 방향성이 자신의 생각과 일치하지 않는다, 왜 이렇게 기사가 짧으냐, 후속 기사를 써라. 항의가 들어오고 문제가 커지고 그 과정에서 모두가 피폐해지기만 할 거예요. 그런 일이 이미 많았어요."

그러나 신문에는 누리의 예술대 교수 채용 비리 기사가 버젓이 실렸다. 기사가 실린 이후에 어떤 일들이 있었는지, 누리는 잘 기억하지 못했다. 신문이 다른 때보다 훨씬 많이 나갔다고, 텅 비어 있는 진열대를 본 적도 있다며 누리는 뿌듯해했다. 그 얘기를 누리에게서 전해듣고 일주일이 지났을 무렵, 정수는 누리와 연락이 끊어졌다.

정수는 가장 먼저 학보사 사무실을 찾아갔다. 이 주일에 한 번씩 금요일마다 기자들이 그곳에서 밤을 새운다는 것을 알고 있었다. 사무실 문을 열었고 한 사람이 컴퓨터 앞에 앉아 있었다. 그는 수습기자라고 했다. 누리가 누구인지 모른다고 했다. 밤 열시에 방문했을 때는 세 사람이, 열두시에 방문했을 때는 여섯 사람이 앉아 있었다. 편집부와 사진부를 빼면 기자는 세 명이 전부였다. 누리의 이야기를 꺼내자 국장은 대수롭지 않게 말했다. 원래 이곳은 한 학기를 버티는 사람이 별로 없다고. 사람은 적은데 써야 할 기사는 많으니 피곤해서 그만뒀을 거라고.

정수는 과사무실을 찾아갔다. 조교에게 누리의 집주소를 물어보았다. 개인정보는 알려줄 수 없다고 조교는 잘라 말했다. 다만, 삼층에 있는 대연극실에 가보라는 말을 해줬다. 누리가 그곳에서 종종 낮잠을 잔다고 했다. 대연극실은 사면이 거울로 둘러싸여 있었다. 마루가 깔려 있어 신발을 벗고 들어가야 했다. 누리가 그랬듯 정수는 대연극실 바닥에 누워보았다. 바닥은 딱딱했다. 한기가 고스란히 몸에 전해졌다. 따뜻한 이불과 푹신한 베개가 있는 휴게실을 두고 누리는 어째서 이곳에서 잠을 잤을까.

그다음에는 누리의 단골 카페를 찾아갔다. 카운터 옆에는 쿠폰을 꽂아두는 보드가 있었다. 누리는 정수와 함께 그곳에 갈 때마다 자신의 이름이 적힌 쿠폰을 보드에서 꺼내 도장을 찍곤 했다. 누리의 쿠폰은 보드에 없었다. 쿠폰이 사라졌다는 정수의 말에 카페 점원은 이름을 물었다. 점원은 누리의 이름을 듣자 올 때마다 초콜릿이 들어간 음료를 시켰는데 얼마 전부터 보이지 않게 된 사람이 있다고 했다. 그 사람이 누리가 아니냐고 점원은 말했다. 점원도 누리를 기억하지 못하고 있었다. 누리는 초콜릿이 들어간 음료를 마시지 않았다.

정수는 교내 익명 게시판에 글을 올렸다. 누리의 소식을 아는 사람을 찾고 있다고 적었다. 갑자기 사라져서 걱정이 된다고, 소식을 애타게 기다리고 있다고도 적었다. 한 달 후쯤 누리에게서 연락이 왔다.

누리는 아무 일도 없던 사람 같았다. 손을 크게 흔들며 뛰어왔다. 정수에게 팔짱을 꼈다. 여전히 씩씩하고 경쾌했다. 최근에 프린터를 샀다거나 새로운 에너지 드링크가 출시되었는데 먹어보았느냐거나 하는 말을 늘어놓았다. 정수는 누리와 있었던 일들을 넌지시 꺼내며 누리의 표정을 살폈다. 자신이 처음 안경을 벗었을 때 콧잔등이 코 받침과 맞닿는 부분만 새하얘서 놀렸던 걸 기억하느냐고 물었다. 자신이 똑같은 신발만 신고 다녀서 새 신발을 골라줬던 걸 기억하느냐고 물었다. 당연히 기억한다고 누리는 답했다.

"평생 신을 거라면서 네가 업체에서 밑창까지 보강했잖아."

"나한테 정말 해줄 말이 없는 거야?"

정수는 누리에게 물었다. 무슨 말이냐는 듯 누리가 정수를 쳐다보았다.

카페에 마주앉아 정수는 또박또박 말했다. 왜 갑자기 학교를 그만두고 사라졌는지, 그 이유를 말해줄 순 없느냐고, 그 기사를 쓴 이후로 무슨 일이 있었던 것인지, 취재를 할 때 따라갔던 자신에게 그 정도도 알려줄 수 없느냐고 물었다.

"그래, 너한테도 권리가 있지."

누리는 고개를 끄덕였다.

"근데, 난 기억이 나지 않는걸."

그리고 누리는 다른 이야기를 하기 시작했다.

누리는 자신의 생일을 좋아했다. 5월 5일은 어린이날이었고, 5월 8일은 어버이날이었다. 5월 15일은 스승의날이었고,

5월 20일 무렵에는 체육대회가 열렸다. 5월의 마지막날, 모든 행사가 끝나버렸다고 아이들이 아쉬워할 그때가 누리의 생일이었다. 누리는 아홉 살 때 처음으로 생일 파티를 했다. 생일 파티 초대장을 따로 만들지 않았다. 초대에서 매번 소외되는 아이가 반에 있다는 걸 알고 있어서였다. 누구나 파티에 올 수 있다고 누리는 친구들에게 말했다. 아이들이 많이 올 수도 있다는 것은 예상했지만, 그렇게까지 많이 올 줄은 몰랐다. 학교가 끝난 뒤 집에 갔더니 대문 앞에 아이들이 바글바글 몰려 있었다. 누리는 아이들에게 누구냐고 물었다. 아이들도 누리에게 누구냐고 물었다. 이 집에서 생일 파티가 열리는데 누구나 와도 된다고 했다면서, 너도 함께 들어가자고 아이들은 누리에게 제안했다. 누리는 아이들을 세워둔 채 집으로 들어갔다. 엄마에게 상황을 설명했다. 누리의 엄마가 대문 앞으로 나가 아이들에게 물었다.

"얘들아, 생일 파티는 뭐 하러 가는 거지?"

케이크를 먹으러 가는 거라고 답하는 아이가 있었고, 친구들과 놀러가는 거라고 답하는 아이가 있었다. 누리의 엄마는 아이들에게 다시 물었다.

"친구의 생일을 축하해주려고 가는 거지?"

아이들은 누리의 엄마가 질문을 하는 것이 아니라는 사실을 알아채곤 고개를 끄덕였다.

“누리 친구 손들어볼래?”

오늘부터 누리와 친구가 되겠다고 한 아이가 답했다. 다른 아이들도 똑같이 대답을 했다. 누리의 엄마는 질문을 바꿨다.

“친구의 생일을 축하하려면 뭐가 필요하지?”

그것은 선물이었다. 선물을 준비하지 않은 아이들은 돌아가야 했다. 아이들이 돌아서며 누구나 와도 된다더니, 라고 중얼거렸다. 반에서 한 번도 생일 파티에 초대받지 못했던 아이가 선물 상자를 들고 집으로 들어오는 것을 보자 당황했던 누리의 마음이 풀렸다. 그 뒤를 따라 몇 명이 더 들어왔다. 누리는 아이들에게 둘러싸여 축하를 받았다. 촛불을 불어 끄자 아이들이 너도나도 선물을 내밀었다. 음식을 나눠 먹고 탱탱볼을 챙겨 놀이터에 나갈 때까지는 괜찮았다. 놀이터에서 누리는 친구들과 다퉜다. 그리고 혼자 집으로 돌아왔다. 어째서 다퉜는지는 기억나지 않았다. 생일 파티에 들어오지 못한 아이들이 놀이터에 모여 있었다는 것만 기억이 났다.

누리의 엄마는 아이들이 먹고 난 자리를 정리하고 안방에 누워 있었다. 피곤이 묻어 있는 목소리로 엄마는 왜 벌써 들어왔느냐고 누리에게 물었다. 재미있게 놀았다고 누리는 답했다. 그때 초인종이 울렸다. 누리는 인터폰의 통화 버튼을 눌렀다. 인터폰 화면에 아이들의 얼굴이 떠 있었다. 생일 파티에 들어온 아이들과 들어오지 못한 아이들이 뒤섞여 있었다. 아이들은 합창하듯 말했다. 문 열어. 우리 선물 돌려줘.

기억은 거기에서 끊어졌다. 다음 기억 속에서 누리는 선물 상자를 들고 있었다. 학교 안이었고, 생일 파티에 매번 소외되었던 아이가 눈앞에 서 있었다. 그 아이는 보고 있는 사람이 없는지 주변을 둘러보고서, 누리에게 선물을 건넸다. 가방 속에 꼭꼭 넣어서 가라면서. 누리가 가방에 선물을 넣는 것을 확인한 뒤 그 아이는 뒤돌아 뛰어갔다.

누리는 그 선물을 엄마에게 자랑했다. 저번에 생일 파티에 왔던 친구가 이걸 줬다면서. 엄마는 대답이 없었다. 누리는 포장지를 뜯어보았다. 어린이 문구 세트였다. 지우개와 자, 연필 두 개와 샤프 하나, 샤프심 한 통이 들어 있었다. 모든 물건에 토끼가 그려져 있었다. 분명 토끼인데 귀가 곰돌이처럼 자그마했다. 뒷다리 없이 앞다리만 그려져 있었다. 물건마다 토끼의 자세가 달랐다. 누리는 지금도 그 토끼들을 똑같이 그릴 수 있었다. 지우개에 그려져 있던 만세를 부르는 토끼와 자에 그려져 있던 누워 있는 토끼, 케이크를 끌어안고 있는 토끼와 윙크를 하고 있는 토끼.

스물한 살이 되어서야 누리는 궁금해졌다. 습관처럼 연습장에 토끼를 그리다가 멈추었다. 아이들이 초인종을 눌렀던 그때. 자신은 대문을 열어줬을까, 열어주지 않았을까. 그 아이는 분명 선물 상자를 들고 집에 들어왔는데, 어째서 생일 선물을 두 번이나 준 것일까. 누리는 언니에게 그 일을 털어놓았다.

"기억이 안 나?"

언니는 놀랍다는 듯 눈을 동그랗게 떴다. 언니는 그날을 똑똑하게 기억하고 있다고 했다.

"네가 문을 열어줬어. 애들이 신발을 신고 집에 들어왔잖아. 소파 안쪽에 선물들이 쌓여 있었는데, 카펫을 다 밟고서 네 선물을 가져갔잖아. 하나도 남김없이. 다. 말릴 새도 없었고, 말릴 수도 없었어. 엄마가 나와서 이게 뭐 하는 짓이냐고 그랬는데, 애들이 다 같이 소리를 질러댔어. 자기들은 누리랑 친구가 아니라고."

그날의 기억이 언니에게는 상처로 남았다고 했다. 이후로 언니는 누구의 생일 파티에도 가지 않았고, 생일에도 선물을 받지 않았다고, 지금도 가끔 아이들이 신발을 신고 집으로 쳐들어오는 악몽을 꾼다고 했다. 크림색 카펫에 수많은 발자국이 찍히는 장면을 본다고 했다.

정말로 선물을 빼앗긴 건 자신이 아니라 언니인 것 같다고 누리는 말했다.

"그러니까 너도 나한테 섭섭해해도 돼."

생일 이야기를 하다 말고 누리는 정수에게 말했다.

"학교를 그만둔 그럴듯한 이유를 나는 잘 몰라."

또랑또랑한 눈망울을 통해 누리의 진심이 와닿았다. 그 순간 정수의 서운함이 말끔히 걷혔다.

정수는 누리가 열어보지 못했던 생일 선물들을 상상했다. 누리의 집 소파 안쪽에 쌓여 있었으나 아이들이 모두 빼앗아 간 그 선물들은 구체적으로 무엇이었을까. 그후로 정수는 문방구에 갈 때마다 아홉 살 아이가 좋아할 만한 물건을 하나씩 구입했다. 색연필 세트와 너구리가 그려져 있는 동전지갑. 슬라임 장난감과 체크무늬 양말. 수류탄 모양의 머그컵과 고슴도치 열쇠고리. 정수는 물건에 붙은 먼지를 브러시로 꼼꼼하게 제거했다. 아크릴 판 위에 물건을 고정시켰다. 액상 실리콘에 경화제를 섞고 물건 위에 부었다. 실리콘이 완전히 굳으면 틀에서 물건을 빼냈다. 실리콘에 음각으로 물건이 새겨졌다. 어떤 것은 틀만 보아도 원래의 모양을 유추할 수 있었다. 어떤 것은 양각이 음각이 되어버렸다는 이유만으로 원래의 모양을 짐작하기 어려웠다. 정수는 원물이 사라진 틀에 색을 입혔다. 레고를 쌓듯 정육각형의 틀을 이어붙였다. 색색깔의 틀이 모여 하나의 거대한 상자가 되어갔다. 선물 상자. 그것이 정수의 졸업 작품이었다.

누리는 정수의 졸업 전시를 보러 왔다. 음각으로 물건이 새겨져 있는 틀 하나하나를 들여다보며 이것이 무엇이냐고 물었다. 이것은 동전지갑이라고, 이것은 슬라임 장난감이라고, 정수는 누리에게 설명했다. 누리는 고개를 끄덕였다.

"예쁘네."

정수가 무엇을 표현했는지 누리는 모르는 것 같았다.

정수의 작품은 음각을 부각시키는 방식으로 상실감을 효과적으로 표현했고 사물이 존재하지 않음을 사물 그 자체보다 더 강렬하게 드러냈다는 평을 받았다. 정수는 이후로도 남의 이야기로부터 작품을 만들어나갔다. 들었던 이야기를 재현하는 것을 선택하지 않고, 스스로 경험한 이야기가 아니기 때문에 끝끝내 알 수 없는 부분을 가지고 작업을 했다.

서른셋

바깥에서 누군가 풀을 깎고 있는지 제초기 소리가 들렸다. 조금 더 지나면 방충망에 날벌레들이 앉기 시작할 거였다. 이사를 오길 잘했다고 정수는 생각했다. 이전에 살던 집은 이십구층이었다. 너무 높은 곳에는 여름에도 벌레들이 날아오지 못한다는 걸 정수는 그때 알았다. 비가 오는 날에도 빗방울이 땅에 부딪치는 소리가 들리지 않았다. 밧줄에 매달린 사람이 창문을 닦는 날에만 창밖에서 소리가 들렸다. 끼익끼익 소리를 내며 남자는 능숙하게 팔을 휘저었다. 물자국 하나 없이 창문을 닦아냈다. 바깥이 훤히 내다보이지만 바깥으로부터 아무것도 들려오지 않는다는 이유로 사람들은 그 건물을 선호했다. 듣지 않을 수 있다는 것이야말로 특권이라는 것쯤은 정수도 알았다. 그러나 정수는 그 집을 견디기 어려웠다.

다음주에는 미리 여름 이불 빨래를 해야겠다고 정수는 생각했다. 개의 밥그릇에 사료를 부어주고 아침식사를 차리기 시작했다. 베이킹소다로 사과와 파프리카를 닦고 냉동실에 얼려둔 식빵을 꺼내 프라이팬에 구웠다. 사과 대신 방울토마토나 따뜻한 단호박을 먹을 때도 있었지만, 정수의 아침식사는 비슷비슷했다.

아침식사를 마치고 정수는 책상에 앉아 메일함을 열었다. 누리에게서 이메일이 도착해 있었다. 칠 년 만의 연락이었다.

생일이었는데 문득 정수 생각이 났다고 누리는 적었다. 너무 늦었지만 이제라도 말을 해줘야겠다는 생각이 들었다면서.

'선물, 고마웠어.'

정수는 답장 버튼을 눌렀다. 작품에 넣을 누리의 선물을 처음 고르던 날에 대해 적기 시작했다. 초등학교 앞에 있는 문방구였다. 색연필 세트를 집었는데, 모르는 꼬마가 옆에서 중얼거렸다.

"그거 별론데."

정수가 색연필을 집을 때마다 꼬마는 참견을 했다. 꼭지를 돌리는 색연필은 고장이 잘 난다거나, 그건 부스러기가 너무 많이 떨어진다거나 하면서.

정수는 꼬마에게 반말을 써야 할지 존댓말을 써야 할지 고민했다. 꼬마는 이미 정수에게 반말을 쓰고 있었다. 정수는 꼬마에게 말했다.

"그러면 좋은 걸로 골라줄래요?"

꼬마가 정수의 얼굴을 쳐다봤다. 그리고 뒷걸음질쳐 나가버렸다. 겁을 먹은 것 같았다. 별일 아닌 그 일이 정수는 신기하게 느껴졌다. 만약 누군가가 마트에서 식료품을 고르는 다른 사람에게 반말로 말을 건다면, 사람들은 그 사람이 이상하다고 생각할 거였다.

정수는 모르는 꼬마들이 자신에게 반말로 말을 거는 것이 좋았다. 나는 그 스티커가 집에 스무 개나 있다거나, 휴대용 게임기를 새로 샀다거나 하는 얘기들. 혼잣말처럼 중얼거리지만 정수에게 건네는 것이 분명한 그 이야기들이 좋아서 문방구에서 누리의 선물을 고르는 일이 더 즐거웠다. 요즘도 문방구 같은 곳을 찾아다닌다고 정수는 메일에 적었다. 그런 곳들이 있었다. 모르는 사람들이 자연스럽게 말을 걸어오는 곳들이.

정수는 메일함을 닫았다. 시간을 확인하고, 서둘러 가방과 차 키를 챙겼다. 오전 열한시까지는 그곳에 도착해야 했다.

게스트하우스 주차장은 비어 있었다. 정수는 차를 세우고 게스트하우스에서 운영하는 카페 야외석에 자리를 잡았다. 입구 쪽 복도에 캐리어들이 차곡차곡 놓여 있었다. 손님들이 체크아웃을 하고 있었다. 제시간에 도착한 듯했다. 정수는 커피를 마시며 기다렸다. 체크아웃을 마친 손님들이 창고에 캐리어를 맡긴 후 야외석으로 나왔다. 개를 발견하고는 정수에게 다가왔다. 정수는 사람들이 개와 인사를 나누는 것을 지켜봤다. 그들이 뒤돌아서기 전에 정수는 물었다.

"여행을 오셨나봐요."

정수는 주말마다 개와 함께 게스트하우스의 카페를 찾아 갔다.

이십구층에서 살던 때에는 바깥을 돌아다닐 때조차 아무 소리가 안 들린다는 생각에 사로잡혔다. 물론 정수는 끊임없이 사람들과 이야기를 나눴다. 청첩장을 주기 위한 저녁식사에 초대받았고, 함께 전시를 하는 사람들과 주기적으로 미팅을 했다. 종일 사람들의 말을 들었고 고개를 끄덕이며 웃었다. 어느 날부터 집에 돌아와도 딱히 기억나는 말이 없었다. 진심을 감추는 아리송한 화법만 마음에 남을 뿐이었다. 정수가 사회에 성공적으로 안착하고 있다는 방증이기도 했다. 미술 작가로서 제도에 안착하는 사람의 수는 생각보다 적었다. 한 다리만 건너면 서로가 서로에게 닿을 수 있을 정도였다. 어느 자리에서 어떤 말을 꺼내든 일주일이면 소문이 되어 퍼져나갔다. 좁디좁은 네트워크를 활용해 인맥을 쌓을 수도 있겠지만, 인맥이라는 것이야말로 가장 아슬아슬하다는 걸 모두가 알고 있었다. 좋은 관계를 유지하되 속내를 털어놓지 않는 것이 중요했다. 외부의 사건에 대해서는 첨예하게 각을 세우되 내부의 문제에 대해서는 최대한 침묵했다.

집회에 다녀올 때도 크게 다르지 않았다. 누리는 학교를 그만두고 본격적으로 집회를 찾아다니기 시작했다. 취재를 하듯이 당사자들을 직접 만나 이야기를 나누었다. 정수도 동행했다. 그때 현장에서 만난 활동가는 조언했다. 당사자들과 개인적으로 깊게 말을 섞지 않는 게 좋을 거라고. 그때 정수는 활동가가 몸을 사린다고 생각했다. 시스템에 안착하다보니 변화를 이끌어내지 못하는 거라고 여겼다. 네가 나라고 믿어버리면, 네가 내가 아니라는 사실이 더욱 부각된다는 점은 생각지 못했다. 누리는 칠 년 전에 집회에 발길을 끊었다. 학교를 그만두었을 때와 똑같은 방식으로 정수에게도 연락을 끊었다. 원래 누리가 조금 이상하지 않았냐거나, 누리를 조심하는 게 좋을 거라는 말들이 떠돌아다녔다. 실체가 없는 말들이었지만 한 가지 공통된 내용이 있었다. 누리는 남의 얘기를 들으며 웃기만 한다는 것이었다.

"어떻게 슬퍼하지를 않아."

누리의 밝고 씩씩한 면 때문에 사람들은 누리를 반겼지만, 바로 그 점 때문에 결국에는 누리를 참지 못했다. 사람을 만나는 일에 능숙해 보였던 누리도 실은 맨몸으로 뛰어든 초보에 불과했다. 정수는 누리가 그만둔 후에도 계속 집회에 나갔고 사람들을 만났다. 자신이 누리를 따라다녔던 것뿐이라는 사실을 인정하고 싶지 않았다. 꼭 붙어다녔던 누리가 사라지자 사람들은 정수에게 말을 걸기 시작했다. 그때야 정수는 누리가 그동안 필터 역할을 해왔다는 사실을 알게 되었다. 언제나 감당 가능한 얘기만 걸러서 정수에게 들려준 것이었다. 정수는 모든 이야기를 듣고 싶었다. 타인의 고통을 감당할 수 있을 것이라는 오만함도 있었다. 안 좋은 기억을 끝끝내 털어놓지 않았던 누리와 달리 자신의 이야기를 모두 말해주는 사람들이 고마웠다. 정수는 하루에 여섯 시간씩 사건의 당사자들과 통화를 했다. 잠을 이루지 못한 채 벌건 눈으로 거실을 빙글빙글 돌게 되었다. 예능 프로그램을 화가 난 얼굴로 시청했다. 며칠씩 씻지도 않은 채 침대에 누워 있었다. 수면제를 처방받기 위해 정신과를 찾아갔다가 자신의 얘기를 이해하지 못하는 의사와 다투었다. 얼마 견디지도 못하고 정수는 도망치고 싶어졌다. 이런 심정을 활동가에게 털어놓은 적이 있었다. 익숙한 일이라는 듯 활동가는 말했다.

"끔찍한 사건일수록 재판 과정에서 피해자들은 더 높은 확률로 용서를 택해요. 그것 말고는 벗어날 방법이 없단 걸 알게 되니까."

지옥에서 살고 싶은 사람은 없다고 활동가는 말했다. 도망칠 수 있는 사람과 도망치는 것이 불가능한 사람만이 있을 뿐이라면서.

정수는 당사자들과 거리를 유지하는 법을 배웠다. 전화가 걸려와도 받지 않았다. 무심코 받게 되더라도 예전처럼 몇 시간씩 통화를 하며 함께 울지 않았다. 메시지에는 적당한 어조로 답변을 했다. 작은 일이라도 자신의 자리에서 꾸준히 노력하는 것이 중요하다고 되뇌었다. 더 오래 듣기 위해서는 그렇게 해야 한다고 믿었다.

정수는 이십구층에서 창밖을 내다보고 있는 듯한 기분을 지울 수 없었다. 듣는 것도, 듣지 않는 것도 견딜 수 없는 사람은 어떻게 해야 하는 걸까. 정수는 그들의 이야기를 끝까지 듣지 못했다. 집회에 발길을 끊었고 사람을 만나는 것도 그만두었다. 저는 조금 쉬어야 할 것 같습니다, 제가 요즘 상태가 좋지 않아서, 정말 함께하고 싶지만…… 자괴감이 밀려올수록 일상에 집중하려 노력했다. 일상에서라도 무엇인가를 찾아내야 했다. 버틸 수 있는 무엇인가를. 비가 오는 날이면 바짓단이 젖도록 걸어다녔다. 한밤중에 떡볶이를 먹으며 공포영화를 봤다. 요가학원에 다니기 시작했고, 선생님께 드리기 위해 머핀을 구웠다. 머핀은 새까맣게 타버렸다. 정수는 식탁에 앉아 손톱으로 머핀의 까만 부분을 벗겨냈다. 타지 않은 부분이 남아 있기를 바라면서. 그러다가 보라에게서 메시지를 받았다.

처음 만난 자리에서 보라는 단번에 정수가 어떤 사람인지를 간파해버렸다. 남의 얘기를 듣기 좋아하는, 한낱 구경꾼에 지나지 않는다는 것을 알아챘다. 말을 섞고 싶지 않다는 듯 보라는 자리에서 일어났다. 정수는 보라를 붙잡았다. 자신도 모르게 죄송하다는 말이 튀어나왔다. 그날 저녁 정수는 보라에게 장문의 메시지를 보냈다. 구구절절하게 사과를 했다. 그

동안 들었던, 듣지 못했던, 모든 말에 엎드려 사죄를 하는 심정이었다. 어린 시절의 사진들과 졸업앨범, 직접 녹여 만든 초콜릿까지 싸 들고 보라를 만나러 간 것도 같은 이유에서였다. 정수는 왠지 용서받고 싶었고, 보라를 통해 그 일을 해내려 했다. 용서를 받으려는 노력이 가장 쉬운 노력이라는 것도 알고 있었다.

보라를 마지막으로 만난 것은 이 년 전 겨울이었다. 화로를 바라보며 보라는 노래를 흥얼거렸다. 정수는 처음 듣는 노래였다. 리듬의 느낌으로 옛날 노래라는 것은 알 수 있었다. 보라는 그 노래를 끝까지 부르려 했지만 잘 생각이 나지 않는 듯했다. 몇 번이고 같은 구절을 반복했다. 그러다가 처음부터 그 노래를 다시 시작했다. 이번에는 음계 하나하나에 더욱 신경을 썼다. 같은 부분에서 노래는 멈추었다. 삼십 분이 넘도록 보라는 같은 노래를 했다. 조금 더 느리게, 조금 더 빠르게 흥얼거리면서.

또다시 여행을 가자고 보라에게 제안하고 거절당했을 때, 그것이 더 다가오지 말라는 뜻이라는 걸 정수는 이해했다. 새까맣게 타버린 알밤 안에는 타지 않고 남은 부분이 없었다.

보라와 함께 갔던 펜션을 정수는 혼자 찾아가곤 했다. 가만히 앉아 화로를 내려다보았다. 같은 자리에서 멈춰버리는 노래를 흥얼거렸다. 그다음 구절을 영영 부를 수 없을 것이라고 생각했다. 정수의 두 귀는 이제 닫힐 것이라고. 꺼져가는 화로 앞에서 무릎을 끌어안고 있을 때였다. 옆 호실에 놀러온 사람들이 말을 걸었다. 감자가 많이 남았는데 혹시 필요하냐면서. 화로에 구워먹으면 맛이 좋다고 했다.

여행지에서 사람들은 옆 사람에게 쉽게 말을 걸었다. 문방구에서 말을 거는 아이들처럼 그랬다. 우물쭈물거리다보면 어느새 그들에게 음식 따위를 얻게 되었다. 집에서 싸온 김치나 해물을 넣고 끓인 라면 같은 것들. 펜션 주인과 함께 식사를 하거나 맥주를 마시게 되기도 했다. 정수는 누리를 위해 문방구에서 선물을 고르던 날을 생각했다. 물건을 빼고 빈 틀을 쌓아 만든 자신의 작품을 떠올렸다. 정수는 여전히 듣고 싶었다.

이야기를 듣기 위해 펜션을 찾아가다가 정수는 게스트하우스로 장소를 바꾸었다. 게스트하우스에 묵는 사람들은 일행이 없을 확률이 높았다. 일행과 함께라면 더 저렴하고 쾌적하게 묵을 수 있는 숙소가 있었다. 오래도록 기다려온 콘서트를 보기 위해서, 혹은 청계천이나 경복궁을 걸어보기 위해서 온 사람들, 아니면 혼자 한국을 찾아온 외국인이 대부분이었다. 게스트하우스에서 밤마다 진행되는 파티 때문에 서로 모르던 사람들이 일행이 되는 경우도 많았다. 그런 밤을 보낸 사람들의 아침은 타인에 대해 평소보다 열려 있었다. 체크아웃 시간에 맞춰 게스트하우스의 카페를 찾아가는 것만으로도 어렵지 않게 누군가와 동행할 수 있었다. 점심시간이 다가오고 있었으니까. 대낮에 점심식사를 함께 한다고 무슨 일이 벌어지지는 않으리라 사람들은 생각했다. 식사만 한 후 헤어지게 되는 경우도 있었지만, 아닐 때도 있었다. 개와 함께 있는 여자라는 점이 상대방의 경계심을 누그러뜨리기도 했을 것이다. 정수에게 그들을 태워줄 차가 있다는 점, 현지인들만 아는 최신 맛집 정보를 갖고 있다는 점, 카페 직원과 친분이 두터워 보인다는 점도 이점이 되었을 것이다. 그들이 어째서 정수와 동행을 했든, 정수는 그들의 이야기를 들었다. 사람들은 자신이 무엇 때문에 이곳에 왔는지, 이곳에서 무엇을 보았는지를 말하고 싶어했다.

한 사람은 고등학생 때 다녔던 도자기 공방의 선생님을 만나러 왔다고 했다. 집중력이 너무 떨어진다는 이유로 부모가 억지로 보낸 공방이었다. 그 사람은 그곳에서 도자기를 만들지 않았다. 흙을 짓뭉개기만 했다. 선생은 한 번도 그 사람에게 도자기 만드는 법을 가르치지 않았다. 그저 옆에서 같이 흙을 짓뭉개며 놀기만 했다. 그 사람은 가족과 함께 이사를 갔고, 공방도 당연히 그만두었다. 얼마 전에 그 사람은 편의점에서 삼각김밥을 먹다가 그것을 손으로 짓뭉개버렸다. 밥덩어리를 움켜쥐며 중얼거렸다. 이까짓 게 뭐라고. 밥을 주무르는 동안 차올랐던 분노가 수그러들고 손안에 묘한 쾌감이 차올랐다. 짓뭉개는 시간이 필요했다. 망가뜨리는 시간이 필요했다. 공방에서 흙을 짓뭉개던 때 말고는 그런 시간을 허락받아본 적이 없었다.

한 사람은 자신이 꾼 꿈에 대해 이야기했다. 무성한 갈대밭을 걷고 있었다. 저만치에 두 사람이 앞서 걷는 것이 보였다. 자신이 지금 어디에 있는지 알 수 없었으나, 그 두 사람을 따라 걸으면 되겠다고 생각했다. 한참을 걷다가 그 사람은 자신이 땅 위를 걷고 있지 않다는 걸 깨달았다. 갈대가 무성한 탓에 알지 못했던 것이었다. 거대한 얼음 호수 위에 갈대들이 자라 있었다. 걸음을 멈추었을 때, 두 사람이 호수 속으로 사라졌다. 그 사람은 발밑을 내려다봤다. 얼음은 투명했다. 물속이 훤히 들여다보였다. 두 사람이 차가운 물속에서 손을 잡은 채 계속 걷고 있었다. 천천히 가라앉으면서도 계속 걷고 있었다. 그 사람은 그 모습을 얼음 위에서 지켜봤다. 길잡이가 되었던 두 사람이 멀어지는 탓에, 어떻게 되돌아가야 할지를 고민하면서. 구 년 동안 함께 살았던 애인과 이별한 후였다. 잠에서 깨자마자 그 사람은 청계천에 가야겠다고 생각했다. 예전에 애인과 청계천의 갈대들을 구경한 적이 있었다. 그 사람은 어제 청계천에 앉아 되뇌었다. 이곳의 물은 사람이 빠질 만한 깊이가 아니라고. 종아리 정도의 수심에 사람이 빠져 죽는 것은 불가능하다고. 그 사실이 다행스러웠고 절망스러웠다. 그 사람은 혼자서 집에 돌아가 잠을 청할 자신이 없었고, 누군가와 함께 잠들기 위해 게스트하우스를 찾았다.

한 사람은 대학 졸업 작품으로 레즈비언이 주인공인 단편영화를 만들었다고 했다. 그 이후로 친구들은 그 사람 앞에서 옷을 갈아입지 않았다. 십대 때부터 십 년 가까이 함께해왔던 친구들이었다. 그 사람은 자신이 남자를 얼마나 좋아하는지에 대해 장황하게 이야기를 늘어놓았고, 그 결과 원치 않는 소개팅도 하게 되었다. 소개팅을 한 남자가 어째서 별로인지 설명하려면 어떻게든 그 남자의 단점을 찾아내야만 했다. 그 사람은 새 친구를 찾기 위해 서울에 올라왔다. 레즈비언 전용 바를 찾아가 친구를 사귈 계획이었다. 새로 사귄 친구에게 자신이 만든 영화를 보여주고 싶었다. 그러나 막상 바 입구에 도착하자 도저히 안에 들어갈 용기가 나지 않았다. 밤늦도록 입구를 어슬렁거리다가 편의점에 들어갔다. 취객이 편의점 아르바이트생을 상대로 시비를 거는 것을 보았다. 큰 소리로 욕설을 내뱉는 취객을 보며 그 사람은 생각했다. 얼마나 무서운 게 없어야 저럴 수가 있을까. 저 사람은 얼마나 자유로울까. 그 사람은 취객이 부러웠다. 편의점에서 따뜻한 음료 한 캔을 마신 후 게스트하우스로 들어갔다. 침대에 누워 생각했다. 레즈비언 전용 바 근처를 어슬렁거리다가 들어가지 못한 이야기는 언젠가 누구에게 할 수도 있겠지만, 취객이 남에게 욕하는 모습이 부러웠다고는 그 누구에게도 말하지 못할 것 같다고. 근데 하루 만에 말하고 있네요, 그 사람은 정수를 보며 말하곤 웃었다. 그러고는 자신이 만든 영화를 보겠냐고 물었다. 갓길에 차를 세우고 정수는 그 사람이 만든 영화를 보았다. 십 분 남짓한 짧은 영화였다. 레즈비언 커플이 데이트를 하는 평범하고도 아름다운 이야기였다.

그들은 정수의 이야기도 듣고 싶어했다. 어째서 게스트하우스에 묵지도 않으면서 그곳의 카페를 찾아왔는지. 정수는 다른 이야기를 그들에게 들려주었다.

겨울이었고, 해가 질 무렵이었다. 그날의 마지막 수업을 마치고 건물 바깥으로 나왔다. 진눈깨비를 막으려고 목까지 코트 지퍼를 올렸다. 바람은 매서웠고 버스는 평소보다 늦게 달렸다. 다음달 집세라거나 유난히 차가운 교수님의 눈빛 같은 게 떠올랐고, 그 교수님의 수업을 듣지 않아도 대학원 추천서를 받을 수 있을지를 생각했다. 어둠이 내려앉고 있는데도 버스는 여전히 느리게 돌아다녔다. 새로 지어진 건물이 눈에 들어왔다. 그 건물에는 유리문이 있었고, 불 켜진 복도가 보였다. 난방이 되고 있을지도 몰랐다. 길 아래쪽을 쳐다봤고, 버스가 오지 않는다는 것을 확인했고, 새로 만들어진 계단을 내려갔다. 머리 위에서 막 녹으려고 하는 진눈깨비를 털어냈다. 이곳도 따스하다 할 수는 없었지만 그래도 바람을 피할 수는 있었다. 유리문을 통해 버스가 오는지도 확인할 수 있었다. 그때 경비가 다가왔다. 이곳에서 나가라고 말했다. 나가지 않고 버티자 경비는 돌아갔다. 잠시 후에 경찰과 함께 되돌아왔다. 단지 버스를 기다리고 있었을 뿐이라고 설명하려 했지만 소용없었다. 경찰의 무릎에 깔린 채 손목에 수갑이 채워졌다. 가슴팍을 잡힌 채 경찰에게 질질 끌려갔다. 머리를 맞았고 소리를 질렀다. 허벅지를 꼬집혔고 눈물이 흐르기 시작했다. 유치장에 넣어졌고 눈에 최루가스가 뿌려졌다. 그래서 경찰의 손을 물어버렸다. 그 결과 사유지를 침입하고 상해를 저지른 죄인이 되었다. 버스는 서지도 않고 지나가버렸다.

직접 겪은 일이냐고 사람들은 물었다. 정수는 고개를 저었다. 이 모든 일이 일어나는 동안 나는 가장자리 어딘가에 서 있었다고, 정수는 말했다. 그 장면을 바라보려고 노력하고 있었다고 덧붙였다. 사람들의 침묵을 듣고 있다가 정수는 입을 열었다.

"실은 책에서 읽은 얘기예요. 에이드리언 리치라는 사람이 쓴 시 내용이거든요."

사람들의 굳어 있던 얼굴이 풀어졌다. 놀랐잖아요. 상대방은 안심하는 것처럼 보였다. 시의 내용일 뿐이니까, 아무 일도 일어나지 않았다는 듯이. 정수는 시의 마지막 구절을 떠올렸다.

나는 지금도 거기 있어.

책에서 읽은 구절이지만 정수는 잊을 수 없었다. 진눈깨비를 맞는 여자를 본 적도 없었고, 그 여자를 지켜보는 여자 또한 본 적이 없었지만, 서지도 않고 지나쳐버린 버스 안에 앉아 있던 사람처럼 정수는 그 장면을 볼 수 있었다. 버스의 창문은 김이 서려 뿌옇게 변해 있었다. 누군가 내릴 곳을 확인하기 위해 창문을 닦아낸 손자국 때문에 희미하게 바깥이 보였다. 버스 안에서는 라디오 소리가 흘러나오고 히터의 열기 때문에 사람들의 뺨은 발갛게 변해 있었다.

어디에선가 들은 것을 정수는 마치 자기 얘기인 것처럼 말할 수 있었다. 이야기의 끝에 도착해서야 그것이 자신의 얘기가 아니었다는 사실을 말했다. 들은 사람들이 안심하도록. 반대로 자신의 얘기를 남의 얘기처럼 말할 수도 있었다. 그럴 때 정수는 자기 자신을 그 아이, 또는 그 사람이라고 말했다.

상상과 현실에 경계가 존재하지 않는다고 여겼던 때처럼, 정수는 과거나 현재나 미래도 그 경계가 없을 수밖에 없다고 생각했다. 과거의 어느 한 지점에 멈춰 선 채로 살아가는 사람이 있었고, 도착하지 않는 미래에서만 살고 있는 사람이 있었다. 그 두 사람이 동일한 사람일 수도 있었다. 기억 속에만 존재하는 과거가 정말로 있었다고 믿을 수 있다면, 기억을 만들어내는 방식으로 없던 것을 존재하게 할 수도 있었다. 사람들의 이야기를 듣는 것은 정수에게 없는 기억을 만들어내는 일과 비슷했다. 이야기가 귀를 타고 들어와 또렷해질수록 타인과 자신 사이에 있던 경계도 허물어지는 기분이 들었지만, 그 순간만큼은 정말로 그 사람이 된 것만 같았지만, 알고 있었다. 진눈깨비를 맞고 있었다던 여자. 가슴팍을 잡힌 채 경찰에게 질질 끌려갔다던 여자. 책에서 읽었지만 현실에도 분명 존재했을 그 여자. 그 여자가 정수는 아니었다.

정수는 게스트하우스에서 만난 사람들을 기차역이나 공항까지 배웅했다. 가족과 헤어지듯 깊게 포옹을 하고 손을 흔들었다. 연락처를 주고받은 적도 있었지만, 몇 번의 연락이 오갔을 뿐 곧 끊어졌다. 그게 서운하지는 않았다. 다만 사람을 보내고 집으로 돌아올 때마다 차 안이 적막하게 느껴졌다. 양쪽 차창으로 풍경은 빠르게 지나갔다. 어느 순간이 되면 아무리 속도를 높여도 풍경이 멈춰 있는 것처럼 느껴졌다. 카시트에 앉아 창밖을 보고 있는 개를 정수는 쳐다보았다. 헤어진 사람들을 다시 만난다면 개는 그들을 기억할까. 기억할 수도 있었고 못할 수도 있었다. 어쩌면 구별할 수 없을 것이었다. 사람을 만날 때마다 개는 기뻐했으니까. 정수는 노래를 흥얼거렸다. 화로를 보며 보라가 불렀던 노래를 불렀다. 보라가 그 곡을 끝까지 기억하지 못했기 때문에, 그래서 반복했기 때문에, 정수도 그 부분을 외울 수 있었다.

정수는 누리에게 종종 메일을 보냈다. 문방구에서 만난 아이들에 대해 적었다. 답장은 오지 않았다. 그즈음 석현에게서 함께 전시를 하자는 제안을 받았다. 제도권의 경계에 걸쳐 있거나 제도권 바깥에 있는 사람들과 함께 전시를 하고 싶다고 했다. 혹시 그런 사람을 알고 있느냐고 석현은 물었다. 정수는 두 사람을 떠올렸다. 둘 모두에게 연락을 했다. 누리는 정수의 연락을 받지 않았다. 보라는 정수의 전화를 받았다.

서른넷

북적북적했던 오픈 날과 달리 전시 마지막날에는 사람이 없었다. 휑한 전시장에 전기난로를 켜두고 전시 참여자들만 모여 앉아 있었다. 무릎담요를 어깨에 두른 채 전기난로 위에서 끓고 있는 주전자를 바라보았다. 따뜻한 물을 종이컵에 따라 호호 불어가며 마셨다. 두 시간 뒤면 전시는 끝이 날 것이었다.

화영은 석현을 두고 출국을 한다는 점이 아무래도 마음에 걸리는 모양이었다. 눈물이라도 왈칵 쏟을 것처럼 침울한 표정이었다. 떠나는 것은 석현이 아니라 자신이므로, 화영은 애써 감정을 숨기려 노력하고 있었다. 단단하게 마음을 먹겠다는 듯 다부진 표정을 지었다가, 생각에 잠긴 듯 멍해졌다가, 어깨를 축 늘어뜨리고 손톱을 물어뜯었다. 자기가 어떤 표정을 짓고 있는지 알지 못하는 건 화영뿐이었다. 석현도 시치미를 떼고 있었다. 핸드폰으로 인터넷에 접속해 이번 전시에 대한 리뷰를 누군가 올리지 않았는지 검색하고 있었다. 참신하지만 완성도는 부족한 전시라는 코멘트를 받게 될 것이라고 석현은 예상했다. 정말 운이 좋다면 고립이 만연한 시대에 반드시 관람해야 하는 전시라는 리뷰를, 운이 나쁘다면 메시지는 분명하나 작품들이 조야하다는 리뷰를 받게 될 것이라고. 그러나 전시 리뷰는 없다시피 했다. 오프닝 파티 때 몰려온 지인들의 리뷰도 없다며 석현은 투덜거렸다. 그러다가 그 리뷰를 발견해냈다. 오프닝 파티 때 뱅쇼를 먹었다는 리뷰를. 걸러지지 않은 과일 찌꺼기가 섞여 있었지만 시나몬 향이 은은하게 났고 몸을 녹일 수 있어서 좋았다고 적혀 있었다. 말 그대로 뱅쇼에 대한 리뷰였다. 리뷰와 함께 엉뚱하게도 샌드위치 사진이 올라와 있었다.

"우리가 오프닝 파티 때 샌드위치도 만들었나."

석현이 중얼거렸고, 사람들은 고개를 저었다.

"그래도 몸을 녹였다잖아요."

우주가 말했다. 다음에는 과일 찌꺼기를 잘 걸러서 뱅쇼를 만들자고 얘기했다.

우주는 보라에게 요즘도 누군가가 창문으로 집을 들여다보느냐고 물었다. 남자를 경찰에 신고했다고, 그래서 집을 들여다보지는 않는다고 보라는 답했다. 들여다보지 않는다는 말과 들여다보지는 않는다는 말의 차이점에 대해 정수는 생각했다. 다들 똑같은 질문을 품고 있었다. 이번에도 사람들은 묻지 않고 기다렸다. 말을 하고 싶다면 할 수 있도록. 그때 보라의 작품 위에 켜져 있던 조명이 꺼졌다. 콘센트가 또 말썽인 모양이라고 우주가 말했다. 보라는 자리에서 일어나 자신의 작품을 향해 걸어가다가, 다시 자리로 돌아왔다. 이제 아무도 오지 않을 것 같다고, 굳이 전기를 살리지 않아도 될 것 같다고 했다.

"우리는 계속 여기 있잖아요."

우주가 자리에서 일어났다. 혹시 보조 배터리와 충전 케이블을 갖고 있는 사람이 있느냐고 물었다. 화영이 가방에서 배터리와 선을 꺼내 건넸다. 우주는 가위로 조명 전선의 피복을 벗겨낸 후 전선에 충전 케이블을 연결했다. 배터리의 전원 버튼을 누르자 조명이 켜졌다. 전보다 더 밝아 보였다.

우주는 자신이 만든 작품을 어느 곳으로 보내야 할지 고민이라고 했다. 얼마 전 이사간 집에 작품을 둘 공간이 있지만 왠지 그곳은 제자리가 아닌 것 같다는 생각이 든다고. 작품을 보내고 싶은 친구가 있는데, 친구도 자신의 작품을 원치 않을 것 같다고 했다. 정수는 우주에게 작품을 맡아주겠다고 말했다. 정수의 집에는 창고가 있었고, 우주의 작품은 부피가 크지 않아 부담스럽지 않았다. 얼마나 오래 맡아줄 수 있느냐고 우주는 물었다.

"찾아가고 싶을 때까지요."

정수가 답했다.

"가끔 제 작품을 보러 가도 되나요?"

너무 많은 부탁을 하는 것 같다고 우주가 넉살 좋게 덧붙였다. 언제든 와도 된다고 정수는 답했다.

사람들은 각자의 작품을 철거하기 시작했다. 정수는 자신이 만든 작품을 마지막으로 바라보았다. 정수의 작품은 전시장 한가운데에 설치되어 있었다. 벽면이 모두 유리로 만들어진 상자였다. 유리 상자는 한 사람이 서 있을 만큼의 공간으로 설계되었다. 상자의 바닥에는 모래가 깔려 있었다. 유리 상자 바깥에는 각 면마다 모니터가 설치되어 있었다. 네 개의 화면은 모두 방의 내부를 향했다. 화면에서는 각각 다른 영상이 나왔는데 영상마다 글자가 숨겨져 있었다. 관객은 문을 열고 유리 상자에 들어갈 수 있었다. 상자 안에 서서 방 바깥에 설치된 모니터를 바라보며 영상마다 어떤 글자가 숨겨져 있는지를 찾아내고, 글자들을 조합해 하나의 문장으로 완성해야 했다. 그러나 상자에 들어가도 바깥은 뿌옇게만 보였다. 상자 안에는 온풍기와 가습기가 설치되어 있어서 유리에 온통 김이 서려 있었다. 무엇인가를 보려면 자신의 손바닥으로 유리를 닦아내야 했다. 유리 상자에 들어갔던 사람들은 그곳을 빠져나올 때마다 답을 알겠다는 듯 자신이 찾아낸 문장을 중얼거렸다.

"나는 지금도 거기 있어."

용달차와 함께 철거 작업을 도와줄 사람들이 도착했다. 정수는 유리 상자를 분해하지 않기로 했다. 사람들이 그것을 통째로 정수의 집으로 옮겨줄 거였다. 모래 위에 찍힌 무수한 발자국은 상자를 옮기며 지워질 수밖에 없었다. 하지만 유리에 찍혀 있는 손바닥 자국들은 그것을 옮긴 사람들의 손바닥 자국과 함께 그 자리에 남아 있을 것이었다.

다시, 마흔하나

정수는 바위에 서 있었다. 수면에서 눈을 떼지 않았다. 한 지점만을 뚫어져라 응시하고 있었다. 파도가 칠 때마다 시선 끝이 흔들렸다. 파도 위에서 부서지는 윤슬 때문에 더욱 초점이 흩어졌다. 자신도 모르게 윤슬을 따라 이동하는 시선을 정수는 다잡았다. 짧은 시간이 아득히 길게 느껴졌다. 화영은 수면 아래에서 숨을 참고 있을 것이었다. 일 년에 네 번 정도, 정수는 화영이 프리 다이빙을 하는 곳을 찾아갔다. 화영이 물위로 올라올 때까지 수면을 지켜보았다. 화영의 머리 대신 커다란 기포가 올라올 때도 있었다. 몸 어딘가에 붙어 있던 것일 수도, 마스크의 압력을 빼기 위해 뱉은 숨일 수도, 살려달라는 외침일 수도 있었다. 감정에 따라 목소리의 톤이 달라지듯 기포의 크기나 모양에 따라 다른 말이 담길 수 있다는 걸 알게 되었다. 그러나 이런 바다에서 기포로 화영의 상태를 가늠하는 건 불가능했다. 바닷속에는 살아 있는 것이 너무 많았다. 그것들은 매 순간 말을 내뱉었고 말은 파도의 물거품이 되어 바위 위로 밀려왔다. 그때 수면으로 화영의 머리가 올라왔다. 숨을 몰아쉬며 물 바깥으로 올라오는 화영에게 정수는 손을 내밀었다. 바위에 나란히 앉아 포일에 싼 김밥을 먹었다. 김밥은 밥알이 딱딱하고 차가웠지만, 화영은 맛이 좋다고 했다. 프리 다이빙이 끝나면 무엇이든 맛이 좋아진다고. 평소에는 무얼 먹어도 별맛이 느껴지지 않는다는 말이기도 했다.

전시가 끝난 뒤로도 전시 참여자들은 종종 모여 이야기를 나누었다. 석현이 새로 알아낸 맛집을 찾아다녔고, 골목길을 걸으며 산책을 하거나 한강 둔치에 앉아 피크닉을 했다. 그리고 자연스럽게 멀어져갔다. 제철 딸기를 싸게 샀다거나 베개솜을 바꿨다거나 하는 일상의 시시콜콜한 이야기를 모두 나누던 단체 채팅방은 어느 날부터인가 새로운 소식이 있을 때에만 알림이 떴다. 명절이나 생일 때 간단하게 안부를 물었고, 그조차 하지 않게 되어갔다. 그렇지만 정수는 전시 참여자들과 개별적으로 약속을 이어왔다.

석현을 만나면 주로 전시 이야기를 나눴다. 석현은 화영을 따라 프랑스에 다녀온 이후에 '을지로 커피'에서 전시 제안을 받았다. 장애인에게도 열려 있는 공간이라는 것을 남들에게 보여주기 위한 제안일 뿐이라는 것쯤은 석현도 알고 있었다. 그러나 석현은 전시를 하기로 했다. 사람들은 석현이 변했다고 수군거렸다. '을지로 커피'에 대해 그렇게 비판을 하더니, 그 전시를 넙죽 받아먹었다고. 그동안 '을지로 커피'에 대해 석현이 쏟아냈던 비판은 제도에 속하지 못한 자의 열등감 정도로 치부되었다. 석현은 움츠러드는 대신 더 공격적으로 전시를 기획했다. 무엇이든 다 해내겠다는 것이 석현의 방식이었으니까. 석현은 삼 년 연속 '을지로 커피'에서 전시를 열었다. 허황된 찬사와 악의 섞인 비판 속에서 살아남기 위해 더 많은 작품을 만들어냈다. 그 당시의 석현은 몹시 예민했고 초조해 보였다. 주변을 둘러볼 여유도 없는 듯했다. 얼마 뒤에 정수는 석현과 화영이 헤어졌다는 소식을 들었다. 석현은 화영과 헤어지며 정수와도 연락을 끊었다. 자신보다 화영의 곁에 있어달라는 뜻으로 정수는 알아들었다.

우주와는 체육관에서 만났다. 두꺼운 매트리스를 깔고 우주는 양말을 벗었다. 매트리스 위로 올라갔다. 옆돌기와 앞돌기, 뒤돌기를 마스터한 후부터 우주는 손으로 바닥을 짚지 않고 공중에서 도는 법을 연습했다. 바닥에 머리부터 떨어질 경우 큰 부상으로 이어질 수 있었다. 특히나 백플립은 부상 위험이 커서 피겨에서도 금지 기술로 지정되어 있었다. 그것을 연습하려면 누군가의 도움이 필요했다. 정수가 그 일을 하기로 했다. 아주 간단한 일이라고 우주는 설명했다. 우주가 그리는 원을 잘 지켜보기만 하면 된다고, 공중에서 반원을 돌지 않았는데 다리가 펴진다면 회전력을 높여주기 위해 다리를 뒤쪽에서 슬쩍 쳐주면 된다고 했다. 반대로 반원을 돌았는데 다리가 펴지지 않는다면 회전력을 낮추기 위해 등을 받쳐주면 된다고 했다. 물론 어떤 것도 하지 못할 수도 있다고 했다. 그렇게 되어 우주가 부상을 입는다면, 누군가에게 도움을 청하는 일만 도와달라고 했다. 정수는 우주의 옆에 붙어서 우주의 몸을 주시했다. 우주는 스쿼트 자세로 서 있었다. 팔을 아래에서 위로 크게 몇 번 휘저었다. 팔을 치켜올리며 도약했다. 우주의 발끝이 땅에서 떨어졌고 허리가 뒤로 휘어졌다. 점프의 최고점에 다다랐을 때 우주는 무릎을 모아 가슴 쪽으로 끌어당겼다. 반원을 이미 지난 후였다. 너무 빠르다, 정수는 생각했지만 그 판단을 했을 때 우주는 이미 땅에 떨어져 있었다. 뒤꿈치로 바닥을 찍기는 했지만 중심을 잃고 엉덩방아를 찧었다. 우주가 점프를 할 때마다 정수는 옆에 서 있었다. 우주는 자주 너무 빠르거나 느리게 반원을 그렸지만, 정수는 우주의 몸에 한 번도 손을 대지 못했다. 단순히 판단력이 느려서가 아니었다. 잘못 건드릴까봐 차마 손을 댈 수가 없었다. 그래도 괜찮다고 우주는 말했다. 옆에 서 있어주는 것만으로도 덜 무서워진다고. 그러니까 계속 옆에 있어달라고 했다. 우주의 몸에 손을 댈 수 없다는 사실을 알고 난 이후로도 정수는 잔뜩 긴장한 채 우주의 곁에 서 있었다. 한 순간도 놓치지 않게 눈을 부릅뜨고서.

보라와는 골목을 걸었다. 정수가 걷는 것을 좋아해서 보라가 그렇게 하자고 제안했다는 건 나중에야 알았다. 보라는 무엇이든 한번 각인되면 그것만을 주구장창 하는 사람이었다. 만날 때마다 도넛을 먹자고 했고, 정수의 생일 때에는 도넛 두 더즌을 선물로 주었다. 혼자 사는 정수가 유통기한 안에 두 더즌의 도넛을 다 먹으려면 끼니마다 먹어야 했다. 정수가 지나가듯 도넛이 맛있다고 한 말을 보라가 기억해두었다는 것 역시 나중에야 알았다. 그러나 정수는 자신이 한 말을 수정하지 않았다. 이렇게까지 도넛이 먹고 싶었던 건 아니라고 말한다면, 보라는 다시는 정수와 도넛을 먹으러 가지 않을 것 같았다. 무엇이든 단칼에 결정해버리는 보라였다. 누군가와 멀어져야겠다는 결심이 서면 핸드폰을 열어 차단 버튼부터 눌렀다. 사람은 어차피 혼자일 뿐이라는 신념을 가진 것처럼 보였다. 초콜릿과 졸업앨범을 싸 들고 보라를 만나러 갔던 때도, 비 오는 날 김치전을 주러 갔을 때도, 함께 전시를 하자고 연락했을 때도, 보라는 정수를 만나러 나왔다. 그것이 보라에게 매우 특별한 선택이었다는 것도 나중에야 알았다. 잘라내야 한다는 필요성을 느끼지 못할 만큼 보라는 정수를 무겁지 않게 생각했고, 그런 면에서 정수는 보라에게 유일한 사람이었다.

화영과 우주와 보라는 각각 다른 시간과 다른 장소에서 팔 년에 걸쳐 아주 조금씩 자신의 이야기를 정수에게 들려주었다. 프리 다이빙을 하고 난 화영이 김밥을 먹다가, 점프에 지친 우주가 매트리스에 누워 숨을 돌리다가, 어디로 이어지는지도 알지 못하는 골목을 보라가 걷다가. 그들은 이야기를 시작했다. 화영은 열일곱 살 때부터의 이야기를, 우주는 아홉 살 때부터의 이야기를, 보라는 여덟 살 때부터의 이야기를 말했다. 이야기는 파편처럼 흩어져 있었다. 정수는 퍼즐 조각을 줍듯 그 이야기를 모아왔다. 맞는 자리를 찾아 배열해나갔다.

그들의 이야기 속에서 함께했던 순간에조차 정수는 희미한 그림자로만 나타나 있었다. 화영은 함께 미팅을 할 때 정수가 어떤 이야기를 했는지 거의 기억하지 못했고, 정수의 개와 함께 산책을 했다는 것만 또렷하게 기억했다. 우주 역시 정수의 개가 웃고 있던 장면을 인상적으로 기억했다. 정수가 나이프를 쓰지 않고 포크의 옆면으로 팬케이크를 잘라 먹었다는 것 정도가 정수에 대한 우주의 기억이었다. 보라는 정수가 타인에게 큰 상처를 받아본 적 없는 사람처럼 보였다고 했다. 경계심이 없어 무방비해 보이기까지 했다고. 그들에게 정수는 반투명한 존재였다. 투명한 허공에 독백을 하는 마음으로만 꺼낼 수 있는 이야기들이 있었다. 앞으로도 그들의 이야기에서 정수는 희미한 그림자로만 나타날 것이었다. 정수가 얼마나 오래 곁에 서 있든. 그들에게 정수는 그런 사람이었다. 정수는 이제 그들의 이야기를 감히 자신의 이야기라고 생각지 않았다. 그러나 여전히, 그들의 이야기를 남의 이야기라고도 생각지 않았다. 이야기에서 보이지 않는 자리에 정수는 있었다.

그리고 정수는 여전히 누리의 연락을 기다렸다. 누리가 끝끝내 아무것도 말해주지 않는다 하더라도 괜찮았다. 말하고 싶지 않음을 여전히 듣고 있었다. 정수는 가끔 누리와 만나게 되는 날을 상상했다. 어쩌면 그곳은 지하철역일 것이다. 헤어지고 싶지 않아 누리와 정수는 지하철역 의자에 앉아 얘기를 나누곤 했다. 눈앞에 지하철이 멈춰 서고, 문이 열리고, 떠나는 것을 지켜보았다. 지하철 안에 서 있던 사람들의 실루엣은 지하철이 속도를 높임에 따라 점점 희미해졌다. 지하철이 사라지면 건너편이 내다보였다. 어떤 사람은 정수와 누리처럼 지하철에 탑승하지 않은 채 여전히 의자에 앉아 있었다. 건너편의 그 사람을 쳐다보며 정수와 누리는 그 사람이 사라질 때까지 계속 앉아 있기로 했다. 무엇이든 이야기를 나누자고 말하면서. 만약 그런 날이 다시 온다면 정수는 전시 참여자들에 대한 이야기를 누리에게 들려줄 것이다. 충분히 긴 이야기이고, 건너편의 사람이 밤새 그 자리에 앉아 있는다 하더라도 계속될 이야기였다. 그 지하철역에는 몇 사람이 더 있을 수도 있다. 의자에 앉아 고개를 푹 숙이고 있는 취객이나 손에 든 음료를 마저 마시기 위해 지하철을 그냥 보낸 사람. 사람들로 빼곡한 지하철을 보며 끼어들 자신이 없었던 사람 혹은 별 까닭 없이 역에 멍하니 앉아 있는 사람. 그들도 각자의 자리에서 정수의 이야기를 듣고 있을지 모른다. 스쳐지나가는 수많은 사람 중 정수의 이야기를 끝까지 듣는 사람도 있을지 모른다. 정수는 상상 속의 그 사람을 당신이라고 불렀다. 이름을 부르기에는 아는 것이 없었고, 그 사람이라고 부를 수는 없었으므로. 손이 닿지 않을 만큼 먼 자리에, 그러나 말소리가 들릴 만큼 가까운 자리에 있는 사람. 그러니까, 당신.

정수는 이야기를 떠올릴 때마다 당신을 생각했다. 당신의 모습을 자주 그려보았다. 지하철이 들어오는 소리에 말소리가 묻히면 당신은 뒷이야기를 들으며 듣지 못한 이야기를 스스로 채워나갈 것이다. 화영이 물속에서 숨을 참을 때 당신은 화영의 몸을 둘러싸는 공기 방울처럼 그 곁을 맴돌 수 있을 것이다. 우주가 자신의 방에서 선미의 잔상을 보고 있을 때 당신은 그 잔상 뒤에 또다른 잔상처럼 설 수 있을 것이다. 보라가 〈화롯불〉을 연주할 때에는 허공에서 까딱거리는 보라의 손끝에 자신의 손바닥을 대어볼 수 있을 것이다. 전시가 끝나고 정수가 비어 있는 유리 상자를 바라볼 때에는 유리 상자 안에서 정수를 마주볼 수 있을 것이다. 수많은 사람의 손자국과 함께. 당신은 정수에게 아직 오지 않은 미래이지만, 처음부터 존재해왔던 미래이기도 했다. 보이지 않는 모든 자리에 당신은 있었다.

당신은 지금도 거기 있다.

* 소설의 제목은 에이드리언 리치의 시 「한 장면」의 마지막 구절, "〔하지만〕 이봐, 난 지금도 거기 있어"(『문턱 너머 저편』, 한지희 옮김, 문학과지성사, 2011)에서 가져왔다.
* 2부의 제목은 이성미의 시 「관찰의 끝」(『칠 일이 지나고 오늘』, 문학과지성사, 2013)에서 빌려왔다.
* 3부의 제목은 박서원의 시 「화롯불 속의 알밤」(『박서원 시전집』, 최측의농간, 2018)에서 빌려왔다.
* 4부에서 정수가 만드는 미술 작품은 강지윤, 〈부유물〉(에폭시 캐스팅, 20×18×18cm, 2021)과 〈이해와 배려〉(목재 가벽 위에 연필 드로잉, 가변 크기, 2018)에 대한 감상에 기반하여 창안했다.
* 각 부의 일부 장면은 빌려온 시에서 영감을 받았다.

작가의 말

이 소설은 계간 『문학동네』에 2022년 여름부터 2023년 여름까지 연재한 것이다. 연재가 처음이었다. 내가 존경해온 많은 소설가들이 그랬듯이 내게도 마법 같은 일이 벌어지리라 기대했다. 마치 기계와도 같이 일정한 리듬으로 매일 아침을 맞이하고 책상에 앉는 것. 매일매일 일정 분량을 쓰고 홀가분한 마음으로 책상을 벗어나 일상을 보내는 것. 숙련된 여느 소설가들처럼 나도 그렇게 되고 싶었고 될 수 있다고 기대했다.

아침 일곱시에 일어나 커피 한 잔을 내린 후 책상에 가서 앉는다. 오전 시간 동안 원고지 십 매 분량을 써내고는 책상에서 일어선다. 소설을 쓸 체력을 유지하기 위해 오후에는 운동을 하고, 집안을 정돈한 다음, 내일 쓸 소설을 생각하며 독서를 한다. 나에게 이런 멋진 일은 일어나지 않았다. 소설의 한 지점에 멈춰 선 채, 한 달 동안 모니터만 보며 어마어마한 딴짓들을 했다. 어떤 날은 소설을 쓰는 손이 멈춰지지 않아 밤을 꼬박 새우기도 했다. 더한 날도 있었다. 밤을 보내고 아침을 보내고 정오가 넘도록 책상에 앉아 소설을 썼다. 메시지나 메일에 즉각 답하지 못했다. 사람을 거의 만나지 않았다. 계절이 가는 것도 잘 모른 채로 지냈다. 소설이 막히면 추위에 떠는 사람처럼 손끝에 입김을 호호 불었다. 한여름에도 그랬다. 한겨울에도 소설에 집중하다보면 온몸에서 열이 올라 벌게진 뺨에 손바닥을 가져다댔다. 이 소설을 쓴 일 년 남짓한 시간을 떠올리면 기억에 선명하게 남아 있는 것은 머그컵이다. 커피도 마시고, 보리차도 마시고, 코코아도 마시고, 향이 좋은 허브차도 온갖 종류를 섭렵했다. 덕분에 내 책상의 데스크톱 주변은 머그컵 전시장을 방불케 했다. 더 쓰는 것을 포기하고 책상에서 일어날 때에야 나는 머그컵들을 치웠다. 머그컵 손잡이에 끼울 손가락이 언제나 부족했다. 그렇게나 많은 머그컵을 꺼내놓으며 스스로를 격려했지만 아무것도 쓰지 못한 날이 훨씬 더 많았다.

이 소설을 나는 등장인물들을 구성하는 키워드 몇 가지로 시작했다. 에이드리언 리치의 시 「한 장면」의 마지막 구절, "나는 지금도 거기 있어"를 제목으로 한다는 것 외에는 뚜렷

한 구성 없이 쓰기 시작했다. 내 소설에서 어떤 일이 벌어질지 이토록 모른 적도 처음이었다. 나의 소설은 애초에 기획해둔 키워드를 거의 반영하지 않았다. 그 단어들은 화이트보드에 적힌 채로 사계절을 보내고 이듬해 봄을 또 보냈다.

2부에서 우주가 혼자가 된 이후의 이야기를 쓰는 것이 가장 어려웠다. 우주에게 나눠준 나의 일부가 우주의 오롯함을 망칠까봐 겁이 나기도 했다. 무엇보다 우주가 '선미의 집'을 세심하게 완성하는 모습을 전적으로 응원할 수 없었다. 자려고 침대에 누웠다가도 벌떡 일어나 우주에게 그따위 것을 만들지 말라고 말하고 싶어 책상에 다시 앉곤 했다. 하지만 우주는 '선미의 집'을 멋지게 완성했다. 우주가 나보다 나은 인간이 되어가는 것이 나는 무엇보다 좋았다. 내가 진심을 다해 우주의 이별을 응원할 용기가 우주로부터 나왔다.

4부의 정수는 내가 한 번도 생각해본 적 없는 인물이었다. 그 비슷한 사람을 만나본 적도 당연히 없었다. 4부를 쓰기 전까지 정수는 흐릿한 모습으로만 소설에 등장했고, 나는 그게 의아했다. 어쩌려고 이 인물은 이토록 흐릿할까. 내가 가장 모르는 인물이 가장 마지막 인물이 되었다. 소설의 마지막 문장을 쓰고 나서야 나는 정수가 어째서 그토록 희미했는지, 어째서 정수가 이 소설의 마지막 인물이어야 했는지를 알게 되었다. 내 소설이 내가 잘 알 수 없는 데까지 나를 데리고 왔다는 게 기뻤다.

소설을 쓰는 동안 몸무게가 줄었다. 몇 달 동안 크게 아프기도 했다. 몸이 혹사되는 나날 속에서 나는 이 고생이 너무나도 재미있었다. 이전에도 소설을 쓸 때마다 고통스럽기는 했지만, 고통이 이만큼이나 재미있었던 것은 처음이었다. 소설 쓰는 일을 작가들이 왜 즐겁다 말하는 것인지 이제야 나도 조금 이해하게 되었다.

소설을 쓰는 내내 멀지만 가까운 자리에 머물러준 친구들을 호명하고 싶다. 클라이밍, 한강변 자전거 타기, 한겨울 바닷가 가기, 북한산 등반하기 등등을 제안하며 내가 몸을 쓸 수 있게 이리저리 데리고 다녀준 제인과 제이미. 함께 술을 마시고 춤도 추고 자기 동네로 초대해 맛있는 것을 먹으러 함께 다녀준 우정 언니와 희주. 온갖 고락에 든든한 교감을 나누는 이성미, 윤이형, 김소연, 탁수정. 최고의 천군만마 낭아 언니. 이들에게 사랑을 전한다. 나의 소설에 첫 소감을 약속해준 강지희 평론가와 이미상 작가에게도 짙은 감사를 전한다. 첫 장편소설 『최선의 삶』부터 함께해온 따뜻한 정은진 편집자에게도 크나큰 감사의 마음을 전한다.

2023년 가을

임솔아

문학동네 장편소설
나는 지금도 거기 있어

1판 1쇄 2023년 9월 21일
1판 3쇄 2023년 10월 30일

지은이 임솔아
책임편집 정은진 | 편집 정민교 여승주
디자인 엄자영 유현아 | 저작권 박지영 형소진 최은진 서연주 오서영
마케팅 정민호 서지화 한민아 이민경 안남영 왕지경 황승현 김혜원 김하연 김예진
브랜딩 함유지 함근아 고보미 박민재 김희숙 박다솔 조다현 정승민 배진성
제작 강신은 김동욱 이순호 | 제작처 영신사

펴낸곳 (주)문학동네 | 펴낸이 김소영
출판등록 1993년 10월 22일 제2003-000045호
주소 10881 경기도 파주시 회동길 210
전자우편 editor@munhak.com | 대표전화 031) 955-8888 | 팩스 031) 955-8855
문의전화 031) 955-2696(마케팅) 031) 955-2675(편집)
문학동네카페 http://cafe.naver.com/mhdn
인스타그램 @munhakdongne | 트위터 @munhakdongne
북클럽문학동네 http://bookclubmunhak.com

ISBN 978-89-546-9904-4 03810